Isabella Trummer
Das Grab

Isabella Trummer

Das Grab

**Inspektor Kammerlanders
dritter Fall**

Leykam

Ein Hund
der stirbt
und der weiß
dass er stirbt
wie ein Hund

und der sagen kann
dass er weiß
dass er stirbt
wie ein Hund
ist ein Mensch.

Erich Fried

Er saß im Ledersessel und starrte auf die Wand vor sich. Der Sessel war hart und unbequem und bei Weitem nicht so ausladend und pompös wie der auf der anderen Seite des riesigen Schreibtisches. Er saß auf dem Besucherstuhl, der etwas tiefer gestellt war, wohl um die Machtverhältnisse noch deutlicher spürbar zu machen. Als ob es dessen bedurft hätte.

Er fuhr fort, die Wand zu fixieren, genauer gesagt die Tür des Tresors, der in die Wand eingemauert war. Er hatte das Klicken gehört, als die Tresortür eilig zugeworfen und das Nummernschloss einmal gedreht worden war. Aber es hatte nur *einmal* geklickt, der Drehknopf war kein zweites Mal betätigt worden. Das hieß, wenn man den Drehknopf in die Ausgangsstellung brachte und am Türgriff zog …

Nein. Undenkbar. Niemand durfte an den Tresor. Er begann zu schwitzen und rutschte auf dem Sessel ganz nach vorn. Nicht auszudenken, wenn er erwischt würde. Er sah sich hastig nach allen Seiten um. Nein. Niemand war im Raum, niemand beobachtete ihn. Er entspannte seine Finger, die er unwillkürlich zu Fäusten verkrampft hatte, und wischte sie an der Hose trocken. Er fühlte einen Knoten im Hals bei der Vorstellung, wie er am geöffneten Tresor stand und die Tür ging auf. – Er würde es nicht erklären können, er würde dastehen wie ein gemeiner Dieb. Und doch …

Wie in Trance erhob er sich und ging um den Schreibtisch herum. Als er vor dem Wandsafe stand, hob er langsam die Hand. Sie zitterte, als er den Drehknopf anfasste. Nichts passierte. Es tat keinen Donnerschlag und die Himmel

stürzten nicht ein. Vorsichtig öffnete er den Tresor. Der Innenraum war kleiner, als er es sich vorgestellt hatte. Es gab nur zwei Fächer, die durch eine Stahlplatte getrennt wurden. Im oberen Fach lagen Geschäftspapiere, auf denen einige Bündel Bargeld gestapelt waren. Im unteren Teil des Safes sah er eine Pistole mit dem Griff nach vorne und eine Schachtel Munition daneben. Ganz hinten lag ein brauner Umschlag. Er griff hinein und zog ihn heraus. Der Umschlag war nicht beschriftet. Er besah sich die Rückseite. Auch nichts. Vorsichtig tippte er an die Faltklappe. Der Umschlag war nicht zugeklebt.
Er wusste nicht, was er erwartet hatte, aber irgendwie war er enttäuscht. Er zog zwei Blätter heraus und sah noch einmal nach, ob sich nicht doch noch etwas vor seinen Blicken verbarg. Aber da war nichts mehr. Verwirrt blickte er auf die Seiten und bemerkte, dass sie von Hand beschrieben waren. Die Schrift kam ihm bekannt vor.
Neugierig begann er zu lesen. Seine Lippen bewegten sich lautlos, als seine Augen über die Zeilen huschten. Er verlor jedes Gefühl für Zeit und Raum, und als er zu Ende gelesen hatte, hatte seine Wirklichkeit aufgehört zu existieren. Der Donnerschlag in seinem Inneren war lautlos erfolgt, und die Himmel waren eingestürzt.
Er steckte die Papiere in den Umschlag zurück und legte diesen wieder in das untere Tresorfach nach hinten. Als der alte Zustand wieder hergestellt war, drehte er sich um und verließ das Zimmer.

1

Es begann vollkommen unspektakulär. Kommandant Starkl betrat Kammerlanders Büro und legte einen Notizzettel auf den Schreibtisch.
„Arbeit, Kammerlander. Ich hatte gerade einen Anruf vom Kunsthaus in Köflach. Da läuft eine Ausstellung über das Mittelalter. Sie haben davon gehört? Na, jedenfalls ist dort eingebrochen worden. Es sind ein paar Masken verschwunden, soweit ich das verstanden habe. Alles Weitere erfahren Sie dort. Setzen Sie sich mit dem Kurator der Ausstellung in Verbindung, einem gewissen Dr. Schneeberger. Ich habe den Namen hier notiert." Er wies mit dem Kinn auf den Zettel.
Kammerlander nickte. Er hatte natürlich von der Ausstellung gehört, denn die Lokalblätter, der Bezirkssender und riesige Plakate hatten das Ereignis schon vor Wochen angekündigt. Er selbst hatte vorgehabt, mit seiner Frau Inge die Ausstellung am Wochenende zu besuchen.
Er holte seine Lammfelljacke vom Garderobenhaken und steckte den Zettel ein. Draußen war es eisig kalt. Nun ja, Ende Januar konnte man wohl kaum milde Temperaturen erwarten. Er musste einen Eisfilm von der Windschutzscheibe kratzen. Die Morgensonne versteckte sich noch hinter dem Polizeigebäude, ihre schüchternen Strahlen hatten sein Auto noch nicht erreicht. Äußerst widerwillig begann der kalte Motor zu stottern, und Kammerlander wartete ein wenig, bevor er die Heizung und das Gebläse

hochdrehte. Der Volvo war schon ein alter Herr, den man nicht überfordern durfte. Kammerlander hatte sich noch immer kein neues Auto gekauft, obwohl er schon seit Jahren mit der Idee liebäugelte. Als von der Heizung endlich etwas zu merken war, bog er bereits auf den Parkplatz des Kunsthauses ein. ‚Folter und Gerichtsbarkeit des Mittelalters' war in riesigen Buchstaben über dem Eingang zu lesen.

Also, packen wir's an, dachte er. Einbruch, Diebstahl. Eine Routineangelegenheit. Dann schauen wir doch einmal, was sich hier zu stehlen lohnt.

Dr. Schneeberger wartete schon auf ihn. Er begrüßte Kammerlander mit einem festen Händedruck, und der Inspektor war überrascht, wie jung der Kurator war. Er hatte eher einen ältlichen zerstreuten Professor erwartet. Dr. Schneeberger ging mit ihm durch die Ausstellung und führte ihn in ein mittelgroßes Zimmer.

„Dieser Raum ist den Schandmasken vorbehalten."

Sie blieben vor einer Wand stehen, die nicht fertig dekoriert wirkte. Merkwürdige Masken aus Eisenblech hingen dort, dazwischen klafften drei Lücken. Die dargestellten Gesichter waren teils zu komischen, teils zu ekelhaften Grimassen verzerrt.

„Sie wissen, was Schandmasken sind?", fragte Dr. Schneeberger und gab auch gleich die Antwort: „Sie wurden im Mittelalter für sogenannte ‚Ehrenstrafen' verwendet. Wenn beispielsweise einer Frau Unzucht vorgeworfen wurde, dann musste sie so eine Maske eine Zeit lang tragen. Oder wenn jemand log oder betrog. Die Masken

wurden für jedes Vergehen entsprechend gestaltet, sodass die Leute sofort wussten, was man dem armen Teufel zur Last legte. Oft wurde er auf dem Marktplatz an den Pranger gestellt, und ihm wurde die entsprechende Maske aufgesetzt. Das war natürlich eine Volksbelustigung ersten Ranges, und der Pöbel durfte den armen Kerl verspotten, beschimpfen, bespucken und mit Unrat bewerfen."
„Die guten alten Zeiten." Kammerlander grinste. „Das sollte man sich vielleicht als erzieherische Maßnahme überlegen."
Er zeigte auf die leeren Flächen. „Hier hingen wohl die gestohlenen Masken?"
Dr. Schneeberger nickte. „Alle drei waren Schweinemasken. Wenn ein Mann sich in jenen Tagen wie ein Schwein verhielt, dann wurde ihm eine Maske in Form eines Schweinskopfs aufgesetzt."
„Wann haben Sie den Verlust der Stücke bemerkt?"
„Heute Morgen. Als ich gestern Abend meinen Kontrollgang gemacht habe, waren die Masken noch an ihrem Platz. Das war kurz nach achtzehn Uhr. Dann habe ich abgeschlossen."
„War der Eingang heute früh versperrt?"
„Die Eingänge. Ja. Alles, wie es sein soll. Es gibt zwei Eingänge, müssen Sie wissen. Rechts und links vom Stiegenaufgang. Die Ausstellungsräume führen die Besucher im Kreis herum, und sie kommen an ihrem Ausgangspunkt wieder an. Allerdings ..." Er furchte die Stirn. „Da gibt es noch einen Notausgang. Eine kleine Tür hinter einer Schautafel."

Er ging voran in den nächsten Raum und zog eine Schautafel von der Wand weg. Es war sofort zu sehen, dass das Schloss der Tür beschädigt war.

„Das wäre also geklärt", murmelte Kammerlander und beugte sich hinunter. Ein Profi war das nicht gewesen. Wahrscheinlich mit einem normalen Schraubenschlüssel aufgebrochen.

„Sagen Sie, sind die Masken eigentlich sehr wertvoll?"

Dr. Schneeberger zog hörbar die Luft ein. „Selbstverständlich sind sie das. Sie sind von unschätzbarem kulturhistorischen Wert –"

„Ja, natürlich. Was ich meine, ist Folgendes: Was kann der Dieb mit den Masken herausschlagen? Wie viel Geld kann er bei einem Verkauf bekommen? Und gibt es überhaupt einen Markt dafür?"

„Hm." Der Kurator rieb sich nachdenklich das Kinn. „Wenn man an die richtigen Leute verkauft ... betuchte Sammler zum Beispiel ... Ich würde sagen, fünfzig- bis siebzigtausend Euro sind da schon drin. Vielleicht auch noch mehr."

„Das hätte ich nicht gedacht." Kammerlander ging zurück zum Schandmaskenraum und betrachtete die Exponate nun mit anderen Augen. „Sie haben doch sicher Fotografien von den gestohlenen Masken?"

„Selbstverständlich. Kommen Sie mit in mein Büro. Ich suche sie Ihnen heraus."

Als Kammerlander wieder in seinem Wagen saß, holte er die Fotos aus dem Umschlag und betrachtete sie genau. Der hohe Erlös der Beute war natürlich ein Motiv. Trotz-

dem störte ihn etwas. Wenn der Dieb so viel Geld mit dem Verkauf der Masken bekommen konnte, wieso nahm er dann nicht alle mit? Selbst wenn man das Gewicht berücksichtigte, hätten es bestimmt ein paar mehr sein können. Wieso also nur diese drei? War er gestört worden? Oder hatte er es ganz gezielt auf diese Schweinemasken abgesehen gehabt?
Er startete den Wagen und fuhr vom Parkplatz. Als Erstes musste er die Fotos in die Fahndung geben und die Abteilung für Kunstdiebstähle und Hehlerei informieren. Wenn es ein Auftragsdiebstahl war, saß der Auftraggeber bestimmt nicht im Bezirk Voitsberg. Das war wohl eher etwas für Europol. Die Hehlerszene musste unter die Lupe genommen werden. Und wenn der Auftraggeber die Masken bereits hatte und sie glückselig im privaten Kellerraum betrachtete, sahen sie sowieso alt aus.
Wie auch immer. Ein Routinefall. Etwas sonderbar vielleicht, aber mehr auch nicht.
Kammerlander ahnte nicht, wie sehr er seine Meinung revidieren würde.

Der kleine Hase saß zitternd im hohen Gras und rührte sich nicht. Er wusste nicht, was ihn draußen erwartete, im freien Feld und im Wald. Es war noch finstere Nacht und er hatte große Angst. Eine Eule auf einem Baum in der Nähe sah auf ihn herab und fragte: „Was machst du dort unten ganz allein?"
„Ich bin auf der Suche", sagte der Hase.

Die Eule nickte. „Dann musst du jetzt aufbrechen. Bald geht die Sonne auf."
„Ich weiß aber den Weg nicht", sagte der Hase.
„Folge deinem Herzen und du wirst ankommen." Die Eule schüttelte die Flügel und erhob sich in die Lüfte. „Es ist alles nicht wirklich!", rief sie zum Abschied.
Der Hase sammelte all seinen Mut und lief los.

2

Es war ein Wintertag, wie er schöner nicht sein könnte. Kein Wolkenschleier trübte das makellose Blau des Himmels. Die Sonne hatte nicht die Kraft, Wärme zu spenden, doch ihre Strahlen zogen scharfe Grenzen zwischen Licht und Schatten, modellierten Erhebungen und Vertiefungen der Landschaft mit einer Intensität, die kein Verwischen, keine Unklarheit zuließ. Das intensive Licht ließ die Hügel näher heranrücken, verwischte Entfernungen, täuschte Nähe vor. Die Ternbachalm im Norden und der breite Rücken der Hirschegger Alm im Westen überstrahlten die Landschaft mit einem blendenden Weiß.
Der einsame Spaziergänger nahm nichts von den Schönheiten dieses Wintertages wahr. Mit gesenktem Kopf, die Hände in die Manteltaschen vergraben, ging er mit ausladenden Schritten den Feldweg entlang. Die Abdrücke seiner Stiefel folgten ihm lautlos.
Josef Rumbach war denkbar schlechter Laune. Nichts lief so, wie er es sich vorgestellt hatte. Ja, es schien, als würden sich all seine Träume in Luft auflösen.
Er dachte an den vergangenen Abend. Da hatte es ein großes Fest gegeben im Hause Rumbach. Der Chef des Familienunternehmens Ulrich Rumbach war siebzig geworden und hatte zu einem Festessen geladen. Alle hatten der Einladung Folge geleistet. Ein Fernbleiben wäre schlicht undenkbar gewesen, wenn der Patron zu feiern wünschte. Der Bankdirektor und seine Gattin waren erschienen,

einige langjährige Geschäftsfreunde, der Steuerberater, der Hausarzt und dessen Frau, der schmierige Notar und der Rechtsanwalt. Und natürlich die *Familie*. Die waren die Schlimmsten. Sein versoffener Bruder Paul, Onkel Wendelin mit seiner eigenwilligen Tochter – eine *Künstlerin*! Ha! – und deren Sohn, der in den Keller ging, wenn er einmal lachen musste. Und natürlich Manfred, der Liebling des Alten. Selbst seine Mutter, seine Frau und die Zwillinge hatten dem Jubilar Honig ums Maul geschmiert. Wie sie um den Alten herumgewuselt waren und sich bei ihm eingeschleimt hatten. Zum Kotzen! ‚Alles Liebe wünschen wir dir und bleib uns noch recht lang erhalten.' – Von wegen! Die konnten es doch einer wie der andere kaum erwarten, dass der Alte endlich ins Gras biss.

Wütend stapfte er durch den Schnee. Die Vormittagssonne überzog die Schneedecke mit einem Teppich aus Glitzerpünktchen. Geblendet kniff Sepp Rumbach die Augen zusammen. Er dachte an das Gespräch mit seinem Onkel. Er hatte sich viel davon versprochen. Als die Gäste fort waren und Ulrich Rumbach sich in seine Gemächer zurückgezogen hatte, war er in den ersten Stock gegangen und hatte an die Tür seines Onkels geklopft. Es war ihm als der ideale Zeitpunkt erschienen. Er musste mit ihm über die Nachfolge im Unternehmen sprechen. Ulrich Rumbach war schließlich siebzig geworden. Er konnte doch nicht auf immer und ewig die Leitung in seinen Händen behalten. Er hatte seinem Onkel mit wohlgesetzten Worten vorgeschlagen, ihm Schritt für Schritt die Firmen-

leitung zu übergeben. In Anbetracht des fortgeschrittenen Alters des Chefs nur vernünftig.
Der Alte hatte keine Miene verzogen und ihn ruhig angesehen.
„Und wieso glaubst du, dass ich *dir* die Leitung übergeben soll?", hatte er gefragt.
Nun, er war schließlich der älteste Nachkomme und riss sich den Arsch auf für das Unternehmen.
Ulrich Rumbach hatte geringschätzig den Mund verzogen.
„Für deine Arbeit wirst du ausreichend entlohnt, und ansonsten wüsste ich nicht, was dich für die Leitung unseres Unternehmens qualifiziert."
„Also hör mal …"
„Dir reicht wohl das Geld nicht? Würde mich nicht wundern bei dem Doppelleben, das du führst. Die Dame stellt wohl hohe Ansprüche?"
Er war völlig überrumpelt gewesen. Er hatte versucht, seine Wut zu zügeln. Woher hatte der Kerl das schon wieder erfahren? Er fühlte, wie sich sein Gesicht mit Röte überzog, und das machte ihn noch wütender.
„Denkst du etwa, Paul könnte es besser machen?"
„Natürlich nicht. Dein Bruder ist ein verweichlichter Trunkenbold. Ihr beide seid wahrlich nicht das, was mir als Nachfolger vorschwebt. Auf moralischer Ebene schon gar nicht, wie du wohl weißt. Seid froh, dass euer wahrer Charakter nicht ans Tageslicht gekommen ist."
Eine heiße Welle war in ihm hochgeschossen. Dieser gemeine Hund. Würde er nie damit aufhören? Es war nun

schon so lange her, dieses ... Unglück. Ja, das war es. Ein Unglück. Und ihr liebender Onkel war eifrig darauf bedacht, es sie ja nie vergessen zu lassen. Sie zu erpressen und ihnen seinen Willen aufzuzwingen.
Er hatte sich mühsam beherrscht und tief durchgeatmet.
„Und an wen hast du dann gedacht?"
Er sah, wie Ulrich sich verstohlen ans Herz fasste. Stand es etwa schlecht um ihn? Er erinnerte sich, dass der Hausarzt in den letzten Wochen häufiger als sonst bei seinem Onkel gewesen war.
„Tja. Mit meiner Familie ist nicht viel Staat zu machen. Du bist übrigens nicht der Erste, der mir die Leitung abschwatzen will. Ich bin eigentlich überrascht, dass du erst jetzt gekommen bist."
Wie Ulrich es genossen hatte, ihn zu demütigen. Er hatte an sich halten müssen, um dem Alten nicht an die Gurgel zu springen und ihn mit bloßen Händen zu erwürgen. Eine wohlige Gänsehaut hatte ihn bei der Vorstellung überzogen.
„Wer also?"
„Ich habe mich entschlossen, Manfred als meinen Nachfolger einzusetzen. Mit dem Notar habe ich bereits gesprochen. Der Termin ist für Dienstag kommender Woche angesetzt."
„Aber ..."
Er hatte seinen Onkel nur anstarren können. Das konnte einfach nicht sein. War der Alte jetzt endgültig verrückt geworden?
„Aber ... er gehört doch gar nicht zur Familie!"

„Meinst du? Das ist Ansichtssache, denke ich. Er steht mir sehr nahe, näher als ihr alle. Und wegen der rechtlichen Seite: Eine Adoption ist rasch durchgeführt. Findest du nicht auch, dass wir dem Jungen etwas schuldig sind? – Und noch was, Sepp: Wenn du jetzt hinuntergehst, sage gleich allen Bescheid. Dann muss ich die Sache nicht jedem einzeln erklären."

Und wirklich war die Familie im Wohnzimmer vollzählig anwesend gewesen, und alle hatten ihn gespannt angesehen. Sie hatten sich natürlich denken können, was er oben bei Onkel Ulrich gewollt hatte.

Er sah noch ihre fassungslosen Gesichter vor sich und grinste schadenfroh. Ja, meine Lieben, da habt ihr wohl auch anders kalkuliert, was? Er erinnerte sich an das eisige Schweigen, das sich nach seiner Eröffnung ausgebreitet hatte, und an die giftigen Blicke, die sich auf Manfred konzentriert hatten. Der war wortlos aufgestanden und ohne jemanden anzusehen aus dem Raum gegangen.

Das war nun der unerfreuliche Stand der Dinge. Aber diese himmelschreiende Ungerechtigkeit würde er nicht hinnehmen. Er war der einzig logische Nachfolger in der Hierarchie, da konnte der Alte sagen, was er wollte. Außerdem brauchte er Geld. Das stand ihm zu. Jahrelang hatte er sich geduckt und den Wünschen des Onkels gefügt. Aber jetzt war Schluss. Er *musste* an das Familienvermögen herankommen.

Heute war Sonntag, der neunte Februar. In zwei Tagen war Deadline. Dann würde Ulrich zum Notar gehen. Nicht viel Spielraum, um etwas zu unternehmen.

Hermine Rumbach stand zur gleichen Zeit vor dem Atelier. *Atelier* – dass sie nicht lachte. Es befand sich ein Stück vom Herrenhaus entfernt und war früher einmal das Haus der Dienstboten gewesen. Vor mehr als zwanzig Jahren war es nach den Wünschen von Sepps Cousine Rita umgebaut worden, die es seither bewohnte. Im ersten Stock befand sich eine geräumige Wohnung, die sich Rita und ihr unehelicher Sohn Thomas teilten. Das Erdgeschoß bestand aus zwei sehr großen Räumen, das sogenannte Atelier. ‚Bastelstube' oder ‚Hobbyräume' würde den Tatsachen eher entsprechen, fand Hermine. Das, was sie bis jetzt von Ritas Arbeiten gesehen hatte, stufte sie als dilettantisch und nichtssagend ein. Mit sehr wenigen Ausnahmen. All diese abstrakten Gebilde waren wahrlich nicht ihr Geschmack.

Sie erinnerte sich an die Zeit vor fünfzehn Jahren, als sie Sepp Rumbach geheiratet hatte und in den linken Flügel des großen Hauses eingezogen war. Schon damals hatte sie mitbekommen, dass Rita das Sorgenkind der Familie war. Ihr Mann hatte ihr erzählt, dass Rita als Teenager ein ‚unmögliches Kind' gewesen war, laut, frech, renitent, und sie hatte sich über alle Regeln hinweggesetzt. Sie war früh mit den Burschen herumgezogen, war mehr als einmal betrunken und bekifft nach Hause gekommen. Sie hatte sich den Teufel um die Meinung der anderen geschert. Ihr Vater, Wendelin Rumbach, war zu schwach gewesen, um dem Treiben seiner Tochter Einhalt zu gebieten. „Ihr fehlt die Mutter", hatte er immer als Entschuldigung angeführt. Was wohl auch stimmte, denn Rita war dreizehn gewesen, als ihre Mutter einem Krebsleiden erlegen war. Wendelin Rumbach war bedeutend älter gewesen als seine Frau, und nach ihrem Tod hatte er sich völlig zurückgezogen. Er war als Professor für Geschichte in Pension gegangen und hatte sich kaum mehr um die Familiengeschicke gekümmert.

Rita war also ohne feste Hand aufgewachsen, und es hatte niemanden besonders überrascht, als sie mit siebzehn schwanger wurde. Bis heute hatte sie niemandem den Namen des Vaters verraten – wahrscheinlich wusste sie ihn selbst nicht. Hermine lächelte boshaft. Sie hatte Rita noch nie ausstehen können: Attraktiv, schlank, selbstsicher und mit roter Mähne war sie das Gegenteil von ihr selbst.

Aber das war Schnee von gestern. Jetzt musste man sich um andere Dinge kümmern. Ihr war kalt und sie massierte ihre erstarrten Finger. Sie hörte klopfende Geräusche aus dem unteren Bereich des Hauses und ging zur Werkstatttür. Die Schiebetür ließ sich schwer bewegen, und Hermine öffnete sie nur gerade so weit, dass sie durchschlüpfen konnte. Dann zog sie die Tür rasch wieder zu, um nicht zu viel Wärme entweichen zu lassen. Rita stand mit dem Rücken zu ihr an einem Tisch und rückte einem Steinbrocken mit Hammer und Meißel zu Leibe. Ihr langes rotbraunes Haar fiel über ihren grauen Arbeitskittel.

„Guten Morgen, Rita!"

Mit einem Aufschrei wirbelte die Angesprochene herum. Ihr Gesicht war so weiß wie der Stein, den sie gerade bearbeitete.

„Mein Gott, musst du dich so anschleichen?"

„Das wollte ich nicht, tut mir wirklich leid."
Mit einem Gesichtsausdruck, der ihre Worte Lügen strafte, kam sie näher.
„Wir müssen reden."
„Ach." Rita lächelte sie ohne Wärme an. „Ich muss wohl nicht raten, worüber?"
Ohne darauf einzugehen, holte Hermine einen Sessel heran und zog ein Taschentuch aus ihrer Manteltasche. Sie wischte penibel den Staub von der Sitzfläche und nahm Platz.
„Wir müssen etwas unternehmen, und zwar rasch."
„Was du nicht sagst. Darauf wäre ich jetzt nicht gekommen."
Hermine quittierte die Bemerkung mit einem bösen Blick.
„Wir können nicht zulassen, dass das Familienvermögen in fremde Hände fällt. Das wäre unser aller Ruin."
„Wäre es das?" Rita stand mit verschränkten Armen an den Arbeitstisch gelehnt und sah spöttisch auf ihre Besucherin herab.
„Ach, tu bloß nicht so." Hermines Stimme hatte an Schärfe gewonnen. „Setz dich doch nicht aufs hohe Ross, als ob dich das gar nichts anginge. Du bist genauso betroffen wie wir alle. Was meinst du, was mit dir passiert, wenn Manfred alles bekommt? Gehört dieses Haus vielleicht dir? Nein, es ist Teil des Familienvermögens. Du darfst hier gratis wohnen, alle Kosten werden vom Familienfonds getragen und du kannst dir ein feines Leben machen. Stell dir vor, du müsstest von dem leben, was du als ... *Künstle-*

rin verdienst. Könntest du die Miete zahlen, alle Auslagen für das Haus und die Lebenshaltungskosten? Und dein Sohn Thomas? Meinst du, du könntest ihm das Studium finanzieren?"

Ein Schatten hatte sich bei ihren Worten über Ritas Gesicht gelegt.

„Das würde Onkel Ulrich niemals zulassen."

„Bist du dir da so sicher?"

„Was schlägst du also vor?"

„Ein Treffen. Heute Nachmittag. Wir müssen sehen, dass Sepp die Nachfolge Ulrichs antritt. Das ist für uns alle das Beste."

„Ach. Meinst du."

„Ja, was denn sonst? Jetzt ist die nächste Generation dran. Und wen haben wir da? Paul ist haltlos, da brauchen wir uns nichts vorzumachen. Und ich bezweifle, dass er die ganzen geschäftlichen Zusammenhänge versteht. Das Gleiche gilt übrigens auch für dich. Du hast dich dein Leben lang nicht um die Firma und die Finanzen gekümmert, sondern bist frei von allen Geldsorgen deinen Interessen nachgegangen. Bleibt doch nur Sepp übrig. Er hat Einblick in alle Belange der Firma und wird das Familienvermögen so verwalten, dass sich für keinen von uns etwas ändert und jeder sein Auskommen hat."

Hermine sah, wie es hinter der Stirn ihrer angeheirateten Cousine brodelte.

Gut so. Sollte sie nur über das Gesagte nachdenken. Sie würde sehr bald merken, dass ihr Vorschlag das Beste für sie alle war.

Als Hermine die Tür der Werkstatt hinter sich zuzog, umspielte ein Lächeln ihre Lippen. Wenn Sepp erst die Zügel in der Hand hielt, würde sich hier manches ändern. Vor allem für einige Schmarotzer. Dann würde ein anderer Wind wehen, auch für Möchtegern-Künstlerinnen.

3

Manfred ging in die Küche, um sich eine Tasse Kaffee zu holen. Er hoffte niemanden anzutreffen. Die Frühaufsteher hatten wohl schon gefrühstückt und die Haushälterin würde erst in einer Stunde kommen. Nach der überraschenden Erklärung von Ulrich Rumbach hatte sich die Atmosphäre im Haus verändert. Das Haus selbst hatte sich verändert. Es schien auf der Lauer zu liegen.
Das Glück war ihm nicht hold. Paul Rumbach saß am Küchentisch und hielt sich an einem Glas Bloody Mary fest. Seine Augen waren gerötet, seine Gesichtshaut teigig. Kein ungewohnter Anblick.
„Ja, wen haben wir denn da?" Pauls Stimme schnarrte, und er musste sich räuspern. „Wenn das nicht unser Glückskind ist!"
„Guten Morgen." Manfred ging an ihm vorbei zur Anrichte. Er nahm die Kanne von der Warmhalteplatte und schenkte sich eine Tasse Kaffee ein.
„Was? Nur *guten Morgen*? Das ist alles? Kein Siegerlächeln, kein Triumphgeheul? Das ist ja erbärmlich in dieser Situation!"
Manfred hob die Tasse an die Lippen. Er hätte den Kaffee gerne in einem Zug ausgetrunken, um so schnell wie möglich hier rauszukommen, aber das Getränk war zu heiß.
„Was ist denn los? Hat es dir die Sprache verschlagen?" Paul trank gierig sein Glas leer. „Oder spricht der Herr

nicht mehr mit dem gewöhnlichen Volk? Jetzt, nachdem er den Jackpot abgeräumt hat?"
„Komm Paul, lass es gut sein." Er versuchte mit der fast vollen Tasse am Küchentisch vorbeizugehen und zu verschwinden.
„Holla! Nichts da!" Paul schnellte in die Höhe und packte Manfred am Arm.
Der Kaffee schwappte über und landete auf dem Fußboden. Paul zwang Manfred neben sich auf den Stuhl und nahm ihm die Tasse aus der Hand. Dann legte er vertraulich den Arm um Manfreds Schulter.
„Wir haben einiges zu bereden." Paul brachte sein Gesicht näher heran und blies ihm seine Alkoholfahne ins Gesicht.
„Jetzt erzähl mir doch einmal, wie du den Alten herumgekriegt hast."
Manfred wendete sich ab und wollte aufstehen, doch Paul verstärkte den Druck und hielt ihn wie in einem Schraubstock.
„Na, sag schon. Wie hast du es gemacht? Hast uns jahrelang in die Pfanne gehauen, was? Uns angeschwärzt beim Alten, ihm häppchenweise unsere Unfähigkeit vor Augen geführt? Wie lange hast du denn gebraucht, um ihn so weit zu kriegen?"
„Paul, bitte …"
„Nix Paul bitte. Hast du ihn mit deinem Engelsgesicht treuherzig angeblickt und gesagt: ‚Bitte, bitte, hab mich lieb! Wo ich doch so ein hübscher Junge bin!'"
Manfred riss sich los.
„Du weißt ja nicht mehr, was du sagst!"

„Und ob ich das weiß! Was macht dich denn besser als uns andere, hä? Jahrzehntelang hat uns der Alte geknechtet und klein gehalten. Und jetzt setzt er uns ein Kuckucksei vor die Nase! Er hat uns zum Narren gehalten und verarscht, verdammt noch mal!"
Manfred eilte aus der Küche und floh in sein Zimmer.

Rita Rumbach stand am großen Fenster des Ateliers und blickte der gedrungenen Gestalt Hermine Rumbachs nach, die schwerfällig durch den Schnee zum Familiensitz zurückstapfte. Dieser geistlose Trampel! Die sah sich wohl schon als Gattin des Oberhaupts des Rumbach-Clans. Das würde ihr so passen. Sie stellte sich vor, wie die vier die Familie nach außen repräsentieren würden: Sepp, der kahlköpfige duckmäuserische Kriecher, der unter seiner jovialen Oberfläche von Machthunger und Habgier zerfressen wurde. Seine wenigen verbliebenen Haare kunstvoll um seine Glatze gewickelt würde er mit scheinheiligem Getue das Vermögen an sich reißen. Seine Frau Hermine, diese dumpfe Person, würde endlich aus ihrer Bedeutungslosigkeit errettet und ihr hinterlistiger Ehrgeiz belohnt werden. (Ob sie wusste, dass Sepp sie seit Jahren betrog? Wenn sie an Hermine dachte, mit ihrem nichtssagenden Gesicht und der Figur wie ein Fass, dann konnte sie Sepp schon irgendwie verstehen. Aber das war ja nicht ihr Bier.) Und dann noch die dicklichen Zwillingstöchter der beiden, Elsa und Trudie, die geistlos ihrer Mutter nach dem Mund redeten und dauernd kicherten. Sie waren jetzt dreizehn und würden die gleichen Möpse werden wie

Hermine. Nein, dieses Gruselkabinett würde dem Hause Rumbach nicht vorstehen.

Sepps Bruder Paul natürlich auch nicht. Er sah zwar bedeutend besser aus, aber die Spuren von Alkohol und einem liederlichen Leben zeichneten sich deutlich in seinem Gesicht ab. Irgendetwas fraß an ihm, raubte ihm seine Ruhe, das spürte sie genau. Aber auch das war nicht ihr Bier. Einmal, er war schon ziemlich betrunken gewesen, – aber noch nicht in dem Stadium, wo er heulte und vor Selbstmitleid zerfloss – hatte er sie in eine Ecke gedrängt und sie angefasst. An den Schmerz in seinen Genitalien dachte er wohl heute noch, als sie blitzschnell ihr Knie hineingerammt hatte. Seitdem hatten sie kaum noch miteinander gesprochen.

Sie selbst konnte die Leitung des Familienunternehmens auch nicht übernehmen, da hatte Hermine schon recht. Sie war Künstlerin, keine Geschäftsfrau. Es mangelte ihr völlig an kaufmännischem Sachverstand und Interesse.

Sie griff nach einem vertrockneten Bröckchen Ton auf der Fensterbank und drehte sich um. Während sie zum Arbeitstisch zurückging, zerbröselte sie gedankenverloren den Ton zwischen ihren Fingern. Nein, sie alle kamen für die Leitung nicht in Frage. Aber sie hatte andere Pläne.

Wo stand denn geschrieben, dass man in der Erbfolge nicht eine Generation überspringen konnte? Nicht ohne Grund hatte sie ihren Sohn Thomas gedrängt, Betriebswirtschaft zu studieren. Sein Interesse galt der Kunstgeschichte, und sie hatten sich auf ein Doppelstudium geeinigt. Der Junge machte gute Fortschritte, aber er war noch nicht so weit. Er war jetzt zweiundzwanzig, und es dauerte noch gut zwei Jahre, bis er sein Studium abgeschlossen hatte. Danach konnte Thomas sich einarbeiten und würde lernen, wie man das Unternehmen leiten musste. Ulrich konnte ihn doch einarbeiten. Auf keinen Fall durften Entscheidungen, die das Familienvermögen oder die Firmenfinanzen betrafen, ohne gemeinsamen Beschluss aller Familienmitglieder getroffen werden. Nur so konnte man die Schröpfung des Vermögens durch ihren Cousin Sepp wirksam verhindern. Dazu brauchte sie allerdings die Hilfe des Steuerberaters. Aber das dürfte kein großes Problem darstellen, dachte sie. Sie hatte gemerkt, wie Dr. Meinhart sie ansah, wenn er sich unbeobachtet fühlte, und wenn sie es geschickt anstellte, würde sie in ihm einen wertvollen Verbündeten haben. Sie lächelte.

Auf keinen Fall durfte Manfred, der seine Existenz hier nur der Großzügigkeit der Familie Rumbach zu verdanken hatte, der Nachfolger Ulrichs werden. Das würde sie zu verhindern wissen. Selbst wenn sie in der Wahl der Mittel nicht zimperlich sein durfte.

Sie nahm Hammer und Meißel und wendete sich wieder ihrer Arbeit zu. Gerade als sie zum ersten Schlag ausholte, läutete ihr Handy. Sie wischte die Rechte an der Arbeitsschürze ab und holte das Handy aus ihrer Tasche.

„Wer stört?"

„Hallo, liebste Cousine. Ich muss deine Arbeitswut kurz unterbrechen…"

Sepp! Der hatte ihr gerade noch gefehlt. Wusste er, dass seine Frau gerade bei ihr gewesen war?

„Mach's kurz. Ich bin tatsächlich mitten in der Arbeit."
„Ich weiß, es ist schwer für dich, aus einem Schaffensprozess herausgerissen zu werden." Sie konnte sein schmieriges Grinsen förmlich vor sich sehen. „Aber angesichts der Situation, in der wir uns befinden, wirst du bestimmt ein wenig Zeit erübrigen können."
Sie zog eine Grimasse.
„Also schieß los."
„Nein, nicht am Telefon. Wir müssen uns treffen."
„Keine Chance. Ich bin in der Anfangsphase mit einer neuen Skulptur und möchte bis zum Abend –"
„Du wirst dir die Zeit nehmen." Seine Stimme hatte an Schärfe gewonnen. „Eile ist angesagt. Das weißt du so gut wie ich. Wir treffen uns in Pauls Wohnung."
Ein Kriegsrat also. Sie verabredeten einen Zeitpunkt. Sie hatte zwar andere Pläne, aber es war klüger, beim Familienkriegsrat dabei zu sein. Wer wusste schon, wozu sie sich in ihrer Not verstiegen und was sie aussheckten? Sepp hatte jedenfalls so geklungen, als hätte er schon eine Idee. Das hieß, es war höchste Vorsicht angebracht. Besser, man wusste, was er vorhatte, als sich von den Ereignissen überrollen zu lassen. Da konnte man im Zweifelsfall noch gegensteuern.
Als sie auflegte, verzogen sich ihre Lippen zu einem Lächeln. Das Misstrauen gegen ihren Cousin hatte dieser sich jahrelang hart erarbeitet.
Ihr Lächeln erreichte ihre Augen nicht.

Martha Rumbach stand am Fenster ihres Schlafzimmers und sah in die Nacht hinaus. Viel konnte sie nicht erkennen, denn die Hoflampen erhellten nur einen kleinen Teil des Parks, der dem Haus vorgelagert war. Sie sah auf die Uhr. Knapp vor acht. Bald würde ihr Schwager Ulrich seinen Abendspaziergang antreten. Das war ein Ritual, nach dem man die Uhr stellen konnte: Punkt acht verließ Ulrich das Haus, spazierte durch den Park zum Friedhof, blieb kurz am Familiengrab stehen und ging wieder zurück. Sie bemerkte, dass es wieder leicht zu schneien begonnen hatte, und schloss die Augen. Ach, sie wünschte, dass der Schneefall ewig anhielte, dass es schneie und schneie, bis alles unter einer dicken Decke begraben wäre, lautlos, schmerzlos. Damit endlich Ruhe wäre.

Sie öffnete die Augen und schwankte ein wenig. In letzter Zeit hatte sie manchmal Kreislaufbeschwerden, doch das Schwindelgefühl ging rasch vorüber. Nun ja, mit fünfundsechzig musste man mit kleineren Beschwerden eben rechnen.

Sie dachte an die Zeit zurück, als sie Cornelius Rumbach geheiratet hatte. Damals gab es drei Brüder: Cornelius, Wendelin und Ulrich. Cornelius als Ältester hatte die Leitung des Hauses Rumbach innegehabt. Wendelin hatte sich nie dafür interessiert, er war vollkommen in seinen Geschichtsstudien aufgegangen. Und Ulrich, der jüngste der Brüder, hatte Seite an Seite mit ihrem Mann im Familienbetrieb gearbeitet. Er schien keine anderen Interessen zu haben. Nach der Geburt ihrer beiden Söhne Sepp und Paul hatte das Glück vollkommen geschienen. Doch der

Tod hatte zweimal an die Pforte der Rumbachs geklopft. Ihr Mann Cornelius war mit seinem Sportflugzeug abgestürzt und auf der Stelle tot gewesen. Einige Jahre später war die Frau von Wendelin an einem Krebsleiden gestorben. Ulrich hatte die Geschäftsleitung übernommen und war von nun an das Oberhaupt der Familie gewesen.

Martha hatte erwartet, dass er heiraten würde, doch das hatte er nie getan. Wenn sie ihn deswegen neckte, sagte er nur, er hätte so schon alle Hände voll zu tun, er müsste sich nicht noch neuen Ärger aufladen. Sie hatte in den folgenden Jahren zaghaft an eine Verbindung zwischen sich und Ulrich gedacht, doch dieser behandelte sie zwar freundlich, schien aber nie mehr als seine Schwägerin in ihr zu sehen. Mit den Jahren vergaß sie diese Gedanken.

Dann hatten sie den kleinen Manfred in die Familie aufgenommen. Ulrich hatte das so gewollt und sich rührend um ihn gekümmert. Manfred war wohl der Ersatz für seine eigene Kinderlosigkeit gewesen, hatte Martha vermutet. Sepp und Paul waren davon nicht angetan gewesen, aber sie hatten sich den Wünschen des Onkels gefügt. Doch zwischen ihren Söhnen und Manfred hatte sich nie eine herzliche Beziehung entwickelt. Stets war eine gewisse Distanz zu spüren gewesen. Wahrscheinlich der Altersunterschied.

Als Ulrich sechzig geworden war, hatte sie erwartet, dass er die Firmenleitung schrittweise ihren Söhnen übertragen und sich allmählich zurückziehen würde. Sie hatte gewusst, dass Sepp und Paul darauf gewartet hatten. Besonders Sepp. Aber nichts dergleichen war geschehen. Sie wusste, dass die beiden diesbezüglich ein Gespräch mit Ulrich gehabt hatten, doch seither war nicht mehr darüber geredet worden. Irgendetwas stimmte nicht zwischen Ulrich und ihren Söhnen, das spürte sie genau.

Doch die Entscheidung, ihren Söhnen die angestammte Erbfolge für alle Zeiten vorzuenthalten, hatte sie völlig unvorbereitet getroffen. Da war Ulrich zu weit gegangen. Was war nur in ihn gefahren? So etwas löste doch zwangsweise böses Blut aus. Und so war es auch gewesen. Verschiedene Familienmitglieder waren zu Ulrich gekommen, um ihn umzustimmen und ihm ihre Vorschläge zu unterbreiten. Doch das schien nicht viel gefruchtet zu haben. Sie selbst war auch bei ihm gewesen, um ihn von seinem Entschluss abzubringen. Aber er hatte sie abgespeist mit einem „Ich habe gute Gründe für meine Entscheidung. Du brauchst keine Angst zu haben, Martha, für euch alle ist gesorgt." Sein Ton hatte keine weiteren Fragen zugelassen.

Sie hatte mitbekommen, dass einige Familienmitglieder sich getroffen und beraten hatten. Es war manchmal recht laut zugegangen. Ach Gott, was war das nur für eine schlimme Situation. Und die Zeit lief unerbittlich ab. Es war bereits Montagabend. Und morgen Vormittag wollte Ulrich zum Notar gehen. Das durfte nicht sein. Aber was konnte sie schon tun? Sie fühlte sich so hilflos.

Hörte sie nicht ein Geräusch? Ja, die Haustür wurde geöffnet, und das Licht der Eingangshalle zeichnete sekundenlang einen hellen Streifen in den Schnee. Sie zog den Vorhang ein Stück zur Seite. Ulrich trat aus der Tür, streif-

te die Handschuhe über und trat seinen Spaziergang an. Pünktlich auf die Minute. Sie sah ihm nach, bis seine einsame Gestalt von der Dunkelheit verschluckt wurde.
Seufzend wendete sie sich vom Fenster ab. Die Uhr schlug acht.

Der kleine Hase machte Rast unter einem Baum. Lianen baumelten bis zum Boden herab. Da kreuzte eine Schlange seinen Weg. Diese fragte: „Was machst du hier ganz allein?"
„Ich bin auf der Suche", sagte der Hase.
Die Schlange schüttelte den Kopf. „Jetzt nicht mehr, du Dummkopf, denn ich werde dich fressen." Sie schlängelte sich durch die Lianen und verhedderte sich darin. Der Hase zog so kräftig er konnte und schnürte der Schlange die Luft ab, bis sie tot war.
„Gut gemacht, kleiner Hase", zwitscherte ein Sperling von einem Ast über ihm. „Doch jetzt musst du weiter." Er plusterte sein Gefieder auf und erhob sich in die Lüfte.
„Es ist alles nicht wirklich!", rief er zum Abschied.
Der Hase atmete tief durch und lief weiter.

4

Rosa Achleitner brauchte nicht viel Schlaf. So war das eben mit alten Leuten. Sie versuchte, den vielen Stunden des Tages durch geregelte Abläufe Sinn zu geben. Die Zeit irgendwie zu nutzen, die sie seit dem Tod ihres Mannes im Überfluss hatte. So hatte sie es sich zur Gewohnheit gemacht, jeden Morgen und Abend um sieben auf den Friedhof zu gehen, um am Grab ihres Mannes nach dem Rechten zu sehen. Im Sommer wässerte sie die Blumen, die sie liebevoll um die Steinplatte herum gepflanzt hatte, und im Winter wischte sie den Schnee von der Grabeinfassung und der Platte. Manchmal hatte sie Glück und traf Bekannte, die sich auch der Grabpflege widmeten. Dann hielt sie ein kurzes Schwätzchen, erfuhr die eine oder andere Neuigkeit oder kommentierte den Zustand der anderen Gräber. Doch im Winter war sie frühmorgens meistens die einzige Friedhofsbesucherin.

Auch heute schlenderte sie den Friedhofsweg entlang, in der Hand einen Stoffbeutel mit einer Kerze, Streichhölzern und einem Handbesen darin. Es hatte in der Nacht geschneit, also gab es einiges zu tun. Das Grab ihres Mannes lag im oberen Teil des Friedhofs, sie konnte auf ihrem Weg dahin die übrigen Gräber betrachten und Nachschau halten, ob ein neues Grab ausgehoben oder wie ein bereits vorhandenes Grab gestaltet worden war, nachdem sich das Erdreich gesetzt hatte. Am liebsten aber betrachtete sie das Rumbach-Grab. Es lag etwa in der Mitte an der

linken Friedhofsmauer und war das imposanteste von allen. Es hatte die Größe von zwei Doppelgräbern und war mit rötlichem Marmor üppig ausgestattet. Kunststück, die Rumbachs machten ja ihr Geld damit, dachte sie manchmal mit einem Anflug von Neid. Doch was nutzte einem schon das schönste Grab, wenn man erst darin lag? Der Tod schert alle über einen Kamm, er macht keinen Unterschied zwischen Arm und Reich. Der Trost der weniger Begüterten.
Trotzdem zog es sie immer wieder hin. Dieses Grab übte eine merkwürdige Anziehung auf sie aus. Der riesige Stein war kunstvoll asymmetrisch geschnitten mit einem vorspringenden Sockel, auf dem Kerzen oder Blumenvasen Platz fanden. Manchmal sah sie darin den Teil einer Muschel, ein andermal eine halb geöffnete Hand, als wollte der Tod eine Einladung aussprechen. Vom Sockel weg verlief schräg nach rechts eine Marmorplatte, auf der in goldenen lateinischen Buchstaben ‚Sepulchrum est domus mortuorum' eingraviert war. Was immer das auch hieß. Darunter standen die Namen der bereits verstorbenen Rumbachs. Doch das Faszinierendste waren die Skulpturen. Der rötliche Marmor änderte seine Farbe zu Dunkelgrau und ging schließlich in Schwarz über, je höher man blickte. Über dem Stein ragte eine große Gestalt auf mit seitlich nach unten weisenden Flügeln. Sie trug eine Kutte, eine Art Büßergewand, und die Hände waren vor dem Körper in die weiten Ärmel geschoben. Sie hielt den Kopf gesenkt, die Kapuze des Kleides fiel so weit nach vorn, dass das Gesicht nicht zu erkennen war. Diese

Gesichtslosigkeit übte die größte Wirkung auf sie aus. Zwei kleinere Skulpturen, deren Gestalt und Gesichter nur angedeutet waren, flankierten diesen Todesengel. Trotzdem vermittelte die bloße Andeutung von Gesicht und Körper dem Betrachter den Eindruck von tiefer Trauer und Schmerz. Rosa Achleitner fand es normalerweise kitschig, Gräber mit Engeln und sonstigen Gestalten auszustatten, doch bei dieser Figurengruppe war es anders. Sie empfand jedes Mal Betroffenheit und ein leichtes Grauen beim Betrachten, und wenn die Dämmerung tiefe Schatten auf das Grab zeichnete, bekam sie eine Gänsehaut.
Auch heute bog sie nach links ab und folgte dem schmalen Pfad zur Friedhofsmauer.
Stand da nicht jemand am Grab der Rumbachs? Sie wollte schon umkehren, doch die Neugier trieb sie näher. Irgendetwas stimmte hier nicht. Die Person stand nicht vor dem Grab, sondern mittendrin. Sie ging noch ein paar Schritte auf das Grab zu und blieb dann stocksteif stehen.
Ihr Verstand weigerte sich zu begreifen, was ihre Augen bereits sahen. Ein Mann mit einem Gürtel um den Hals hing von dem Todesengel herab, die Füße berührten beinahe den Boden. Es schien, als hätte er sich in die steinerne Figurengruppe einfügen wollen, wären da nicht seine halb geöffneten Augen und die herausgequollene Zunge gewesen.

Kammerlander stieg aus seinem Wagen und strebte dem Friedhofseingang zu. Einige Leute standen bereits dort, wurden aber von den Polizeibeamten am Betreten des

Friedhofs gehindert. Er erkannte Langmann in der Menge, der ihm zuwinkte.

Kammerlander sah sich um. Zu dieser frühen Stunde waren nur wenige Autos hier abgestellt. Der Voitsberger Friedhof lag an der Grenze zum Bärnbacher Gemeindegebiet und nahm die Verstorbenen von Voitsberg, Rosental und Bärnbach auf. Rechts vom Parkplatz befand sich der Friedhofseingang, auf der linken Seite grenzte der Steinmetzbetrieb Rumbach an. Dem großen grauen Gebäude war eine Ausstellungsfläche vorgelagert, auf welcher Grabsteine in verschiedenen Größen und Formen zu besichtigen waren. Kammerlander ging eilig daran vorüber. Er schob sich durch die Leute und zog Langmann wortlos mit sich. Sie gingen ein gutes Stück den Friedhofsweg entlang, bevor Kammerlander zu sprechen anfing.

„Was haben wir hier? Ich hörte von einem Mann, der an einem Engel hängt?"

„Tja. In der Tat. So merkwürdig es auch klingt."

„Selbstmord?"

„Möglich. Aber … ich glaube es nicht. Schau es dir selber an. Hier links rein."

Sie bogen auf den gleichen Pfad ab, den Rosa Achleitner vor einer Stunde genommen hatte. Sie sahen Dr. Schneider neben dem Grab stehen und mit dem Fotografen sprechen, der ein ums andere Foto schoss.

Als er vor dem Grab stand, war Kammerlander sprachlos. Er meinte, mitten in einem surrealen Film aufgewacht zu sein. Er kannte diese Figurengruppe natürlich, denn die Familie seiner Frau hatte auch ein Grab auf diesem Friedhof. Doch mehr als flüchtige Neugier hatte er bis jetzt nicht dafür übrig gehabt. Das änderte sich nun schlagartig. Der Mann im Vordergrund verlieh dem steinernen Sinnbild des Todes greifbare Wirklichkeit. Schnee lag auf den Flügeln und dem gesenkten Kopf des Todesengels, ebenso auf den Schultern und dem gesenkten Kopf des Mannes; die weiße Hülle ließ Mensch und Stein fast zu einer Einheit verschmelzen.

Dr. Schneider nickte kurz zur Begrüßung. „So etwas hatten wir noch nicht."

„Da haben Sie recht." Kammerlander sah auf den verschneiten Boden. „Darf man sich bewegen oder gibt es verwertbare Fußspuren?"

„Keine Chance. Die einzigen Fußabdrücke stammen von der Frau, die die Leiche gefunden hat, und den Polizisten, die Nachschau gehalten haben. Alle Fußspuren enden hier." Dr. Schneider wies auf eine Stelle einen halben Meter vor der Grabstätte. „Die Fußabdrücke im Innenbereich stammen von mir, als ich die Erstuntersuchung vorgenommen habe. Als ich hier ankam, lag über dem ganzen Grab eine unversehrte Schneedecke."

„Das heißt, wir können den Todeszeitpunkt in etwa eingrenzen?"

Dr. Schneider schnaubte. „Sie können es wieder einmal nicht erwarten, was?"

„Sie kennen mich ja. Also, lassen Sie uns überlegen: Gestern hat es kurz vor acht Uhr abends zu schneien begonnen. Der Mann muss also vorher oder nicht lange danach zu Tode gekommen sein, sonst würde man am Grab Fußspuren erkennen, meinen Sie nicht? Sie haben den Mann doch kurz untersucht. Eine vorläufige zeitliche Einschätzung, mehr will ich nicht, Doc."

Dr. Schneider seufzte. „Ich stimme mit Ihnen überein. Der Tod dürfte vor zehn bis zwölf Stunden eingetreten sein."

Kammerlander nahm den Toten genauer in Augenschein. Ein Gürtel lief um seinen Hals, die Schlaufe saß vorne am Kehlkopf. Das Ende des Gürtels war um den rechten Flügel des Todesengels gebunden. Die Füße des Mannes baumelten etwa zehn Zentimeter über dem Boden. Auf der Stirn waren Schnittverletzungen zu sehen, ein Rinnsal gefrorenen Bluts verlief von der Stirn über die Nase.

„Selbstmord oder Mord?"

„Kann ich noch nicht sagen." Dr. Schneider runzelte die Stirn. „Aber gefühlsmäßig würde ich Selbstmord anzweifeln. Bedenken wir, wie ein Mensch vorgeht, der sich erhängen will. Erstens: Normalerweise sucht sich so jemand einen Ort, an dem er nicht gestört wird. Mir ist kein Fall bekannt, in dem ein Selbstmörder zum Erhängen einen öffentlichen Platz aufgesucht hätte. Zweitens: Ein Selbstmörder nimmt einen Stuhl oder etwas Ähnliches, den er wegstößt, um keinen Halt mehr unter den Füßen zu haben. Im Todeskampf tritt nämlich der natürliche Überlebenswille eines Menschen in Kraft, der im letzten Moment unbewusst jede Möglichkeit wahrnimmt, doch noch Tritt zu fassen. Und jetzt sehen Sie hier." Er wies auf die Stiefel des Toten. „Wenn er sich hätte erhängen wollen, hätten seine Füße im Todeskampf unwillkürlich an diesem Sockel Halt gefunden. Und er hätte versucht, den Druck um

den Hals zu entlasten und zu atmen. Das läuft ganz unbewusst und automatisch ab. Hat er aber nicht."
Kammerlander nickte und sah den Mann lange an.
„Er ist ziemlich alt. Teure Kleidung. Kommt mir irgendwie bekannt vor. Hat jemand Ausweispapiere bei ihm gefunden?"
Dr. Schneider schüttelte den Kopf. „In seinen Taschen war nichts außer einem Schlüsselbund. Aber ich habe auch das Gefühl, ihn zu kennen."
„Ähm …" Langmann, der bis jetzt wortlos daneben gestanden hatte, räusperte sich. „Ich denke, ich weiß, wer er ist."
Überrascht wandten sie sich ihm zu.
„Mein Vater ist letztes Jahr gestorben und ich brauchte einen Grabstein … Egal. Ich glaube, der Mann ist der alte Rumbach. Also der Boss des Rumbach-Clans."
Sie sahen wieder zum Toten hin.
„Er hat recht." Dr. Schneider nickte energisch. „Das ist Ulrich Rumbach."
Kammerlanders Blick verdüsterte sich.
„Na, wunderbar. Ermittlungen in der High Society Voitsbergs. Das hat uns gerade noch gefehlt."
Als er und Langmann den Friedhofsweg zurückgingen, kamen ihnen schon die Leute von der Gerichtsmedizin entgegen.

5

„Jetzt müssen wir die Familie benachrichtigen."
Kammerlander trat von einem Fuß auf den anderen, um seine klammen Zehen zu erwärmen. Er sah Langmann an und runzelte die Stirn. Der sah heute wieder zum Gotterbarmen aus. Unrasiert, Schatten unter den Augen, blauviolette Äderchen auf Wangen und Nase. Man musste schon blind sein, um nicht zu merken, dass er ein Alkoholproblem hatte. Der alte Mantel schlotterte um seine hagere Gestalt und an seinen Schuhen klebte Dreck. Herrgott noch mal, Kammerlander wusste ja, dass Langmann eine schwere Zeit durchgemacht hatte. Da war die Scheidung vor zwei Jahren gewesen; die Ehe war kinderlos geblieben – Gott sei Dank, musste man im Nachhinein sagen. Sein Vater, der ihm noch ein wenig Halt gegeben hatte, war vor einem Jahr gestorben, Geschwister oder Freunde schien er nicht zu haben. Er hauste allein in einer Zweizimmerwohnung und verkam immer mehr. Einmal hatte Kammerlander ihn wegen seines Alkoholkonsums angesprochen und ihm einen Zettel mit der Adresse der ‚Anonymen Alkoholiker' hingelegt. Langmann war fuchsteufelswild geworden und hatte ihm den Zettel vor die Füße geschmissen. Er hätte kein Alkoholproblem und Kammerlander sollte sich um seinen eigenen Dreck scheren. Und da Langmann sich dienstlich nichts hatte zuschulden kommen lassen, sondern ein guter Ermittlungsbeamter war, hatte Kammerlander das Thema nicht mehr angesprochen.

Doch heute hätte er lieber Ebner an seiner Seite gehabt, wenn er die noble Familie Rumbach aufsuchen musste. Die Leute sollten nicht denken, dass bei der Polizei alle wie Penner herumliefen. Naja, morgen war Ebner wieder im Dienst; der hatte sich ein paar Tage Urlaub genommen und war mit seiner Christine zum Skilaufen gefahren.
„Nehmen wir meinen Wagen?"
Kammerlander holte den Autoschlüssel aus der Manteltasche. Er wusste, dass hinter dem Steinmetzbetrieb ein Park anschloss, an dessen Ende das Domizil der Rumbachs lag.
„Wir können auch hier vorbei durch den Park gehen."
Langmann zeigte auf einen Weg seitlich des Gebäudes.
„Es gibt einen Fußweg durch den Park zum Haus."
Kammerlander schüttelte den Kopf.
„Ist mir noch zu kalt für einen Spaziergang."
Sie verließen den Parkplatz, bogen rechts ab und fuhren etwa zweihundert Meter auf der Oberdorferstraße Richtung Bärnbach. Wieder bogen sie rechts ab und waren nun auf der Zufahrtsstraße zum Anwesen der Rumbachs. Die Straße führte durch einen Park, von dessen Bäumen dann und wann Schnee zu Boden rieselte. Alles sehr weitläufig, dachte Kammerlander.
Dann kam das Haus in Sicht. „Meine Herren!", entfuhr es ihm. So groß und herrschaftlich hatte er es sich nicht vorgestellt. Ein breiter Treppenaufgang führte zum Hauptteil des Hauses, an dessen beiden Seiten ein paar Meter nach hinten versetzt Nebenflügel anschlossen. Über den zwei Stockwerken des Haupthauses ragte ein achteckiger

Turm mit einem Zwiebeldach in die Höhe. Er verlieh dem Gebäude, zusammen mit Erkern und reliefartigen Gesimsen, einen schlossähnlichen Charakter. Unten neben der Treppe, über die gesamte Länge des Haupthauses, waren die Garagen untergebracht. Kammerlander parkte seinen Wagen neben der Treppe und sah sich um. Kein Laut war zu hören, die Stille des winterlichen Parks vermittelte den Eindruck, als hätten alle Bewohner das Anwesen verlassen. Zwischen den Bäumen, etwa hundert Meter vom Haus entfernt, sah er ein Licht schimmern. Ein kleineres Gebäude versteckte sich dort zwischen Eichen und Birken.

Als sie vor dem Haupteingang mit seiner mächtigen Tür aus dunkler Eiche und farbigen Butzenscheiben standen, drückte Kammerlander auf einen glänzenden Messingknopf. Eine melodische Klangfolge war zu hören. Kurz darauf ging im Inneren Licht an und eine ältere Dame öffnete die Tür. Sie trug ein elegantes dunkelgrünes Kostüm, ihre grauen Haare waren perfekt frisiert.

„Sie wünschen?"

„Guten Morgen. Mein Name ist Kammerlander und das ist mein Kollege Langmann. Wir sind von der Voitsberger Polizei und würden gern mit der Familie Rumbach sprechen."

Irritiert sah sie ihn über ihre goldgefasste Brille an.

„Polizei? Ja, wie …"

„Dürfen wir hereinkommen, gnädige Frau?"

Zögernd gab sie ihnen den Weg frei. Kammerlander bemerkte den Blick, mit dem sie Langmann musterte. Sie

führte die Beamten zu einer Sitzecke in der geräumigen Vorhalle, die wohl für Besucher gedacht war, die auf Audienz warten sollten, bei wem auch immer. Sie bedeutete ihnen mit einer Handbewegung, sich zu setzen.
„Was kann ich nun für Sie tun, meine Herren?"
„Darf ich Sie zunächst einmal um Ihren Namen bitten?", fragte Kammerlander höflich.
„Oh, natürlich. Mein Name ist Martha Rumbach."
„Sind Sie die Gattin von Ulrich Rumbach?"
„Nein, ich bin seine Schwägerin. Ulrich ist nicht verheiratet." Ihre Augen huschten alarmiert zwischen den Beamten hin und her. Unruhig setzte sie sich an die äußerste Kante der Sitzbank. „Was ist mit Ulrich? Ist etwas passiert?"
Kammerlander sah zu Langmann hin, doch der starrte auf das Teppichmuster zu seinen Füßen. Er hatte bereits einen schmutzigen Abdruck darauf hinterlassen.
„Frau Rumbach, wir haben Ihnen eine traurige Mitteilung zu machen …"
Sie setzte sich kerzengerade hin und sah ihm starr in die Augen. Das Wappnen vor dem Unvermeidlichen. Und zwar mit Haltung. ‚Contenance' nannte man das wohl in ihren Kreisen, dachte Kammerlander.
„Ich muss Ihnen leider mitteilen, dass Ulrich Rumbach heute Morgen tot aufgefunden worden ist."
Sie fuhr fort, ihn anzustarren. Kein Muskel regte sich in ihrem Gesicht. Ihre Hände waren ineinander verschlungen, die Fingerknöchel traten weiß hervor. Eine lange Minute herrschte absolute Stille.
„Frau Rumbach, haben Sie mich verstanden?"

Ihre Lider zuckten, dann nickte sie.
„Ja ... ja, ich habe verstanden. Er kam heute nicht zum Frühstück herunter, ich warte schon die ganze Zeit ..."
Schweigen breitete sich aus. Langmann veränderte seine Sitzposition und versuchte verlegen, den Schmutzfleck mit seinem Schuh zu verdecken.
„Wie ... Wo wurde er gefunden?"
„Auf dem Friedhof. An Ihrem Familiengrab."
Sie nickte langsam, zustimmend, wie es Kammerlander schien. Sie nahm die Brille ab.
„Ja ... Diesen Platz liebt er. Er geht jeden Abend dort hin."
Ein Ruck ging durch ihren Körper. „Auch gestern ... Oh Gott, dann ist er gar nicht mehr nach Hause gekommen! Ich habe ihn gestern noch weggehen sehen."
Sie hielt die Hand vor die Augen und begann endlich zu weinen. Es schien, als hätte sie die Tragweite der Nachricht erst jetzt begriffen. Das Verstehen um Verlust und Schmerz wurde aus der Zeit geboren. Das hatte Kammerlander vor Kurzem in einem Buch gelesen und schien ihm in diesem Fall genau zu passen. Die Beamten warteten, bis sie sich etwas beruhigt hatte.
„Können Sie sich erinnern, wann Ulrich Rumbach gestern das Haus verlassen hat?"
„Ja, natürlich. Er macht jeden Tag um acht Uhr abends einen Spaziergang. Da kann man die Uhr danach stellen. Jeder weiß das ..."
Langmann hatte Block und Stift aus der Tasche gezogen und begann sich Notizen zu machen.
„Was meinen Sie mit ‚jeder'?"

„Jeder im Haus. Die ganze Familie. – Mein Gott, wir wussten ja, dass sein Herz schwach war, aber dass es so plötzlich geht …"
Sie stand auf.
„Entschuldigen Sie bitte, ich bin gleich wieder da."
Ein paar Minuten später kam sie zurück mit einem Taschentuch mit Monogramm in den Händen. Sie wirkte gefasster, obwohl ihre Wangen feucht glänzten. Sie setzte sich wieder zu ihnen.
„Wo … Wo ist Ulrich jetzt?"
„Äh, in der Gerichtsmedizin, denke ich."
„In der Gerichtsmedizin? Ja wieso? Das geht doch nicht. Er muss ordentlich aufgebahrt werden –"
„Frau Rumbach, wir denken nicht, dass Herzversagen die Todesursache war."
„Nicht? Ja, was war es dann? Hatte er einen Unfall? Ist er gestürzt?"
Kammerlander seufzte innerlich. Jetzt kam der schwierigste Teil.
„Ihr Schwager ist auf Ihrem Familiengrab erhängt aufgefunden worden."
Sie wurde weiß wie die Wand hinter ihr.
„Was sagen Sie da?"
„Ulrich Rumbach hing an einem Gürtel um den Hals vom Todesengel auf dem Grab."
Sie presste mit weit aufgerissenen Augen das Taschentuch vor den Mund.
„Wir müssten in seine Räume, um nachzusehen, ob es einen Abschiedsbrief gibt. Er hatte keinen dabei."

„Aber ... Sie denken, er hat sich ... Wieso sollte er das tun?"
„Wir wissen noch nicht, ob er es selbst getan hat. Deshalb die Frage nach einem Abschiedsbrief."
„Soll das heißen ..." Verstehen dämmerte in ihrem Blick. „Oh, mein Gott ..."
Langmann sah zur Seite und Kammerlander folgte seinem Blick. Ein junger Mann stand am Fuß der Treppe und sah starr zu ihnen herüber. Kammerlander wusste nicht, wie lange er schon dort gestanden hatte. Langsam setzte er sich in Bewegung und kam zu ihnen. Sein Gesicht war bleich, nur die dunklen Augen verliehen ihm etwas Farbe. Er schien sehr erschüttert zu sein. Tröstend legte er Martha Rumbach den Arm um die Schultern.
„Es tut mir so leid, Tante Martha. Es ist entsetzlich."
Kammerlander stand auf.
„Darf ich fragen, wer Sie sind?"
„Mein Name ist Manfred Roselli. Ich wohne hier."
Sie schüttelten sich die Hände. Der junge Mann sah die Beamten ernst an. Er war ein hübscher Bursche, mit ebenmäßigen Gesichtszügen und vollen Lippen. Er hatte dunkles gelocktes Haar und sanfte braune Augen. Mit längeren Haaren könnte er als Mädchen durchgehen, dachte Kammerlander.
„Ich glaube nicht, dass man in die Räume von Onkel Ulrich hinein kann. Wenn er wegging, hat er immer abgeschlossen. Er hatte als Einziger die Schlüssel."
Er runzelte die Stirn. „Ulrich müsste sie bei sich gehabt haben ..."

„Das ist richtig. Aber sie sind noch bei der Spurensicherung."

„Ich ... Mir ist nicht gut." Martha Rumbach versuchte aufzustehen, sank aber kraftlos auf die Bank zurück.

„Sie verstehen sicherlich, dass meine Tante jetzt Ruhe braucht." Manfred Roselli sah die Beamten entschuldigend an. „Das war alles zu viel für sie."

„Selbstverständlich. Wir werden morgen wieder kommen."

„Du suchst alles zusammen, was du über die Rumbachs finden kannst", sagte Kammerlander, als sie wieder im Auto saßen. „Wie sind die Familienverhältnisse? Wer wohnt alles in diesem Riesenhaus? Und vor allem: Wer beerbt den alten Rumbach?"

Langmann nickte. „Das ist des Pudels Kern. Wenn du mich fragst."

6

Kammerlander saß vor Kommandant Starkls Schreibtisch und erstattete Bericht.
„Sie wissen schon, mit wem wir es hier zu tun haben? Die Rumbachs sind nicht unsere normale Klientel, das ist Ihnen doch wohl klar."
Natürlich wusste Kammerlander das. Jeder im Bezirk Voitsberg kannte den Namen Rumbach. Er selbst hatte noch nie mit der Familie zu tun gehabt – Kunststück, in solchen Kreisen pflegte er nicht zu verkehren.
Starkl fühlte sich äußerst unwohl. Er zerrte an seinem Krawattenknopf und schwitzte. „Die Rumbachs sind eine der ersten Familien hier. Sie kennen Gott und die Welt und können sich die besten Anwälte leisten. Wir dürfen bei den Ermittlungen keine Fehler machen."
„Das ist mir klar, Herr Kommandant."
„Ich bete zu Gott", Starkl verdrehte die Augen zum Himmel, „dass sich der Todesfall als Selbstmord herausstellt. Selbst das ist schon schlimm genug." Er wischte sich mit einem Taschentuch über die Stirn.
„Gewiss. Aber ich fürchte, so viel Glück werden wir nicht haben. Dr. Schneider hatte auch die größten Zweifel, was einen Selbstmord betrifft."
„Nun ja, warten wir die Ergebnisse der Obduktion ab. Im Hinblick auf die Stellung Ulrich Rumbachs hat diese Untersuchung natürlich oberste Priorität. Bis morgen müssten wir die meisten Ergebnisse haben."

„Ich fange trotzdem schon an, das Umfeld der Rumbachs abzuklopfen. Wenn es Mord ist, können wir uns keine Verzögerung leisten."
„Aber behutsam, Kammerlander. Gehen Sie es auf alle Fälle behutsam an!"
„Natürlich, Herr Kommandant. Sie kennen mich doch."
Starkls Blick war alles andere als beruhigt.
Kammerlander stand auf und ging zur Tür.
„Ich binde Ebner in die Ermittlungen mit ein. Langmann ist schon dabei. Ist das in Ordnung?"
„Nehmen Sie, wen immer Sie wollen. Das Wichtigste ist Fingerspitzengefühl, Kammerlander. Ich zähle auf Sie!"

Wieder im Büro, setzte sich Kammerlander an seinen Schreibtisch und begann, liegen gebliebene Akten aufzuarbeiten. Er brauchte sie nur noch durchzusehen und abzuzeichnen. Viele waren es nicht. In der Vorweihnachtszeit hatte es etliche Diebstähle gegeben, wie in den Jahren davor, während der Weihnachtsfeiertage ein paar Fälle häuslicher Gewalt – das Übliche in der friedlichsten Zeit des Jahres. Die Streifenbeamten konnten ein Lied davon singen. Als er damit fertig war, legte er die Akten ordentlich gestapelt in den Ausgangskorb. Seine Gedanken kreisten wieder um den aktuellen Fall.
Er lehnte sich zurück und verschränkte seine Hände hinter dem Kopf. Was für eine skurrile Ausgangslage bei ihren Ermittlungen! Eine Leiche hing von einem Todesengel. Er hatte das makabre Arrangement noch vor Augen. Die Möglichkeit eines Selbstmords hatte er für sich bereits

ausgeklammert. Dafür waren die Argumente Dr. Schneiders zu stichhaltig gewesen. Also war der Mann ermordet worden. Davon war auszugehen.

Ob es zu einem Kampf gekommen war? Er erinnerte sich nicht an Abwehrverletzungen, aber er hatte auch nicht speziell danach gesucht. Die Kleidung des Mannes hatte jedenfalls keine Kampfspuren aufgewiesen, da war er sich sicher. Ulrich Rumbach war zwar nicht mehr der Jüngste gewesen, aber dass er kampflos sein Leben ausgehaucht hatte, war nicht anzunehmen. Vielleicht war er vorher betäubt worden?

Nun ja, die Obduktion würde Klarheit schaffen. Er musste erst Fakten in Händen haben, bevor er weitere Überlegungen anstellen und die Angehörigen der Familie Rumbach mit Fragen konfrontieren konnte. Er würde jetzt zum Mittagessen nach Hause fahren. Im Moment konnte er nichts tun. Später würde er Langmann bei den Recherchen helfen. Und er wollte Ebner anrufen. Vielleicht konnte Kurt es einrichten, dass er am Abend im Büro vorbeischaute, wenn er früh genug von seinem Skiurlaub zurück war. Es war besser, er war von Anfang an bei den Ermittlungen dabei.

„Wie geht es Tante Martha?"
Thomas saß bei seinem Großvater Wendelin in der Küche.
„Den Umständen entsprechend, würde ich sagen. Tatsächlich hält sich das alte Mädchen besser, als ich erwartet habe."

„Wie lange wird es dauern, bis die Polizei Bescheid weiß?"
„Ob es Selbstmord oder Mord war, meinst du? Keine Ahnung. Bestimmt nicht allzu lange. – Möchtest du eine Tasse Tee?"
Der junge Mann schüttelte den Kopf.
„Ich glaube, ich brauche jetzt ein Bier."
Wendelin deutete mit dem Kinn zum Kühlschrank. „Für mich auch."
Sie schenkten sich ein und tranken schweigend, jeder in seine Gedanken versunken. Schließlich hob Thomas den Kopf.
„Was kommt jetzt auf uns zu? Was meinst du? Wird alles ans Licht gezerrt werden?"
Der alte Mann schüttelte energisch den Kopf.
„Das darf nicht geschehen. Nur wir beide kennen die ganze Wahrheit. Und die werden wir für uns behalten. Der gute Name ‚Rumbach' wird nicht besudelt werden. Es wird keinen Skandal geben. Wir beide müssen zum Wohl der ganzen Familie handeln. Wenn wir Glück haben, braucht niemand etwas zu erfahren." Er runzelte die Stirn. „Wir müssen nur dafür sorgen, dass Manfred den Mund hält. Und wir müssen sehen, dass wir ihn loswerden. Später, nach der Beerdigung, meine ich."
„Er tut mir leid. Er ist ein armer Hund. Wenn ich mir vorstelle ..."
„Wir werden ihn natürlich nicht mittellos in die Wüste schicken."
Thomas verzog zweifelnd den Mund.

„Vielleicht wird er nicht mitspielen."
„Was bleibt ihm anderes übrig? So weit ich weiß, hat er hier kein verbrieftes Wohnrecht. Sein Wohltäter ist tot. Er hat keine Chance, von uns anderen zum Stiftungsvorsitzenden gewählt zu werden. Das weiß er sehr gut. Alles, was ihm bleibt, ist, sich sein Schweigen gut bezahlen zu lassen."
„Wahrscheinlich hast du recht."
„Bestimmt sogar. Du wirst schon sehen. Das Wichtigste ist jetzt, die Untersuchung und die Beerdigung unbeschadet zu überstehen." Er ergriff die Hand seines Enkels und drückte sie. „Dann wenden wir uns der nächsten Aufgabe zu, nämlich, dich zum Vorsitzenden zu machen. Auch dabei werden wir überlegt und vorsichtig zu Werke gehen, ohne mit der Tür ins Haus zu fallen."
„Das wird nicht einfach werden."
Wendelin tätschelte Thomas' Hand.
„Lass mich nur machen, mein Junge. Lass mich nur machen."

Um halb sechs Uhr abends saßen alle drei im Büro und hatten ihre erste Besprechung zum Fall Rumbach. Inspektor Witt hatte für Langmann einen dritten Schreibtisch ins Büro gestellt und war neugierig wie eine Katze herumgeschlichen.
„So einen Fund macht man nicht alle Tage, was?"
„Mhm."
„Und dann noch einer aus so einer stinkreichen Familie."
„Tja, so ist es nun einmal."

„Da kann man es wieder sehen: Geld allein macht nicht glücklich."
„Sie sagen es."
„Da erhängt sich einer in seinem Familiengrab. – Das muss man sich einmal vorstellen!"
„ … "
„Oder wurde er sogar dort aufgehängt?"
Jetzt reichte es Kammerlander.
„Ich weiß es nicht, Witt. Wenn die Obduktionsergebnisse da sind, sehen wir klarer. Bis dahin werden Sie es wohl noch aushalten können?"
Witts Mondgesicht wurde von einer tiefen Röte überzogen. „Natürlich, Herr Abteilungsinspektor. Sicher." Er wischte noch ein imaginäres Stäubchen vom Schreibtisch und verließ das Büro.
Ebner grinste. „Unser Witt ist schon eine Marke." Sein Gesicht war gebräunt und er strahlte gesunde Vitalität aus. Trotzdem wirkte er nicht entspannt.
„Kann man wohl sagen. Lasst uns jetzt anfangen."
Sie erzählten Ebner von den Ereignissen des Tages und er unterbrach sie nicht. Am Ende der Zusammenfassung schloss sich auch er der Ansicht an, dass die Obduktion Selbstmord ausschließen würde.
„Longjohn, erkläre uns doch einmal die Familienverhältnisse der Rumbachs."
Langmann blätterte in seinen Aufzeichnungen.
„Hm. Ja. Ich beginne mit der alten Garde. Ursprünglich gab es drei Brüder. Cornelius Rumbach als Ältester war Familienoberhaupt, ist aber vor vielen Jahren bei einem

Flugzeugabsturz ums Leben gekommen. Wendelin Rumbach, der Mittlere, hat sich für das Familienunternehmen nicht interessiert, also hat Ulrich als Jüngster die Führungsrolle übernommen. Die hat er bis zu seinem Tod innegehabt."

Ebner schüttelte den Kopf.

„Er war doch schon siebzig? Gibt es keine Nachfolger?"

„Dazu komme ich gleich. Der verstorbene Cornelius Rumbach und seine Frau Martha haben zwei Söhne, Josef und Paul. Josef ist verheiratet und hat zwei Töchter, Zwillinge, soweit ich weiß. Paul ist unverheiratet."

„Alter?", fragte Kammerlander.

„Josef ist zweiundvierzig, Paul einundvierzig." Langmann blätterte um.

„Der zweitälteste Bruder Wendelin hat eine Tochter namens Rita. Sie ist neununddreißig, bildende Künstlerin und hat einen unehelichen Sohn. Sein Name ist Thomas. Das Familienoberhaupt Ulrich Rumbach war nie verheiratet und hat auch keine Kinder."

„Und alle wohnen in dem großen Haus?"

„Sie sind alle unter dieser Adresse gemeldet."

Kammerlander rieb sich die Stirn. „Da gibt es aber noch einen Mitbewohner. Wir haben ihn heute kennengelernt. Manfred Roselli heißt er. Er hat zu Martha Rumbach ‚Tante' gesagt."

„Ja, richtig. Er ist aber kein Blutsverwandter. Er wurde als Dreijähriger von der Familie aufgenommen und großgezogen. Die Rumbachs sind so etwas wie seine Pflegefamilie."

„Aha." Kammerlander sah nun in seine eigenen Notizen. „Das passt. Ich habe mich ein wenig umgehört. Die Familie scheint karitativ sehr rege zu sein. Da flossen Spenden an Waisenhäuser, sie unterstützten den Anbau der Hauptschule, sogar die Fertigstellung der Sporthalle unserer Dienststelle hier war erst durch die finanzielle Zuwendung der Rumbachs möglich. Für die Unterstützung von Kirchen oder kirchlichen Einrichtungen haben sie besonders viel übrig. Die Pfarrer des Bezirks sind voll des Lobes für die Rumbachs, besonders was Ulrich Rumbach angeht. Es scheint eine sehr katholische Familie zu sein."
„Die Pfaffen haben immer schon gewusst, wo der Speck zu holen ist", brummte Langmann verächtlich.
Ebner stützte nachdenklich das Kinn auf seine Hand.
„Was mich interessieren würde, ist, wer wird der Nachfolger von Ulrich Rumbach? Soweit ich die Familienverhältnisse mitbekommen habe, kommen dafür drei Personen in Frage: seine Neffen Josef und Paul oder seine Nichte Rita. Die anderen sind wohl entweder zu alt oder zu jung. Gibt es ein Testament?"
„Gute Frage. Aber bevor dieser Todesfall nicht amtlich als Mord bestätigt wird, hat uns das nicht zu interessieren. Vor morgen können wir nicht loslegen." Kammerlander trommelte mit den Fingern auf seinem Schreibtisch herum. „Ich schlage vor, wir machen jetzt Schluss. Treffpunkt morgen um acht Uhr wieder hier. Dann werden wir die Ergebnisse der Gerichtsmedizin haben und Nägel mit Köpfen machen. Ich denke, es kommt eine Menge Arbeit auf uns zu."

„Gehen wir noch was trinken?"
Überrascht drehte Ebner sich um und sah Langmann hinter sich stehen. Eigentlich hatte er nach Hause fahren wollen, aber er merkte, dass er dazu nicht wirklich Lust hatte. Christine würde zwar auf ihn warten, aber was sollte es. Nach der Woche Skiurlaub mit ihr war ein wenig Männergesellschaft außerhalb seiner Arbeit vielleicht nicht das Schlechteste. Er nickte und drückte auf die Fernbedienung. Mit einem Klacken verschlossen sich die Autotüren.
„Warum nicht? Ist ja noch nicht spät."
Sie entschieden sich für den Italiener ganz in der Nähe und fanden zwei freie Hocker an der Bar. Alle Wohlgerüche der italienischen Küche umschmeichelten sie und Ebner merkte auf einmal, wie hungrig er war.
„Wollen wir etwas essen?"
Langmann schüttelte den Kopf.
„Keinen Hunger. Aber lass du dich nicht abhalten."
„Dann nehme ich auch nichts. Christine hat sicher etwas gekocht, das ich dann aufwärmen kann."
Eine irrationale Wut überfiel ihn. Wenn er ehrlich war, hätte er gerne etwas bestellt, eine Pizza vielleicht oder Lasagne. Aber damit hätte er Christine gekränkt, die jeden Abend etwas für ihn bereitstellte. Und da lag der Hase im Pfeffer: Sie umsorgte ihn wie eine Ehefrau, machte Dinge für ihn, die er nie verlangt oder gewollt hatte, und drängte ihn so in eine Position, in der er ihr etwas schuldig zu sein glaubte. Die oft ein schlechtes Gewissen auslöste. Diese ungebetenen Verhaltensweisen ihrerseits, über die nie

gesprochen wurde, störten ihn immer mehr. Er empfand sie wie Fesseln, die keine freien Entscheidungen mehr zuließen. Entsprach er nicht den Erwartungen, war er der Böse und es gab Stress. Oder, was für ihn noch schwerer auszuhalten war, Christine ging mit beleidigtem Gesicht herum und sprach kaum mit ihm. Er fühlte sich wie in einer Schlinge gefangen, die sich mehr und mehr zuzog. Die klassische Falle! Und er brachte es nicht fertig, mit Christine darüber zu sprechen. Damit würde er sie noch mehr verletzen. Bisher hatte er sich erfolgreich durchlaviert, ohne eine Entscheidung von wirklicher Tragweite getroffen zu haben. Aber das wurde zunehmend schwieriger. Es war schwer in Worte zu fassen: Niemand zwang ihn zu etwas, aber die eine Bemerkung hier, die andere Anspielung dort signalisierten deutlich, was von ihm erwartet wurde. Alles lief auf Hochzeit und die Gründung einer Familie hinaus, und zwar kerzengerade. Das war so sicher wie das Amen im Gebet.

Es war ja nicht so, dass er Christine nicht liebte. Obwohl er sich inzwischen nicht mehr sicher war, dass ‚Liebe' das richtige Wort für seine Gefühle war. Er war gerne mit ihr zusammen, auch ihrem Wunsch, bei ihr einzuziehen, hatte er nachgegeben. Wenn auch mit Bauchschmerzen. Er hatte geahnt, dass das Zusammenleben für ihn größere Einschnitte bedeuten würde als für sie. Es war nichts, worauf er gezielt den Daumen legen konnte, aber er hatte sich schrittweise an ihre Vorstellung von Zusammenleben angepasst. Sehr oft mit einem Gefühl des Unmuts; aber um Auseinandersetzungen zu vermeiden, hatte er

geschwiegen. Doch die innere Frustration hatte stetig zugenommen.
Er schaute Langmann von der Seite an. Was er sah, war ein in die Jahre gekommener, einsamer Polizist, der nach der Arbeit lieber in Kneipen herumzog, als in seine leere Wohnung zu gehen. Für den niemand kochte oder die Wäsche wusch, um den sich niemand sorgte. Der eine gescheiterte Ehe hinter sich hatte. Der zu viel trank. Der keine Freunde hatte, mit denen er etwas unternehmen konnte.
– Wollte er auch einmal so enden? Lief es für ihn darauf hinaus? Das war keine angenehme Vorstellung. Scheiße, dachte er. Von welcher Seite man es auch betrachtete, es war irgendwie immer Scheiße.
„Schönen Urlaub gehabt?" Langmann schob ihm ein Bierglas hin.
„Ja, kann mich nicht beklagen. Ausreichend Schnee und ein Wetterchen zum Helden zeugen."
„Na, dann: auf die Liebe!"
Langmann prostete ihm grinsend zu. Auch Ebner hob sein Bierglas.
„Auf die Freiheit!"
Langmanns Grinsen wurde noch breiter.

7

Um halb neun am nächsten Morgen lag der Obduktionsbericht auf Kammerlanders Schreibtisch. Konzentriert las er die Seiten, während seine Kollegen auf eine Erklärung warteten.
Ebner hatte schon zwei Gläser Wasser getrunken, den Bieren waren gestern noch zwei Schnäpschen gefolgt, welche auf seinen nüchternen Magen einen Frontalangriff geführt hatten. Zwei Aspirin waren seit einer halben Stunde am Wirken und allmählich fühlte er sich besser.
Langmann sah aus wie immer, wie er mit einem Seitenblick feststellte.
„Und?", fragte Ebner ungeduldig. „Was ist denn nun?"
„Was?" Kammerlander sah irritiert hoch. „Ach, entschuldigt. Es ist, wie wir vermutet haben. Ab jetzt bearbeiten wir den Mordfall Rumbach. Ulrich Rumbach wurde erdrosselt. Die Gürtelschnalle hat den Kehlkopf eingedrückt. Als er aufgehängt wurde, war er bereits tot. Starkl wird eine Großpackung Baldrian brauchen."
Er klappte die Akte zu.
„Ich gebe euch eine Kurzfassung. Ulrich Rumbach wurde zweifelsfrei mit dem Gürtel erdrosselt. Es wurde auch eine Platzwunde am Hinterkopf festgestellt. Seine Kleidung wies keine Beschädigungen auf, man stellte nur zwei Schmutzflecke auf der Hinterseite des Mantels fest. Falls er sich gewehrt hat, hat die dicke Kleidung die Bildung von Hämatomen verhindert. Keine Hautpartikel

oder Stofffasern unter den Fingernägeln, das Opfer trug Handschuhe. Zeitpunkt des Todes: zwischen acht und halb zehn Uhr abends. Ah, noch etwas: Auf der Stirn wurden Schnittwunden gefunden. Nicht tief, eigentlich nur Ritzer. Die Fotos davon werden uns geschickt.
Der Ablauf dürfte wie folgt gewesen sein: Ulrich Rumbach verlässt sein Haus und bricht zu einem Spaziergang auf. Auf der Strecke zwischen dem Haus und dem Familiengrab lauert sein Mörder und schlägt ihn von hinten nieder. Dann hat der Mann sein Opfer zum Familiengrab geschleift – das beweisen die Abriebstellen an den Fersen seiner Schuhe – und ihm einen Gürtel um den Hals gelegt. Ulrich Rumbach dürfte wieder bei Bewusstsein gewesen sein, als der Mörder den Gürtel zuzog. Die medizinische Begründung erspare ich euch."
Langmann hob die Hand. „Könnte das auch eine Frau zustande gebracht haben?"
„In Anbetracht des Alters und des geschwächten Zustandes des Opfers – er war bestimmt völlig benommen von dem Schlag – könnte eine kräftige Frau das durchaus zuwege bringen. Ulrich Rumbach ist also bei Bewusstsein und erlebt seinen Tod mit. Anschließend wird er auf den Sockel des Grabes gezerrt und an den Todesengel gelehnt. Der Gürtel wird um den Flügel des Engels gelegt, der Körper hochgezogen und festgebunden. Das wäre jetzt für eine Frau allein Schwerstarbeit. Anschließend braucht man nur mehr die Füße des Opfers nach vorne zu schieben, Ulrich Rumbach fällt in die Schlinge und baumelt zehn Zentimeter über dem Boden."

Langmann schüttelte den Kopf. „Kaum zu schaffen für eine Frau, wenn ihr mich fragt."
Kammerlander nickte. „Sie müsste schon sehr kräftig oder sehr wütend gewesen sein. Ulrich Rumbach war zwar nicht sehr groß und wog nur etwa fünfundsechzig Kilogramm, aber einen leblosen Körper hochzuhieven, erfordert doch sehr viel Kraft. Wahrscheinlicher ist es, wenn wir von einem Mann als Täter ausgehen."
„Oder es waren mehr als einer."
„Oder das."
„Der Gürtel ..." Ebner kratzte sich am Kinn. „War das Rumbachs Gürtel?"
„Nein. Rumbach hatte seinen noch an der Hose."
„Es muss ein sehr langer Gürtel gewesen sein."
„Das war er auch. Ein Meter neunzig. Das Labor untersucht ihn noch auf Fingerabdrücke oder Hautpartikel."
„Wieso hängt jemand einen Menschen an einem Todesengel im Familiengrab auf?"
Ebner schüttelte den Kopf. „Wieso hat es nicht gereicht, ihn einfach umzubringen?"
Kammerlander nickte. „Das ist eine der Kernfragen. Die Art der Opferablage ist ein sehr persönliches Tatmuster. Damit drückt der Täter seine Beziehung zu dem Opfer aus. Er gibt damit einen Hinweis, will etwas mitteilen."
„Es ist eine Abrechnung", sagte Langmann, „vielleicht hat es etwas mit dem Grab zu tun."
„Schon möglich." Kammerlander legte den Obduktionsbefund zur Seite und stand auf. „Zeit, an die Arbeit zu gehen. Longjohn, du kümmerst dich bitte um die finanziel-

len Belange der Rumbachs. Versuche herauszufinden, wie hoch ihr Vermögen ist, was alles zu ihrem Besitz gehört, welche Geschäfte sie genau machen. Sammle alles, was irgendwie interessant sein könnte. Kurt, du kommst mit mir. Wir wollen bei den einzelnen Rumbachs vorstellig werden."

„Fahr hier rein auf den Friedhofsparkplatz", sagte Kammerlander zu Ebner.
„Was wollen wir denn hier?"
„Sehen wir uns doch einmal den Steinmetzbetrieb an. Kann ja nicht schaden."
Sie parkten vor der Ausstellungsfläche und gingen an bereits fertiggestellten Grabsteinen in verschiedenen Größen und Formen vorbei. Weiter hinten standen Rohlinge aus Granit und Marmor, die darauf warteten, nach den Kundenwünschen bearbeitet zu werden. Als sie die Werkstatttür öffneten, sahen sie eine große Halle vor sich, in der reger Betrieb herrschte. Acht Leute waren über den Raum verteilt und arbeiteten an verschieden großen Werkbänken. Der Lärm, den das Hämmern, Schleifen und Fräsen verursachte, ließ die Beamten die Hände über die Ohren legen.
Kammerlander ging auf den ersten Arbeiter zu und brüllte: „Wo ist denn der Chef?"
Der Mann sah ihn erstaunt an und nahm seinen Gehörschutz ab.
„Ihr Chef", er drosselte nun seine Lautstärke, „wo kann ich ihn finden?"

Der Mann deutete zur Rückseite der Werkstatt. Da gab es drei Türen, in die Milchglasfenster eingeschnitten waren. Ebner deutete auf die mittlere, hinter der verstaubten Scheibe war eine Bewegung wahrzunehmen. Als sie klopfen wollten, wurde die Tür aufgerissen. Ein Mann hielt abrupt in der Bewegung inne und starrte sie verduzt an.
„Äh, wollen Sie zu mir?"
„Kommt darauf an, wer Sie sind."
„Ich bin der Geschäftsführer hier. Josef Rumbach. Wenn Sie sich für einen Grabstein interessieren, reden Sie bitte mit unserem Vorarbeiter. Ich habe einen dringenden Termin." Die Trauer um den Verlust seines Onkels schien sich in Grenzen zu halten. Mit einer Handbewegung bedeutete er ihnen, dass er vorbei wollte, aber die Beamten rührten sich nicht von der Stelle.
„Polizei Voitsberg. Wir müssen mit Ihnen reden."
Er starrte sie sekundenlang an. „Ja, ach so, ja … Dann kommen Sie bitte herein. Aber ich habe nicht viel Zeit."
Er setzte sich hinter seinen Schreibtisch und knöpfte die Anzugjacke auf. Die Beamten nahmen ihm gegenüber Platz.
Der Mann war Kammerlander sofort unsympathisch. Sein fast kahler Schädel wurde von wenigen dunkelblonden Haarsträhnen eingerahmt, die er kunstvoll drapiert hatte. Er schien überhaupt unter Haarmangel zu leiden; ein paar gelbliche Härchen bildeten die Augenbrauen und ließen das Gesicht nackt erscheinen. Keine Wimpern. Seine kleinen, eng zusammenstehenden Augen huschten nervös zwischen den Beamten hin und her.

„Darf ich fragen, wohin Sie so dringend müssen?" Kammerlander gestattete sich ein mitfühlendes Lächeln.
„Ich habe einen Termin bei unserem Notar. Beim Steuerberater und Anwalt müsste ich auch noch vorbeischauen."
Es geht schon los, dachte Kammerlander. Das Gehacke um den Kuchen.
„Wir wollen Sie auch nicht lange aufhalten. Eigentlich sind wir nur vorbeigekommen, um Ihnen mitzuteilen, dass Ihr Onkel Ulrich mit einem Gürtel erdrosselt wurde –"
Josef Rumbach wurde um eine Nuance bleicher.
„– und um Ihnen ein paar Fragen zu stellen."
„Er wurde also tatsächlich ermordet?"
„Zweifelsfrei."
„Und ... wissen Sie schon, wer ...?"
„Wir sind zwar schnell, aber so schnell auch wieder nicht."
„Natürlich. Ich dachte nur ..." Er knetete seine Finger, und als er es merkte, legte er sie vor sich auf den Schreibtisch. „Bitte, stellen Sie Ihre Fragen."
„Herr Rumbach, wo waren Sie am Montag, den zehnten Februar, zwischen zwanzig und zweiundzwanzig Uhr?"
„Sie fragen mich – Sie denken ...?"
„Herr Rumbach, ich denke noch gar nichts. Diese Frage muss ich jedem stellen, der mit Ihrem Onkel Kontakt hatte. Es ist ein Ausschlussverfahren und mit Ihnen fangen wir an."
Josef Rumbach blinzelte empört. Er verschränkte die Arme vor der Brust wie ein störrisches Kind. Seine Finger

hinterließen Schweißabdrücke auf dem Schreibtischschoner. Die Lippen zuckten, als er sagte: „Ich war zu Hause bei meiner Familie."
„Und Ihre Frau und die Kinder können das bestätigen?"
„Selbstverständlich."
„Sie sind an diesem Abend nicht mehr außer Haus gegangen?"
„Nein. Wir haben zu Abend gegessen, ferngesehen und sind dann ins Bett gegangen."
„Haben Sie Ihren Onkel noch weggehen hören?"
„Was? Nein, ich habe nichts gehört."
„Aber Sie wussten, dass er jeden Abend um acht einen Spaziergang machte?"
„Ja. Ja, sicher. Jeder wusste das."
„Sehen Sie, das war es schon. Wir bedanken uns für Ihre Auskünfte."
An der Tür drehte sich Ebner noch einmal um.
„Eine Frage noch. Wer übernimmt hier eigentlich die Leitung, will sagen, wer führt die Geschäfte nach dem Ableben Ihres Onkels?"
Josef Rumbach starrte ihn an.
„Das werde ich sein, vermute ich."
„Es gibt kein Testament, das die Nachfolge regelt?"
„Das weiß ich nicht."
Ebner tat überrascht.
„Aber Ihr Onkel war doch schon siebzig. Haben Sie nie mit ihm über die Nachfolge geredet?"
„Doch, aber er meinte, das hätte noch Zeit."

Langmann war froh, endlich aus dem Büro gekommen zu sein. Ihm war leicht übel gewesen, überhaupt spielte sein Magen in letzter Zeit verrückt. Mit Erleichterung hatte er den Auftrag Kammerlanders entgegengenommen, die finanziellen Hintergründe der Rumbachs zu recherchieren, und zwar allein. Nicht, dass er Ebner oder seinen Chef nicht leiden konnte, ganz gewiss nicht. Aber in letzter Zeit ging es ihm nicht so gut, und besonders am Vormittag hatte er gern seine Ruhe. Um Körper und Geist langsam hochzufahren und seinen eigenen Arbeitsrhythmus zu finden, wie er es nannte. Dafür brauchte er keine Gesellschaft.
Er steuerte seine Stammkneipe in Bahnhofsnähe an. Ursprünglich war es ein großer Gasthof gewesen, doch über die Jahrzehnte waren vom einstigen Beherbergungsbetrieb nur ein Gastraum mit Theke, ein Lagerraum und zwei winzige Toiletten übrig geblieben. Das restliche Erdgeschoss wurde von einem Lebensmittelladen mit Beschlag belegt, die Räume im ersten Stock teilten sich die Betreiber eines Fingernagelstudios und eines Copyshops. Das garantierte dem Wirt ein geregeltes Einkommen und der Betrieb der kleinen Kneipe füllte seine Tage aus. Es kamen nur wenige Gäste, doch die kamen regelmäßig: Arbeitslose, die ihre Sozialhilfe hier vertranken, alte, einsame Männer, gestrauchelte Existenzen, die schon lange aufgehört hatten, sich vom Leben noch etwas zu erhoffen. Sie saßen hier, Stunde um Stunde, brüteten vor sich hin und sprachen kaum jemals miteinander. Kam ein neuer Gast, sahen sie kurz hoch, mit verschleiertem Blick und ohne Interesse, um Sekunden später wieder in ihre stumpfe Lethargie zu

verfallen. In diesem Umfeld fühlte Langmann sich wohl. Hier konnte er sicher sein, keinen Bekannten zu treffen oder gar einen seiner Kollegen. Niemand wunderte sich, dass er an der Wirtshaustheke lehnte, obwohl er doch eigentlich im Dienst war. Er wurde in Ruhe gelassen und musste niemandem etwas vormachen, wenn er schon am Vormittag ein Bier und einen Schnaps trank. Wenn es ihm besser ging, legte er das Geld auf den Tresen, nickte dem Wirt zu und ging wieder an seine Arbeit.

Als er die Tür öffnete, mussten sich seine Augen erst an das schummrige Licht und den Tabakqualm gewöhnen. Er stellte sich wie gewohnt an den Tresen und machte dem Wirt ein Zeichen. Nachdem er den Schnaps mit einem Zug hinuntergekippt und die ersten Schlucke Bier getrunken hatte, fühlte er sich wohler. Die Übelkeit verschwand, vom Magen her breitete sich Wärme im ganzen Körper aus und die Anspannung fiel von ihm ab. Jetzt konnte er sich mit seinem Auftrag beschäftigen, konnte sich die Vorgehensweise überlegen und effizient arbeiten. Das würden Kammerlander und Ebner nicht verstehen; er wusste, sie würden sagen, er wäre Alkoholiker. Was absoluter Blödsinn war. Was war schon dabei, ein paar Drinks vor der Arbeit zu nehmen oder auch zwischendurch, wenn man im Anschluss daran fit wie ein Turnschuh war und gute Arbeit leistete?

Und gut war er, das wusste Langmann. Wenn er sich erst in einen Fall verbissen hatte, ließ er nicht locker. Wenn andere schon aufgegeben hatten, grub und bohrte er so lange, bis er etwas zutage gefördert hatte. Aber dafür brauchte er die nötige ‚Motivationsschmiere'. Damit war doch allen gedient, oder nicht?

Er trank zum Rest des Bieres noch einen zweiten Schnaps und überlegte, wo er überall nachfragen und welche Quellen er anbohren sollte. Er hatte Informanten in den Banken und Behörden sitzen, die ihm etwas schuldig waren, weil er bei den richtigen Leuten ab und zu Fünfe hatte grade sein lassen. So etwas machte sich bezahlt und er vergaß nie jemanden, der ihm einen Gefallen schuldig war. Die Betroffenen bezahlten alle früher oder später mit Informationen, die sie eigentlich nicht weitergeben durften. Quid pro quo. Ganz einfach.

Er massierte sich die Finger – sie wurden in letzter Zeit oft steif – und verließ die Kneipe. Er spürte, wie seine Lebensgeister angeregt nach Wühlarbeit verlangten, und ging pfeifend Richtung Bezirkshauptmannschaft.

8

Auch Ebner war gebührend beeindruckt, als sie vor dem Haus der Rumbachs standen. Er stieß einen leisen Pfiff aus.
„Ich hätte nicht gedacht, dass es so groß ist. Von der Straße aus sieht man nur einen Teil des Dachs. Und den Turm."
Wieder war alles still, als ob selbst die Vögel es als ungehörig empfänden, hier zu zwitschern. Durch eine Scheibe im linken Flügel des Hauses sahen sie eine Lampe brennen. Sie gingen hin und läuteten.
Eine Frau in mittleren Jahren öffnete die Tür. Sie hatte ein rundliches Gesicht und ihre wasserblauen Augen sahen sie neugierig an. Sie blies ein paar strähnige Haare aus dem Gesicht. Eine rosa Kittelschürze spannte sich um ihre Figur.
„Guten Tag. Wir sind von der Voitsberger Polizei. Das ist mein Kollege Ebner, mein Name ist Kammerlander. Dürfen wir hereinkommen?"
Fast ruckartig gab sie die Tür frei.
„Ja. Ja, natürlich. Mein Mann ist allerdings nicht da." Sie wischte ihre Hände an der Schürze ab, dann fuhr sie sich fahrig durch die Haare.
„Und Sie sind …?"
„Wie? Ach so. Mein Name ist Hermine Rumbach. Ich bin mit Josef Rumbach verheiratet." Der Tonfall bei der Erwähnung des Namens sollte ihnen wohl die Bedeutung ihres Mannes vor Augen führen.

Sie führte sie in ein geräumiges Wohnzimmer, das mit alten Eichenmöbeln eingerichtet war. Die Atmosphäre strahlte Gediegenheit aus. Zwei Mädchen fläzten sich auf einer ausladenden Ledergarnitur. Die eine drückte an einem Gameboy herum, die andere las einen Heftchenroman. Es waren eineiige Zwillinge, die Ähnlichkeit mit der Mutter war nicht zu übersehen. Sie beide trugen der Mode entsprechend Hüftjeans und kurze T-Shirts, sodass der Bauchnabel frei lag. Kammerlander fand, das hätten sie besser bleiben lassen sollen, nicht nur wegen der kalten Jahreszeit. Unübersehbare Speckwülste quollen zwischen Hose und T-Shirt hervor. Sie sahen die Besucher neugierig an.

„Das sind meine Töchter Elsa und Trudie. Sie haben gerade Semesterferien. Die Herren sind von der Polizei. – Nehmen Sie bitte Platz."

Im Vorbeigehen zwinkerte Ebner den Mädchen zu, was einen Kicheranfall bei ihnen auslöste. Sie nahmen die Beine von der Sitzgarnitur und machten den Beamten Platz.

„Sie sind also die Gattin von Josef Rumbach", begann Kammerlander.

„Jawohl." Sie hatte ihre Hände auf den Oberschenkeln gefaltet und saß da wie bei einer Prüfung. Die Mädchen kicherten wieder.

„Ja, wir wollten Sie eigentlich nur nach dem Abend des zehnten Februar fragen. Können Sie uns sagen, wo Sie da waren?"

„Na, zu Hause natürlich."

„Und Ihr Mann?"

„Der auch." Die Antwort Hermine Rumbachs kam wie aus der Pistole geschossen. „Wir alle waren den ganzen Abend hier."

„Das stimmt nicht, Mama", plapperte eines der Mädchen los, „Wir beide waren gar nicht da. Montagabend waren wir mit Emily im Kino. Wir sind erst um zehn heimgekommen."

Mit einem schnellen Blick brachte die Mutter das Mädchen zum Schweigen.

„Ach ja, richtig. Mein Mann und ich waren an dem Abend allein zu Hause." Sie lächelte gekünstelt. „Und sonst? Haben Sie Neuigkeiten mitgebracht? Wann wird der Leichnam des Onkels freigegeben? Wir müssen doch alles für die Beerdigung vorbereiten. Sie können sich denken, dass wir eine Menge zu tun haben werden. Er war ja nicht irgendjemand, sondern eine gesellschaftliche Größe im Bezirk."

Ihre Haltung straffte sich, und sie bemühte sich um einen vornehmen Gesichtsausdruck. Jetzt hätte Kammerlander am liebsten gekichert.

„Nun ja, wir haben jetzt gesicherte Erkenntnisse …" Er warf einen beredten Blick auf die Mädchen.

„Elsa, Trudie, geht auf eure Zimmer, bitte. Ich möchte mit den Herren allein sprechen."

„Oooch, immer wenn es interessant wird …", maulte die eine. Ein rascher Blick der Mutter genügte.

Als sie allein waren, fuhr Kammerlander fort.

„Es ist erwiesen, dass Ulrich Rumbach ermordet wurde. Deshalb sind wir hier."

„Oh Gott, also doch." Sie schüttelte heftig den Kopf. „Als ich gestern davon hörte, konnte ich es nicht glauben. Wer macht so etwas? Was gibt es denn bei dem alten Mann zu stehlen? Er hatte bestimmt kein Geld bei sich."
„Da haben Sie recht." Ebner zog einen Notizblock aus der Tasche. „Laut meinen Aufzeichnungen hatte er nur einen Schlüsselbund in den Taschen. Doch Raub war nicht das Tatmotiv. Er hatte noch einen wertvollen Siegelring am Finger und eine goldene Uhr am Handgelenk."
„Ich verstehe das alles nicht. Das muss ein Wahnsinniger gewesen sein."
„Frau Rumbach, wir würden gern noch mit den anderen Familienmitgliedern sprechen. Vielleicht ist jemandem etwas aufgefallen."
„Da werden Sie jetzt kein Glück haben. Mein Mann ist wie gesagt nicht da, mein Schwager Paul ist im Marmorsteinbruch und Cousine Rita ist mit ihrem Sohn weggefahren. Aber Martha wird zu Hause sein, und Onkel Wendelin, nehme ich an. Warten Sie, ich komme mit und sehe nach."
Sie holte ihren Mantel und führte die Beamten zum Haupthaus. In der Eingangshalle sah sie sich missbilligend um.
„Schon wieder liegen Manfreds Rätselhefte überall herum. Diese Wortspielereien mögen ja ganz lustig sein, aber der Junge sollte doch nun wirklich langsam gelernt haben, seine Sachen aufzuräumen."
Sie bückte sich und hob zwei Hefte auf, die von einem Tischchen gefallen waren. Gereizt legte sie die Hefte auf eine Treppenstufe.

„Martha?"
Ihre Stimme hallte schrill in der Eingangshalle wider.
Man hörte eilige Schritte auf der Treppe. Manfred kam heruntergelaufen und hielt einen Finger vor die Lippen.
„Leise, Hermine. Sie ist gerade eingeschlafen. Martha hatte keine gute Nacht."
Kammerlander hob abwehrend die Hand.
„Mit Frau Martha Rumbach haben wir schon gesprochen. Lassen wir sie schlafen."
Er fasste Manfred näher ins Auge.
„Herr Roselli. Von Ihnen würden wir gerne wissen, wo Sie am Montag zwischen acht und zehn Uhr abends waren."
„Hier im Haus. Ich war in meinem Zimmer und habe gelesen."
„Waren Sie allein?"
Er nickte.
„Haben Sie gehört, dass Ulrich Rumbach am Montag um acht das Haus verlassen hat?"
„Nicht wirklich. Aber das ist nicht ungewöhnlich. Er machte jeden Tag um acht einen Spaziergang. Wenn ich also die Haustür gehört habe, war das ein gewohnter Vorgang, den ich nicht als außergewöhnlich registriert habe. Ich kann mich nicht erinnern."
Er zuckte bedauernd die Schultern.
„Manfred?"
Die schwache Stimme Martha Rumbachs erklang von oben.
„Oh, sie ist aufgewacht. Entschuldigen Sie mich bitte."
Er nickte ihnen zu und eilte die Treppe hinauf.

„Der junge Mann scheint sich rührend um Frau Rumbach zu kümmern", meinte Ebner.
„Ja, in der Tat." Hermine Rumbachs Lippen wurden schmal. „Manche Leute wissen eben, wie man sich zum Liebkind macht."
Kammerlander und Ebner tauschten einen Blick.
„Aber jetzt schauen wir nach, ob sonst noch jemand im Haus ist", wechselte sie das Thema.

Sie verließen das Haupthaus und wandten sich nach rechts. Der rechte Flügel unterschied sich vom linken nur dadurch, dass er zwei Eingänge hatte. Hermine Rumbach strebte dem Eingang auf der rechten Seite zu. Sie klingelte kurz, dann öffnete sie die Tür, als ginge sie selbstverständlich davon aus, dass sie nicht abgesperrt war. Sie traten in eine geräumige Diele.
Ein alter Mann kam ihnen entgegen und sah sie neugierig an. Er hatte dichte weiße Haare, die wie eine Löwenmähne vom Kopf abstanden. Seine Augen waren in einen Faltenkranz eingebettet und wirkten irgendwie milchig. Doch er blickte mit einem wachen Ausdruck von einem zum andern.
„Grüß dich Wendelin!", sagte Hermine forsch, „Ich habe dir jemanden mitgebracht. Die Herren sind von der Polizei und wollen mit dir reden."
„Verzeihen Sie den Überfall." Es war Kammerlander unangenehm, so ins Haus gefallen zu sein. Außerdem missfiel ihm die vereinnahmende Art Hermine Rumbachs. „Ich hoffe, wir stören nicht …"

„Das tun Sie nicht." Wendelin Rumbach schüttelte ihnen die Hand. „Ich hoffe, ich kann Ihnen helfen. Aber ich habe auch meinerseits Fragen."
„Selbstverständlich."
Hermine Rumbach stand wie ein Felsen neben ihnen und dachte nicht daran, sie allein zu lassen. Ebner wandte sich ihr zu.
„Vielen Dank, Frau Rumbach. Das war sehr freundlich. Wir wollen Ihre Zeit nun nicht länger in Anspruch nehmen."
„Ach, ich bleibe gern."
„Das wird nicht nötig sein." Ebner öffnete unmissverständlich die Tür. „Jetzt kommen wir auch allein zurecht."
Sie schoss einen bösen Blick auf ihn ab, und mit einem beleidigten Gesichtsausdruck rauschte sie an ihm vorbei. Kammerlander sah Ebner dankbar an.
Wendelin Rumbach führte sie in die Küche. Sie setzten sich auf eine gemütliche Eckbank und er bot ihnen eine Tasse Tee an. Während sie an den dampfenden Tassen nippten, informierte Kammerlander ihn über den gewaltsamen Tod seines Bruders. Der alte Mann wirkte erschüttert.
„So ein Ende hat er nicht verdient. Und dann noch auf diese Weise. Aufgehängt auf dem Familiengrab." Er rieb sich die Stirn. Als er die Hand sinken ließ, hatte er die weißen buschigen Augenbrauen nach vorn gewischt. Das verlieh ihm einen grimmigen Ausdruck.
„Wissen Sie, dieses Grab hatte für Ulrich einen besonderen Stellenwert. Er sagte immer, ein Mensch müsse eine

anständige Grabstätte bekommen, sonst verliert er seine Seele. Die Art und Ausstattung eines Grabes zeige die Bedeutung des Verstorbenen. Den Wert des gelebten Lebens. Er meinte, jeder Mensch habe das Recht auf eine gebührende Grabstätte, an der die Hinterbliebenen um ihn trauern können. Aber ... die Bedeutung unseres Grabes ging für ihn darüber hinaus."
Er sah nachdenklich aus dem Fenster.
„Ich weiß nicht, was er darin gesehen hat. Er ging jeden Tag hin und betrachtete die Figurengruppe. Manchmal blieb er nur ein paar Minuten, manchmal stand er eine halbe Stunde davor. Deshalb ist das Ganze ja auch so makaber und – bösartig. Ihn am Todesengel aufzuhängen, meine ich."
Kammerlander nickte.
„Das haben wir uns auch schon gedacht. Es muss viel Hass im Spiel gewesen sein, um seinen Tod vor den Augen der Öffentlichkeit so bloßzustellen."
Wendelin Rumbach sah ihn überrascht an. „Sie haben die richtigen Worte gefunden. Genau das meinte ich."
„Können Sie sich vorstellen, wer Ihren Bruder so gehasst haben könnte, um ihm das anzutun?"
„Nein, wirklich nicht. Er war Geschäftsmann, und ein erfolgreicher dazu, früher zumindest. In den letzten Jahren hat er nur mehr die Aufsicht über die Familienstiftung geführt. Die Firmen werden zum Großteil von Sepp und Paul geleitet. Obwohl Ulrich immer ein Auge auf alles hatte." Er schüttelte entschieden den Kopf. „Nein. Aus dieser Ecke kann ich mir kein Motiv vorstellen. Ulrich

war hart, was das Geschäftliche betraf, aber er hat auch viel Gutes getan. Er war ein aufrichtiger Christ. Ein Vorbild für seine Familie."
Sie hatten ihren Tee ausgetrunken. Der alte Mann erhob sich ächzend. „Ich möchte jetzt ein bisschen im Park spazieren gehen. Das hat mir der Arzt empfohlen wegen meinem Rheuma. Bewegung wäre gut, meint er."
„Dürfen wir Sie begleiten? Wir würden uns gern einen Eindruck von dem Anwesen verschaffen."
„Aber herzlich gern. In meinem Alter hat man wenig Unterhaltung."

9

„Wer ist denn hier gewesen?"
Martha Rumbach lag auf der Wohnzimmercouch und blickte Manfred Roselli fragend an. Eine dicke Decke war um ihren Körper gewickelt, doch sie schien immer noch zu frösteln. Sie wusste, dass keine noch so wärmende Decke ihr helfen konnte. Sie fror von innen.
„Die Polizei, Tante Martha. Aber mach dir keine Sorgen. Ich habe sie weggeschickt."
Er stand am Fenster und beobachtete die Beamten, wie sie, angeführt von Hermine, zum rechten Gebäudeflügel gingen. Hermines Bewegungen waren resolut, als sie mit wichtiger Miene vor ihnen herstapfte. Er musste an sich halten, um nicht laut loszulachen.
„Was wollen die denn schon wieder?"
„Ich habe keine Ahnung."
„Man sollte doch annehmen, dass selbst solche Leute genug Anstand haben, nicht ständig in ein Trauerhaus einzudringen."
„Die müssen das tun, Tante Martha", sagte er, ohne sich umzudrehen. „Sie müssen herausfinden, wie Onkel Ulrich gestorben ist. Das ist ihr Job."
„Ach, rede bloß nicht davon! Ich darf gar nicht daran denken … Was ist das nur für ein Unglück! Ich verstehe das alles nicht …"
„Versuche ein bisschen zu schlafen, Tante Martha. Es hilft niemandem, wenn du dich vor Sorgen verrückt machst."

Die Beamten und Hermine entschwanden aus seinem Blickfeld. Er sah auf den verschneiten Park hinaus. Der gewohnte Anblick schien ihm auf einmal fremd.

Er hatte Martha nicht die Wahrheit gesagt. Er konnte sich sehr wohl vorstellen, was die Beamten hier wollten. Nicht umsonst hatten sie nach seinem Alibi gefragt.

Die Polizei ging davon aus, dass Ulrich seinem Leben nicht selbst ein Ende bereitet hatte. So viel stand für ihn fest. Deshalb klapperten sie auch alle Bewohner des Hauses ab, um festzustellen, wo jeder zum Zeitpunkt des Todes von Ulrich gewesen war. Die Polizei ging von Mord aus.

Er hörte von draußen Geräusche und sah Hermine mit verkniffenem Gesicht vorbeimarschieren.

Er ballte die Fäuste. Das würde bestimmt eine Riesenaufregung geben. Dieser Kammerlander machte nicht den Eindruck, als würde er vor dem Geld und den Beziehungen der Rumbachs einknicken. Bald würde er von Ulrichs Plänen erfahren, ihm die Leitung der Familienstiftung zu übertragen, und daraus seine Schlüsse ziehen. Manfred presste die Nägel fester in seine Handballen, doch er spürte keinen Schmerz. Wenn die Untersuchung erst einmal so richtig in Gang gekommen war, würden sich einige Rumbachs warm anziehen müssen. Er hoffte, dass es so schlimm wie möglich für sie werden möge, wenn die Polizei nach dem Mörder suchte. Zumindest für einige von ihnen.

Denn der Mörder kam aus diesem Haus. Das würde auch die Polizei bald erkennen.

An den gleichmäßigen Atemzügen merkte er, dass Martha eingeschlafen war. Leise verließ er die Wohnung und begab sich nach oben in seine Zimmer.

Als sie auf dem großen Vorplatz waren, drehte Kammerlander sich zum Haus um.
Er nickte anerkennend.
„Das ist ein wundervolles Bauwerk. Es ist wohl schon sehr alt?"
Wendelin Rumbach nickte.
„Es wurde 1902 errichtet. Es lebt nun schon die sechste Generation der Rumbachs darin. Vor fünfundzwanzig Jahren ließ Ulrich das gesamte Gebäude restaurieren und modernisieren. Die vorderen Keller wurden zu Garagen umfunktioniert."
Er wies auf die großen Garagentore neben der Treppe.
„Wie sind denn die einzelnen Räumlichkeiten auf die Bewohner verteilt?" Ebner studierte die Fassade. „Groß genug ist das Haus ja, so viel steht fest, aber es würde mich doch interessieren."
„Im Haupthaus unten sind die Küche, ein Salon und ein großes Speisezimmer untergebracht. Den ersten Stock teilen sich Martha und Ulrich. Hm, teilten, sollte ich wohl sagen. Zwischen den beiden Wohnungen führt eine Treppe in die Turmzimmer, die Manfred bewohnt. – Ich weiß nicht, haben Sie ihn schon kennengelernt?"
„Ja, das haben wir."
„Der linke Flügel wird von Sepp und seiner Familie bewohnt. Und im rechten Flügel bewohne ich das Parterre

und Paul, der Bruder von Sepp, das Obergeschoss. Sie haben vielleicht die zweite Tür bemerkt?"

Die Beamten nickten.

„Das ist der Eingang zu Pauls Wohnung."

Wendelin Rumbach ging auf einen Weg zu, der sich in einem Bogen zwischen den Bäumen durchwand. Kammerlander und Ebner folgten ihm.

Die Sonne hatte an Kraft gewonnen und schmolz den Schnee auf den Bäumen. Die monotonen Tropfgeräusche von allen Seiten verstärkten den friedvollen Eindruck, den der Park vermittelte. Es mutete unwirklich an, dass in diese Idylle die Faust eines Gewaltverbrechens hineingeschlagen hatte.

Ein klapperndes Geräusch ließ sie durch die Bäume zum Haus hochblicken. Die Balken des oberen Turmfensters wurden geöffnet und sie sahen, wie Manfred sich auf die Fensterbank lehnte und zu ihnen heruntersah.

„Manfred Roselli …", überlegte Kammerlander, „Das ist doch ein italienischer Name?"

Wendelin Rumbach nickte. „Manfred ist italienischer Abstammung."

„Wie kam es, dass die Rumbachs ihn aufgenommen haben?"

„Das ist eine traurige Geschichte. Es ist jetzt etwa zwanzig Jahre her, dass auf unseren Gründen, östlich von uns aus gesehen, ein Wanderzirkus lagerte. Frau Roselli und ihr Junge gehörten dazu, glaube ich. Eines Tages, die Leute hatten ihre Zelte schon abgebaut und wollten weiterziehen, fand man den Jungen weinend hinter einem Wohn-

wagen. Seine Mutter war spurlos verschwunden. Die Polizei leitete eine Großfahndung ein, doch es war vergeblich. Man fand keine Spur von ihr. Genaueres weiß ich nicht darüber. Der Junge war jedenfalls ganz allein und sollte in ein Waisenhaus kommen. Als Ulrich von dem Waisenkind gehört hatte, das auf unserem Grund und Boden gefunden worden war, holte er es zu uns und übernahm die Vormundschaft. ‚Wenn Gott uns dieses Kind zugeführt hat, sollten wir es im Sinne christlicher Nächstenliebe auch annehmen', sagte er. Er war wie ein Vater für Manfred."
Sie hatten den Park schon fast umrundet, als das Steinhaus in ihr Blickfeld kam, das Kammerlander schon beim ersten Besuch aufgefallen war.
„Wer wohnt da drin?"
„Meine Tochter und mein Enkel."
„Ach, die beiden wohnen nicht mit der Familie im großen Haus?"
„Nein. Meine Tochter legt nicht so großen Wert auf allzu engen Familienkontakt."
Kammerlander schmunzelte. „Sie wird ihre Gründe haben."
Wendelin Rumbach blieb stehen, um zu verschnaufen.
„Ach, wissen Sie, Rita ist etwas … aus der Art geraten. Sie war ein schwieriges Kind und ein schwieriger Teenager. Traditionen und feste Regeln hat sie stets abgelehnt. Sie ist ein Freigeist und will sich keinen familiären Zwängen unterordnen."
Er ging langsam weiter.
„Ihre Tochter ist Künstlerin, nicht wahr?"

„Ja, das ist sie. Rita hat schon einige Ausstellungen gehabt. Sie haben sicherlich schon von ihr gehört."
Kammerlander und Ebner nickten höflich, um nicht zugeben zu müssen, dass sie keine Ahnung hatten. Hammerschläge ließen sie zum Zaun blicken. Ein baumlanger Mann nagelte ein loses Brett an, er musste an die zwei Meter groß sein. Er hatte eine Strickmütze tief ins Gesicht gezogen und schenkte ihnen keine Aufmerksamkeit.
„Das ist Juri", sagte Wendelin Rumbach im Weitergehen. „Er ist unser Gärtner und für schwerere Arbeiten zuständig."
„Der Mann fürs Grobe, sozusagen?" fragte Ebner beiläufig.
„Hm, ja, könnte man sagen."
Kammerlander drehte sich noch einmal zu ihm um, aber der Mann war verschwunden.
Als sie wieder vor dem Haus standen, sagte Kammerlander: „Wir werden jetzt gehen. Aber wir müssen am Nachmittag wiederkommen, um die Räume Ihres Bruders zu untersuchen. Könnten Sie bitte veranlassen, dass um siebzehn Uhr die gesamte Familie anwesend ist? Wir müssen mit jedem sprechen."
„Ich werde es allen sagen."
Er sah die Beamten ruhig an, doch man merkte, dass er sich Gedanken machte.
„Eine Frage hätte ich noch", sagte Ebner. „Ist Ihnen in letzter Zeit etwas an Ihrem Bruder aufgefallen, ich meine, war er anders als sonst? Oder ist etwas Ungewöhnliches geschehen?"

Wendelin Rumbach zögerte zum ersten Mal mit seiner Antwort. Ein Schatten glitt über sein Gesicht.
„Nein ..." Er räusperte sich und sagte dann mit fester Stimme. „Nein. Nicht, dass ich wüsste."
Er drehte sich um und ging auf das Haus zu.
Die Beamten sahen sich an.
„Ich denke, jetzt haben wir uns das Mittagessen verdient", sagte Kammerlander.

Der kleine Hase saß in einem Blumengarten und ruhte sich aus. Er schloss die Augen und atmete den betörenden Duft der bunten Blüten ein. Eine Amsel auf dem Zaun neben ihm sah eine Zeit lang zu. Dann fragte sie: „Was machst du hier ganz allein?"
„Ich bin auf der Suche", sagte der Hase.
„Soso", sagte die Amsel und nickte, „dann musst du sehr vorsichtig sein auf deinem Weg und die Augen offen halten."
Sie nickte ein paar Mal, spreizte die Flügel und erhob sich in die Lüfte.
„Es ist alles nicht wirklich!", rief sie zum Abschied.
Der Hase hielt die Augen offen und lief sehr vorsichtig weiter.

10

Um vierzehn Uhr fand die nächste Lagebesprechung statt. Ebner rekapitulierte die Eindrücke, die sie von den anwesenden Rumbachs gewonnen hatten, um Langmann ins Bild zu setzen.
„Und wie war es bei dir?"
Kammerlander sah Langmann neugierig an. „Hast du über die Finanzen der Rumbachs etwas in Erfahrung bringen können?"
„Einiges. Die Rumbachs besitzen den Steinmetzbetrieb beim Friedhof, den Josef Rumbach leitet. Es werden nicht nur Grabsteine hergestellt, obwohl das den Hauptumsatz ausmacht, sondern auch Auftragsarbeiten wie Skulpturen, Gedenktafeln usw. Sie haben Geschäftsbeziehungen nach Deutschland, Italien, Ungarn und Tschechien. Dann gehört ihnen der Marmorsteinbruch im oberen Kainachtal. In dem Segment fungiert Paul Rumbach als Geschäftsführer. Sie halten aber auch Anteile an Steinbrüchen in Salzburg und Italien. Das Prachthaus und den Park kennt ihr ja schon.
Zum Anwesen gehören aber noch Gründe, die im Osten an den Park anschließen, und eine Eigenjagd. Ein paar Miethäuser in Graz runden das Ganze ab. Wenn man die Bankkonten und Aktienpakete dazurechnet, kommt man so über den Daumen auf ein Vermögen von neunzig Millionen Euro."
Ebner stieß einen leisen Pfiff aus.

„Interessant wären die internen Besitzverhältnisse", meinte Kammerlander. „Hast du darüber was herausbekommen?"
Langmann nickte.
„Es gibt eine Familienstiftung. Diese Stiftung beinhaltet alle Ländereien, Immobilien, Aktien und laufenden Einnahmen. Die einzelnen Familienmitglieder werden daraus finanziert. Sie erhalten monatliche Zahlungen, dürfen aber darüber hinaus das Familienvermögen nicht anrühren. Herr über den Honigtopf ist – war – Ulrich Rumbach."
„So etwas Ähnliches habe ich mir schon gedacht." Kammerlander rieb sich grüblerisch das Kinn. „Gibt es ein Testament?"
„Kann ich dir nicht sagen. Ich habe den Notar telefonisch nicht erreichen können. Ein Dr. Seifert. Seine Vorzimmerdame sagte, er wäre in einer Geschäftsbesprechung."
„Versuch es weiter. Es käme mir sehr gelegen, wenn Dr. Seifert heute um siebzehn Uhr zu den Rumbachs kommen würde. Da hätten wir die ganze Familie beisammen."
Ebner grinste. „Und können dem Notar die eine oder andere Frage stellen."
„Ganz genau."
„Vor zwei Stunden ist noch ein Bericht gekommen." Langmann schob Kammerlander die Akte auf den Schreibtisch. „Die Spurensicherung hat ein paar Meter vom Rumbachgrab entfernt Blut auf einer Grabeinfassung gefunden. Es war nur ein kleiner verwischter Fleck. Sie vergleichen es gerade mit dem Blut des Opfers. Sie meinen, es wäre gut

möglich, dass der Täter hinter diesem Grabstein gelauert hat. In der Nacht wäre er nicht zu entdecken gewesen. Als Rumbach von hinten den Schlag erhalten hat und hinfiel, muss er mit dem Kopf an die Grabeinfassung gekommen sein."
„Ist er mit dem Kopf dort aufgeschlagen?"
„Nein, dann wäre mehr Blut an der Einfassung gewesen, und die Wunde hätte anders ausgesehen."
„Gibt es fremde Haare oder Fasern an der Kleidung des Toten?"
„Nein, sie schreiben, es hat kein Reibungstransfer stattgefunden."
Es klopfte an der Tür und Inspektor Witt steckte seinen Kopf herein.
„Entschuldigen Sie die Störung, aber unten warten Leute von der Presse ..."
„Kann das nicht Kommandant Starkl machen?"
„Der Kommandant ist nicht hier. Er hat sich für zwei Tage ins Krankenhaus gelegt. Gesundenuntersuchung ... Sie wissen schon."
Idealer Zeitpunkt, dachte Kammerlander.
„Na schön, Witt. Sagen Sie den Leuten von der Presse, ich wäre in zwanzig Minuten bei ihnen."
„Jawohl, Herr Abteilungsinspektor."
Die Tür schloss sich hinter ihm.
„Dann werde ich jetzt eine Erklärung vorbereiten." Kammerlander seufzte. Er hasste Pressekonferenzen. Noch dazu, wo er in diesem Fall besonders vorsichtig mit seinen Äußerungen sein musste. Starkl hatte ihn ja vorgewarnt.

„Wir machen Folgendes: Du, Kurt, begibst dich auf eine Reise in die Vergangenheit. Grab die Akte Roselli aus. Wendelin Rumbach sprach vom Verschwinden der Mutter von Manfred Roselli. Kann nicht schaden, darüber Bescheid zu wissen. Schau dir auch die Vergangenheit der Rumbachs an. Hatten Sie mit jemandem Streit? Gibt es über einen von ihnen eine Akte? Gab es einen Rechtsstreit? Such nach allem, das irgendwie ein Motiv für eine Gewalttat sein kann. Wir treffen uns um siebzehn Uhr bei den Rumbachs."
Er wandte sich an Langmann.
„Für dich habe ich auch eine hübsche Aufgabe. Versuche herauszufinden, wie es mit den privaten Konten der einzelnen Rumbachs aussieht. Also alles, was nicht in die Familienstiftung gehört. Hat jemand private Schulden? Das wäre vor allem interessant. Wenn du Schwierigkeiten mit den Banken bekommst, bitte den Staatsanwalt um Hilfe. Wer ist eigentlich unser Staatsanwalt?"
„Dr. Semmelhofer."
„Na ja, hätte schlimmer kommen können."
Semmelhofer war dafür bekannt, keine Risiken einzugehen, aber wenn er die Beweislage für ausreichend hielt, schöpfte er alle ihm zu Gebote stehenden Mittel aus, um den Ermittlungsbeamten zuzuarbeiten.
Es klopfte erneut. Witt schob sich verlegen zur Tür herein.
„Äh, das habe ich vorhin vergessen, Ihnen zu geben." Er legte ein kleines Päckchen auf Kammerlanders Schreibtisch. „Die Sachen vom Mordopfer."

Kammerlander öffnete das Paket. Er zog die goldene Uhr, den Siegelring und die Schlüssel von Ulrich Rumbach heraus.
„Danke, Witt. Darauf habe ich schon gewartet."
„Stets zu Diensten, Herr Abteilungsinspektor."
Er wollte noch etwas sagen, unterließ es dann aber. Die Rüge vom letzten Mal hatte er noch in guter Erinnerung. Früher oder später würde er erfahren, was er wissen wollte. Witt erfuhr immer alles.

Um vier Uhr nachmittags läutete Kammerlander wieder am Haupthaus.
„Kommen Sie bitte herein."
Martha Rumbach schloss die Tür hinter ihm. Sie war blass und hatte Schatten unter den Augen, aber sie bemühte sich um Haltung.
„Ich dachte, das Treffen wäre um fünf Uhr?"
Die Frage klang wie ein Vorwurf. „Es ist noch gar niemand da."
„Das ist richtig, gnädige Frau. Aber ich möchte mir vorher die Räume Ihres verstorbenen Schwagers ansehen. Vielleicht finde ich einen Hinweis, der uns die Suche nach seinem Mörder erleichtert."
Sie zuckte zusammen.
„Ja ... Ja, natürlich. Aber ich habe keinen Schlüssel. Den einzigen Schlüssel zu seinen Räumen hatte Ulrich stets bei sich."
„Das dürfte kein Problem sein. Die Gerichtsmedizin hat ihn heute geschickt. – Ah, noch etwas. Ich habe auch die

Wertsachen dabei, die er an seinem Todestag getragen hat."

Er legte die Uhr und den Ring auf ein antikes Beistelltischchen.

„Wenn ich Sie jetzt noch bitten dürfte, die Empfangsbestätigung zu unterschreiben."

Nachdem das geschehen war, sagte Martha Rumbach: „Was bin ich doch für eine miserable Gastgeberin. Wollen Sie nicht ablegen?"

Er gab ihr seinen Mantel und sah sich um. Links aus der Küche hörte man das Klappern von Geschirr. Als sie wieder vor ihm stand, deutete er in die Küche.

„Der junge Herr Roselli ist doch wohl nicht als Koch hier angestellt?"

„Nein. Manfred ist gar nicht hier. Er musste in den Betrieb. Er kann schließlich nicht dauernd seine Zeit mit einer alten Frau verplempern."

„Was macht er denn im Betrieb?"

„Oh, er ist unser Kalligraf. Es hat sich herausgestellt, dass er eine Begabung für Schriften hat. Er macht die Entwürfe und danach werden sie auf Stein oder Marmor umgesetzt."

„Dann beschäftigen Sie also Personal?" Er sah wieder in Richtung Küche.

„Ja. Wir haben zwei Köchinnen, die abwechselnd zu uns kommen, um das Mittag- und Abendessen vorzubereiten, zwei Reinigungsfrauen und einen Gärtner."

„Essen alle gemeinsam im Haupthaus?"

Sie schüttelte den Kopf.

„Nur ich, mein Schwager Wendelin, mein Sohn Paul und Manfred. Auch Ulrich hat mit uns gegessen. Hermine kocht selbst für die Familie, ebenso Rita." Sie ging voran zur Treppe.
„Wohnt das Personal im Haus?"
„Nur Juri, der Gärtner."
Sie sah ihn irritiert von der Seite an. „Wieso interessiert Sie das?"
„Verzeihen Sie, wenn ich neugierig erscheine, aber bei einem Kapitalverbrechen kann alles wichtig sein. Ich versuche, ein Gefühl für Ulrich Rumbach zu entwickeln. Und dazu gehört auch, über seine Lebensumstände Bescheid zu wissen."
„Ulrich hatte mit dem Personal kaum etwas zu tun. Das fiel in meinen Aufgabenbereich."
Sie waren am Ende der Treppe angelangt. Eine breite Balustrade führte nach links und rechts.
Vor ihnen führte eine weitere schmale Treppe nach oben. Sie war gedreht und verschwand nach ein paar Metern nach rechts.
„Die Tür hier links führt in meine Räume. Diese dort ist der Eingang zu Ulrichs Wohnung." Sie zeigte auf eine geschnitzte Holztür auf der rechten Seite.
„Und wohin führt diese Treppe, welche die Wohnungen teilt?" Kammerlander wies geradeaus auf die gekrümmte Stiege.
„Sie führt zu den Turmzimmern. Manfred bewohnt sie."
Die Frau stand unschlüssig da, als Kammerlander die Tür zu Ulrich Rumbachs Wohnung aufsperrte.

„Vielen Dank, gnädige Frau. Jetzt komme ich allein zurecht."

Er trat ein und schloss die Tür hinter sich. Er befand sich in einem Vorraum, in dem die Garderobe und ein Beistelltischchen untergebracht waren. Er ging weiter und kam in ein großes Zimmer, das sowohl als Salon als auch als Arbeitszimmer diente. Das Mobiliar bestand aus schweren Mahagonimöbeln, denen man ansah, dass es Antiquitäten waren. Auf der Fensterseite waren eine Ledercouch und Fauteuils um einen Couchtisch gruppiert, auf dem ein Aschenbecher aus Bleikristall und eine Zigarrenkiste standen. Er nahm den schwachen Duft von Zigarrenrauch wahr. Die gegenüberliegende Seite beherrschte ein riesiger Schreibtisch. An der Wand darüber hing ein Bild, das Kammerlander sofort magisch anzog. Das musste ein ‚Egon Schiele' sein, soviel erkannte sogar er. ‚Un homme et la mort' stand auf einem kleinen Schild darunter. Ob das Gemälde echt oder ob es nur eine gute Reproduktion war, konnte er nicht sagen, aber das Bild übte eine intensive Anziehungskraft auf ihn aus. Die schwarze Gestalt eines Mannes mit resigniertem Gesichtsausdruck war in der Bildmitte zu sehen. Das Gesicht wirkte ausgezehrt und nackt, fast als hätte man ihm die Haut abgezogen, wie es für Schiele typisch war. Hinter ihm stand eine helle Gestalt, unheimlich, mit großen weißen Augen, als würde sie von innen durch immense Lichtenergie gespeist. Die Gestalt schien den Mann von hinten umfangen zu wollen. Das war der Tod, vermutete Kammerlander. Der Mann hielt mit einer Hand einen skelettierten Arm vor sich, den ihm eine Gestalt am Boden entgegenstreckte. Vor dem Mann sah man schemenhaft die Hälfte eines Gesichts, das zu einem geisterhaften Monster zu gehören schien. Die Braun- und Grautöne der Farben verstärkten den Eindruck von Düsternis und Unausweichlichkeit.

Kammerlander riss seinen Blick von dem Gemälde los. Ulrich Rumbach hatte schon ein seltsames Verhältnis zum Tod gehabt, dachte er. Er stellte sich vor, wie der alte Mann sich jeden Tag in den Anblick des Todesengels auf dem Familiengrab versenkt und dann noch mit diesem Bild gelebt hatte. Natürlich war er von Berufs wegen täglich mit dem Sterben konfrontiert gewesen, aber trotzdem ... Das alles ließ keinen Raum für eine freudvolle Lebenseinstellung, für Lust am Dasein oder Hoffnung. Vielleicht war das mit ein Grund, warum Ulrich Rumbach nie geheiratet und eine Familie gegründet hatte.

Kammerlander sah sich weiter um und ging zu einem Sekretär, in dem Flaschen und Gläser standen. Er inspizierte die Flaschen: französischer Cognac, alte Maltwhiskys, erlesene Rotweine. Offensichtlich hatte sich Ulrich Rumbach nicht alle Freuden des irdischen Daseins versagt. An den Wänden standen Bücherregale; Kammerlander musste nicht nachsehen, um zu erkennen, dass es teure alte Bände waren. Eine Tür zwischen dem Salon- und Arbeitsteil führte in das Schlafzimmer.

Die Einrichtung dieses Raumes überraschte ihn. Er hatte ein spartanisches Zimmer erwartet, aber was er sah, waren Spiegelschränke, ein großes Doppelbett und eine Frisierkommode mit Spiegelaufsatz. Die dunkelbraunen Tapeten zeigten ein üppiges Goldmuster. Der Raum mutete barock an. An der Wand hinter dem Bett hing ein Bild aus der griechischen Mythologie: Prometheus an einen Felsen gekettet mit schmerzverzerrtem Gesicht, weil Adler ihm mit spitzen Schnäbeln die Leber Stück für Stück heraushackten. Kammerlander spürte eine Gänsehaut. Er stand vor dem Bett und sah sich um. Seine Gestalt wurde vielfach in den Spiegeln zurückgeworfen. Die Decke bestand aus Holzpaneelen und Spiegeln, die wie ein Schachbrett angeordnet waren. Er sah eine Tür an der rechten Seitenwand. Sie führte in ein weiß gekacheltes Badezimmer mit goldenen Armaturen.

Dann wollen wir einmal, dachte er. Er sah sich im Badezimmer um, aber er fand nichts Ungewöhnliches. Dann nahm er sich das Schlafzimmer vor. In den Schränken hingen drei Mäntel, etwa fünfzehn teure Anzüge und eine Reihe Hemden, alle penibel nach links ausgerichtet. Er fuhr in alle Mantel- und Anzugtaschen, doch er fand nichts. Auf dem Boden standen acht Paar Schuhe in einer Linie, als wäre diese mit dem Lineal gezogen worden. Dahinter befanden sich verschieden große Koffer; sie waren alle leer. Im oberen Fach lagen verschiedene Herrenhüte ordentlich in einer Reihe. Kammerlander untersuchte systematisch die Schubladen, fand aber nur sauber gestapelte Pullover, Unterwäsche und Socken. In der oberen Lade des Nachtschränkchens lagen eine Brille, eine Packung Aspirin und ein Herzmedikament, in der unteren Handschuhe und ein paar aufgerollte Gürtel. Er wollte die Lade schon schließen, als sein Blick auf einen schmalen schwarzen Ledergürtel fiel. Er nahm ihn heraus und rollte ihn auf dem Boden aus. Der Gürtel war an die zwei Meter lang und an manchen Stellen abgewetzt. Er muste für den alten Mann viel zu groß gewesen sein. Kammerlander fiel sofort der Gürtel ein, mit dem Ulrich Rumbach erdrosselt worden war. Das war natürlich nicht derselbe, denn der lag bei der Gerichtsmedizin. Aber er war der Mordwaffe sehr ähnlich. Kammerlander wollte sich dieses Detail merken. Er rollte den Gürtel wieder auf und legte ihn in die Lade zurück. Auf allen Vieren sah er unters Bett, aber dort standen nur ein Paar Hauspantoffel.

Im Arbeitszimmer ging er ebenso gründlich vor, fand aber die Schubladen an der rechten Seite des Schreibtisches versperrt. Er zog Rumbachs Schlüsselbund aus der Hosentasche und probierte ein paar Schlüssel, bis er den richtigen fand. In den Laden lagen Geschäftspapiere, Verträge und Rechnungen. Kammerlander hatte mit Aktien, Sparbüchern, Wertpapieren gerechnet, aber bei der Größenordnung des Rumbach'schen Vermögens lagen diese Dinge natürlich in einem Bankdepot.

Er sah sich nachdenklich um. Er fand nirgendwo ein Familienfoto oder etwas, das für Ulrich Rumbach eine persönliche Erinnerung hätte sein können. Nichts, das auf eine Beziehung zu irgendjemandem oder ein Ereignis hätte schließen lassen, welches für ihn von Bedeutung gewesen wäre. Und noch etwas sah er nicht, von dem er annahm, dass es da sein musste. Sein Blick wurde wieder von dem Schiele-Gemälde angezogen. Langsam ging er darauf zu. ‚Der Mann und der Tod'. Ja, das würde zu ihm passen. Er zog das Bild ein Stück von der Wand weg und spähte dahinter. Da war er ja. Der Wandsafe war mit einem Zahlenschloss gesichert, die Schlüssel würden ihn nicht öffnen. Nun ja, das konnte warten.

Ein Blick auf seine Armbanduhr zeigte ihm, dass es schon nach fünf war. Ebner und die Familie Rumbach würden schon auf ihn warten. Er verließ die Wohnung und schloss die Tür wieder ab.

11

Das Telefon läutete zum wiederholten Mal. Witt saß im Bereitschaftszimmer und hatte die Plastikbox geöffnet, in die seine Frau immer ein Jausenbrot, Obst und ein paar Leckereien für ihn einpackte. Er biss genüsslich von seinem Brot ab und dachte gar nicht daran, ans Telefon zu gehen. Er hatte in der letzten Stunde kaum etwas anderes getan, als neugierige Reporter abzuwimmeln, die wissen wollten, ob sich schon etwas Neues ergeben hatte. Dabei hatte Abteilungsinspektor Kammerlander vor ein paar Stunden erst eine Presseerklärung abgegeben! Diese Reporter waren wie die Schmeißfliegen. Aber von denen würde er sich nicht beim Essen stören lassen. No, Sir.
Als er mit dem Brot fertig war, inspizierte er den verbliebenen Inhalt seiner Lunchbox und wollte gerade nach einem Riegel Schokolade greifen, als es erneut klingelte. Missmutig griff er zum Hörer. Diesen Pressefuzzis würde er jetzt etwas erzählen.
„Egal, für welches Blatt Sie schreiben, es gibt keine Neuigkeiten! Wann begreift ihr das endlich –"
„Oberleutnant Tanner am Apparat! Bin ich mit der Dienststelle Voitsberg verbunden?"
„Äh, ja ..."
Witt stand abrupt auf und nahm Haltung an.
„Dann melden Sie sich gefälligst, wie es sich gehört, Mann! Sie sind doch nicht bei den Pfadfindern!"
Witt stammelte eine Meldung.

„Was ist eigentlich los bei Ihnen? Ich rufe seit einer Viertelstunde an, doch kein Mensch geht ans Telefon!"
„Es ... ein Notfall ..."
Witt starrte schuldbewusst auf seine Lunchbox.
„Verbinden Sie mich bitte mit dem Kommandanten!"
„Kommandant Starkl ist nicht hier ..."
„Ach? Dann geben Sie mir bitte seine Privatnummer."
„Das wird auch nichts nützen. Er liegt im Krankenhaus zur Gesundenuntersuchung."
„Dann möchte ich mit Abteilungsinspektor Kammerlander sprechen. Ich habe gehört, er ist der leitende Ermittlungsbeamte im Rumbach-Fall."
„Äh, das geht auch nicht ..."
„Wie bitte? Wieso denn nicht?"
„Abteilungsinspektor Kammerlander ist unterwegs. Mit seinen Leuten. Zum Ermitteln. Im Rumbach-Fall."
Witt hörte ein Rauschen, als würde jemand die Hand über die Sprechmuschel halten, und die gedämpfte Stimme Tanners, doch er konnte nur ‚Provinzseppen' verstehen. Aber da hatte er sich sicher verhört.

Ebner stand am Fuß der Treppe und sah Kammerlander entgegen.
„Na, endlich. Sie warten schon alle."
Aus dem Salon im Haupthaus waren gedämpfte Gespräche zu hören.
„Ist der Notar auch hier?"
Ebner nickte. „Vor zwei Minuten gekommen."
Sie betraten den Salon, und die Gespräche verstummten.

Kammerlander ließ seinen Blick über die Anwesenden schweifen. Außer den Zwillingen Elsa und Trudie schienen alle gekommen zu sein. Ihm fiel eine attraktive Frau auf, deren Alter schwer zu schätzen war. Ihre langen rotbraunen Haare fielen über die Schultern herab. Die langen Beine waren vorteilhaft übereinandergeschlagen. Sie saß zwischen Wendelin Rumbach und einem jungen Mann mit ernsten Augen. Rita Rumbach und ihr Sohn, vermutete er.

Auf einem Fauteuil daneben hatte es sich ein Mann bequem gemacht, den er auch noch nicht kannte. Er war vierzig, eher etwas darüber, hager und hohlwangig. Er hatte den Unterschenkel lässig über ein Knie gelegt. Ein halb volles Whiskyglas stand vor ihm auf einem Glastisch. Seine Gesichtsfarbe erinnerte Kammerlander an Langmann. Paul Rumbach, vermutlich. Auf einem Sofa saßen Martha, Josef und Hermine Rumbach eng nebeneinander. Manfred Roselli hatte auf einem Stuhl in der Nähe des Trios Platz genommen. Ein älterer Herr mit Dreireiher, dünner Goldbrille und schütterem Haar saß ein Stück entfernt von den anderen auf einem Polstersessel. Ein schwarzer Lederkoffer war zu seinen Füßen abgestellt. Das war wohl Dr. Seifert, der Notar. Es herrschte eine gespannte Atmosphäre im Raum.

Kammerlander stellte sich und Ebner für diejenigen vor, die sie noch nicht kennengelernt hatten. Er zog einen Stuhl heran und setzte sich so vor die Anwesenden, dass er jeden sehen konnte. Ebner lehnte sich an die Wand neben der Tür.

„Der traurige Grund für unsere Zusammenkunft ist jedem von Ihnen bestens bekannt", begann Kammerlander. „Ulrich Rumbach ist auf sehr grausame und mysteriöse Weise ums Leben gekommen, und ich muss Sie bitten, unsere Ermittlungen nach Kräften zu unterstützen."

„Wir wüssten nicht, wie wir Ihnen helfen könnten." Josef Rumbach hob bedauernd die Augenbrauen. „Von uns hat niemand etwas gesehen."

„Das weiß man vorher nie so genau." Kammerlander lächelte verbindlich. „Ich möchte damit beginnen, dass jeder von Ihnen erzählt, wo er am Montag zwischen zwanzig und zweiundzwanzig Uhr war."

„Soll das heißen, wir brauchen ein Alibi?" Paul Rumbach sah ihn herausfordernd an.

„Wenn Sie es so nennen wollen. – Es hilft uns, von vornherein vieles auszuschließen, und wir können uns auf das Wesentliche konzentrieren."

„Das ist ungeheuerlich!", ereiferte sich Hermine Rumbach. Ihre feisten Bäckchen zitterten vor Empörung. „Uns einfach hierher zu zitieren. Man kommt sich ja vor wie bei einem Verhör."

„Wäre es Ihnen lieber gewesen, wir hätten Sie einzeln zu uns auf die Dienststelle gebeten?"

Kammerlanders Stimme war nun nicht mehr so zuvorkommend.

„Es ist trotzdem ein Affront gegen unsere Familie."

„Ach, halt die Luft an, Hermine." Rita Rumbachs volltönende Stimme schnitt ihrer angeheirateten Cousine das Wort ab. „Meinst du, wir sind so etwas Besonderes? Wir

stehen auch nicht außerhalb der Gesetze, also lass den Kommissar seine Arbeit machen."
Hermine funkelte Rita zornig an, sagte aber nichts mehr.
„Das muss jemand von außerhalb gemacht haben. Außerhalb unserer Familie."
Martha Rumbach sah Kammerlander Hilfe suchend an. Als dieser nichts sagte, meldete sich Wendelin Rumbach zu Wort.
„Natürlich hat niemand aus unserer Familie den Mord an Ulrich begangen. Das ist völlig ausgeschlossen. Das weiß auch die Polizei. Aber sie müssen uns befragen, damit sie in ihren Ermittlungen weiterkommen. Also werden wir Ihnen helfen so gut wir können, damit dieses Verbrechen aufgeklärt wird."
Er nickte Kammerlander zu, damit dieser fortfahren sollte.
„Ist einem von Ihnen bekannt, dass Ulrich Rumbach mit jemandem Streit hatte? Hatte er Feinde? Im geschäftlichen Umfeld oder vielleicht im Freundeskreis?"
Ratlose Blicke, Schulterzucken, Kopfschütteln.
„Raubmord können wir ebenfalls ausschließen. Das grenzt die Anzahl der Motive ziemlich ein. Alles, was wir haben, ist die Tat selbst. Die Art und Weise wie dieses Verbrechen verübt wurde, lässt nur einen Schluss zu: Es steckt ein sehr persönliches Motiv dahinter."
Niemand widersprach ihm.
„Da wir uns darüber einig sind, schlage ich vor, wir fangen an. Paul Rumbach, wo waren Sie in der fraglichen Zeit?"

Der Mann gab seine lässige Haltung auf und setzte sich gerade hin. Ebner schlug seinen Notizblock auf und fing an zu schreiben.

„Ich ... Ich war in der ‚Kohlengrube'. Das ist ein Lokal hier in der Nähe."

„Ich kenne es. Dort hat Sie bestimmt jemand gesehen, der das bestätigen kann."

„Ja, sicher. Der Wirt und die Gäste ..."

„Wann sind Sie nach Hause gekommen?"

„Das weiß ich nicht mehr genau. Wird so nach ein Uhr gewesen sein."

„Schön. Martha, Hermine, Josef und Wendelin Rumbach haben ihre Aussagen schon gemacht. Ebenso Herr Roselli." Kammerlander wendete sich Rita Rumbach zu. „Darf ich mit Ihnen fortfahren, gnädige Frau?"

„Aber sicher." Sie wippte leicht mit dem übergeschlagenen Bein. „Ich war in meinem Atelier und habe an Entwürfen gearbeitet. Ich plane im Sommer eine Ausstellung –"

„Phhh ..." Hermine Rumbach stieß verächtlich die Luft aus. Rita fuhr unbeirrt fort.

„– und arbeite oft auch nachts. Ich habe keinen Alibizeugen." Sie lächelte.

Was für eine hübsche Frau, dachte Kammerlander. Wie sie dasaß, in entspannter Haltung, das Gesicht umrahmt von roten Locken, das hatte irgendwie Klasse.

„Ich danke Ihnen." Er richtete den Blick auf den jungen Mann neben ihr. „Sie sind wohl der Sohn?"

Der nickte. „Mein Name ist Thomas Rumbach. Ich war am Montag in der Kirche."

„Ach? So spät?"
„Ja. Meine Freundin hatte Chorprobe. Am Wochenende findet in der Wallfahrtskirche in Maria Lankowitz ein Chorkonzert statt, deshalb sind abends Proben angesetzt. Ich habe zugehört."
„Wie lange hat die Konzertprobe gedauert?"
„Bis kurz nach zehn. Dann habe ich meine Freundin heimbegleitet. Zu Hause war ich gegen elf."
„Gut, das wäre also geklärt. Kommen wir auf Montag zwanzig Uhr zurück. Hat jemand außer seiner Schwägerin Martha Ulrich Rumbach um acht Uhr das Haus verlassen sehen?"
Alle schüttelten den Kopf.
„Aber alle Familienmitglieder wussten über die Gewohnheit des Ermordeten Bescheid, täglich um acht einen Spaziergang zu machen?"
„Ja."
Wendelin Rumbach ergriff das Wort. „Das habe ich Ihnen doch schon gesagt."
„Auch über die Strecke, die er zurücklegte?"
„Auch das." Er strich sich die weiße Mähne aus der Stirn. „Ulrich ging immer durch den Park, die Anhöhe hinunter, kam am Steinmetzbetrieb vorbei, überquerte den Parkplatz, drehte eine Runde auf dem Friedhof und kam auf demselben Weg wieder zurück."
„Wie ein Nachtgespenst …", murmelte Paul Rumbach.
„Hat jemand von Ihnen über diese Gewohnheit mit einer Person außerhalb der Familie gesprochen?"
Wieder allgemeines Kopfschütteln.

„Ich möchte, dass Sie über die nächste Frage sorgfältig nachdenken. Ist in der letzten Zeit etwas Ungewöhnliches passiert, etwas, das nicht in das Schema passte? Hat Ulrich Rumbach sich anders verhalten als sonst? Hat er vielleicht etwas gesagt, das Ihnen merkwürdig vorkam? Jede Äußerung kann wichtig sein. Überlegen Sie bitte genau."
Mit einem Mal war die Atmosphäre eine andere. Niemand sah ihn an, die Gesichter waren verschlossen, die Mienen abweisend geworden. Nur die Augen des Notars huschten interessiert von einem zum anderen.
„Es hat keine ungewöhnlichen Äußerungen gegeben."
Sepp Rumbachs Lippen zuckten nervös. „Nichts dergleichen."
Keiner rührte sich. Sie starrten auf ihre Hände, auf den Boden, einen Punkt an der Wand. Das Schweigen war so lastend, als drückte ein Luftpolster von der Decke auf die Anwesenden. Kammerlander wartete.
Manfred Roselli richtete sich auf und sah seine Pflegefamilie der Reihe nach an.
„Warum sagt ihr nicht, was Ulrich vorhatte? Ihr glaubt doch nicht, dass ihr so tun könnt, als wäre nie etwas gewesen?"
Einige zuckten zusammen, andere warfen Manfred hasserfüllte Blicke zu. Es war, als ob das Zimmer mit elektrischer Energie aufgeladen wäre.
„Was hatte Ulrich Rumbach denn vor?", fragte Kammerlander ruhig.
Manfred sah ihn entschlossen an.
„Er wollte die Rumbach-Stiftung in meine Hände legen."

Jetzt kam Leben in die Anwesenden.
„Das hättest du wohl gerne!"
„Das kann man doch nicht ernst nehmen!"
„Der Alte war doch schon senil!"
„Lachhaft!"
„Du gehörst gar nicht zur Familie!"
Na also, dachte Kammerlander. Da hätten wir ein Motiv. Er wechselte mit Ebner einen Blick.
„Herr Roselli, erzählen Sie bitte, was vorgefallen ist."
Es war körperlich spürbar, wie sich der Zorn aller gegen diesen sanften jungen Mann richtete. Kammerlander unterdrückte den Impuls, ihn vor den Anfeindungen dieser Leute schützen zu wollen. Jetzt lagen die Emotionen bloß, der optimale Zeitpunkt, um hinter die Fassade der noblen Familie zu blicken.
Manfred begann mit der Siebzigerfeier Ulrich Rumbachs. Alle hatten erwartet, dass das Familienoberhaupt seinen Nachfolger bekannt geben würde. Sepp Rumbach hatte als aussichtsreichster Kandidat gegolten, zumindest hatte er selbst das so gesehen. Aber auch andere Familienmitglieder hatten sich Chancen ausgerechnet. Als Sepp in dieser Nacht von einer Unterredung mit Ulrich ins Wohnzimmer gekommen war, war der Teufel los gewesen. Er hatte allen erzählt, dass Manfred der Nachfolger werden sollte, und Ulrich Rumbach am Dienstag zum Notar gehen wollte, um die Sache rechtlich in die Wege zu leiten.
Kammerlander sah zum Notar hin, der bis jetzt kein Wort gesprochen hatte.
„Können Sie das bestätigen, Dr. Seifert?"

Dieser nickte. „Ulrich Rumbach hat mich während der Geburtstagsfeier zur Seite genommen und mir kurz seine Pläne bezüglich Manfred Roselli mitgeteilt. Wir hatten für gestern einen Termin vereinbart."
„Das wäre nie und nimmer rechtskräftig gewesen!" Josef Rumbach sprang auf. „Die Familienstiftung bleibt in den Händen der Familie!"
„Kann auch jemand außerhalb der Familie die Stiftung leiten?", fragte Kammerlander den Notar.
„Im Prinzip spricht nichts dagegen. Die Satzung besagt lediglich, dass aus den Einnahmen des gesamten Vermögens die Erhaltung der Liegenschaften und die Zuwendungen und Gehälter der Familienmitglieder bestritten werden müssen. Außerdem müssen vom verbleibenden Gewinn jährlich fünf Prozent für gemeinnützige Zwecke verwendet werden. Der Rest fließt in die Stiftung."
„Gibt es keine Regelung bezüglich der Nachfolge?"
„Der Großvater von Cornelius, Wendelin und Ulrich Rumbach hat die Stiftung ins Leben gerufen mit der Absicht, das Familienvermögen zusammenzuhalten. Er wollte verhindern, dass durch Erbregelungen das Vermögen zerfällt. Das Notariatsbüro Seifert § Seifert, vertreten durch meinen Großvater, hat damals die Bedingungen nach seinen Wünschen ausgearbeitet und die Satzung ins Leben gerufen. Darin enthalten sind selbstverständlich auch die Nachfolgeregelungen." Er räusperte sich und rückte das Brillengestell auf seiner Nase zurecht. „Grundsätzlich gilt, dass die Familie sich mit einfacher Mehrheit auf einen Stiftungsvorsitzenden einigen muss. Genauer gesagt

sind alle Familienmitglieder ab dem fünfundzwanzigsten Lebensjahr stimmberechtigt. Vorsitzender wird in der Regel ein Familienmitglied sein. Wenn aber keine Einigung zustande kommt, kann in diese Funktion auch ein Nicht-Familienmitglied gewählt werden."
„Das ist ja absurd!" Sepp Rumbachs Gesicht lief rot an. „Ich denke, alle hier wollen ein Familienmitglied als Nachfolger haben. Ich, als Ältester – "
„Wieso du, liebster Bruder?" Paul Rumbach hatte sich zornig aufgerichtet. „Weil du gerade mal ein Jahr älter bist? Ich weiß zwar, dass du und die anderen mir nicht viel zutrauen, aber ich habe genauso viel gearbeitet wie du und kenne die Betriebe in- und auswendig. Ich erhebe denselben Anspruch wie du!"
„Du hast ja wohl ein … bestimmtes Problem, nicht wahr?" Sepp Rumbach verzog geringschätzig die Lippen.
Pauls Gesicht bekam eine violette Färbung und er zitterte. „Du arrogantes Arschloch!", stieß er zwischen den Zähnen heraus.
„Ihr habt wohl vergessen, dass ich auch noch da bin und dieselben Rechte habe wie ihr beiden." Rita Rumbach steckte sich eine Zigarette zwischen die Lippen und zündete sie an. Sie wirkte ganz ruhig, doch der Klang ihrer Stimme ließ keinen Zweifel daran, dass sie es ernst meinte.
„Willst du vielleicht sagen, du verstehst was vom Verwalten einer Stiftung?", geiferte Hermine Rumbach.
Rita blies langsam den Rauch aus und zog verwundert die Augenbrauen hoch.

„Habe ich das gesagt? Aber ich bin der Meinung, dass weder Sepp noch Paul die Richtigen wären. Überspringen wir doch eine Generation. Mit etwas Zeit und der nötigen Hilfe kann mein Sohn Thomas diese Aufgaben bestimmt übernehmen. Er ist der Einzige, in den ich Vertrauen habe."
Wieder redeten alle durcheinander. Thomas Rumbach legte die Hand auf den Arm seiner Mutter und sprach leise mit ihr. Ihm schien das Ganze peinlich zu sein.
Kammerlander wendete sich wieder an den Notar.
„Ulrich Rumbach hatte doch bestimmt mit Widerstand gerechnet, wenn er ein Nicht-Familienmitglied als Nachfolger haben wollte?"
Sofort wurde es still. Alle lauschten mit gespannter Aufmerksamkeit.
„In der Tat. Deshalb trug er sich mit der Absicht, Manfred Roselli durch Adoption zu einem vollwertigen Familienmitglied zu machen."
„Gesetzt den Fall, die Familie kann sich weder auf ein Mitglied noch auf einen Außenstehenden als Stiftungsvorstand einigen, was passiert dann?"
Wieder hingen alle an den Lippen des Notars.
„In diesem Falle hört die Stiftung auf zu bestehen. Jedes Familienmitglied erhält drei Prozent vom Gesamtvermögen, der Rest geht an Wohltätigkeitseinrichtungen."
„Das würde bedeuten, wir könnten uns alle eine neue Bleibe suchen, denn das Anwesen gehört zum Stiftungsvermögen. Wir dürfen hier ja lediglich den Wohnraum nutzen." Rita sah in die Runde. „Wollt ihr das?"

„Natürlich nicht." Sepp Rumbach zeigte auf Manfred Roselli. „Aber dieses Kuckucksei wird nicht Ulrichs Nachfolger. Dieser Findling, den sogar seine Mutter im Stich gelassen hat. Wer weiß, aus welchem Stall er kommt! So einer wird nicht unserer anständigen, geachteten Familie vorstehen!"
Manfred wurde schneeweiß. Er richtete seinen brennenden Blick auf Sepp.
„Pass auf, was du sagst."
Seine Hände waren um die Lehnen des Stuhls gekrallt, der Körper gespannt wie eine Sehne, einen Atemzug vom Ausbruch entfernt.
„Hör auf, Sepp. Das bringt doch nichts." Martha Rumbach hob beschwichtigend die Hand. „Ihm seine Herkunft vorzuwerfen, ist nicht christlich." Sie sah Kammerlander an. „Können Sie uns sagen, wann Ulrichs Leichnam freigegeben wird?"
„In den nächsten Tagen, gnädige Frau. Wir warten noch auf Ergebnisse aus dem Labor."
Dr. Seifert erhob sich und sah auf seine Armbanduhr.
„Brauchen Sie mich noch? Diese Zusammenkunft kam etwas überraschend. Ich müsste in einer halben Stunde in meiner Kanzlei sein."
„Nein. Vielen Dank, dass Sie sich die Zeit genommen haben."
„Die Testamentseröffnung über das private Vermögen von Ulrich Rumbach wird wohl warten müssen, bis alle Umstände geklärt sind." Er hob fragend die Augenbrauen.
Kammerlander nickte. „Auf jeden Fall."

Als der Notar weg war, herrschte Stille. Paul Rumbach brach das Schweigen. Er nahm einen Schluck aus dem Whiskyglas vor ihm und sah Kammerlander an.
„Jetzt sieht wohl alles danach aus, dass es einer von uns war?"
Er brachte auf den Punkt, was jedem von ihnen im Kopf herumging.
„Das ist nicht gesagt. Aber auch nicht auszuschließen. Sie alle haben ein starkes Motiv. Aber wir ermitteln selbstverständlich in alle Richtungen."
Paul Rumbachs zynisches Lachen erfüllte den Raum.

.

12

Es hatte wieder zu schneien begonnen. Kammerlander und Ebner gingen zum Wagen. Sie wussten, dass einige Augenpaare sie durch das Fenster des Salons beobachteten.
„Nimm du das Auto und warte auf dem Friedhofsparkplatz auf mich." Kammerlander deutete auf den Park. „Ich möchte denselben Weg nehmen, den Ulrich Rumbach am Montag gegangen ist. Es ist schon dunkel, also habe ich die gleichen Bedingungen wie er."
„In Ordnung."
Kammerlander stellte den Mantelkragen auf und nahm den Weg durch den Park. Anfangs spendeten die Hoflampen noch ein wenig Licht, doch je weiter er sich vom Haus entfernte, desto undurchdringlicher wurde die Dunkelheit. Er bewegte sich vorsichtig den Pfad entlang, und nach ein paar Minuten hatten sich seine Augen auf die spärlichen Lichtverhältnisse eingestellt. Am Ende des Parks führte der Weg eine Anhöhe hinunter, dann sah er zu seiner Rechten den Steinmetzbetrieb. Er ging daran vorbei und überquerte den Parkplatz. Ebner hatte das Auto ein Stück entfernt geparkt, der Schatten einer riesigen Fichte fiel darauf. Kammerlander betrat den Friedhof.
Vollkommene Stille umfing ihn. Er ging an verschieden großen Gräbern vorbei, geschmückt mit Steinplatten, Holz- und Eisenkreuzen. Da und dort flackerte das Licht einer Kerze, die bald verlöschen würde. Die spärlichen

Flämmchen reichten aus, um ihm den Weg zu weisen. Bäume, Sträucher und Grabsteine warfen tiefe Schatten, die sich im Licht der Kerzen ruckartig bewegten. Kammerlander wehte ein sonderbares Gefühl an; er stellte sich vor, die Schatten der Verstorbenen zuckten in einem eigenartigen Totentanz über die Gräber. Lautlose Schatten, die um alle Geheimnisse wussten und sie stumm miteinander teilten. In dieser Umgebung hatte Ulrich Rumbach sich wohlgefühlt, hierher war er jeden Tag gekommen, um – ja, um was? Nachzudenken? Seine innere Ruhe zu finden?
Er wandte sich nach links und ging auf das Rumbachgrab zu. Es schneite nun heftiger, die Schneeflocken weichten die Konturen der Umgebung mehr und mehr auf. Er bewegte sich durch eine unwirkliche stumme Schattenwelt, in der nur das Geräusch seiner Schritte die Ruhe der Toten störte.
„Zack bumm!"
Kammerlander fuhr herum. Sein Herz trommelte, dass er es im Hals spüren konnte. Ebner stand hinter ihm, die Arme erhoben, als wollte er einen Schlag ausführen.
„Du hast mich nicht gesehen, nicht wahr? Hier ist es kinderleicht, jemanden von hinten anzugreifen."
Kammerlander atmete tief durch.
„Wenn du das noch einmal machst, kann ich mich gleich hier dazulegen. Ich dachte, mich trifft der Schlag."
„Ulrich Rumbach hat der Schlag getroffen – im wörtlichen Sinn."
„Hm. Kann man so sagen."

Schweigend betrachteten sie das Grab. Es schien hier dunkler zu sein. Die mächtige Gestalt des Todesengels schien das wenige Kerzenlicht der umliegenden Gräber aufzusaugen.

„Spürst du es auch?"

„Was meinst du?" Ebner blickte seinen Freund neugierig an.

„Diese ... besondere Stimmung. Als ob man in einen Raum eingetreten wäre, der für andere verschlossen ist. In eine andere Wirklichkeit." Er wies auf die Gräber. „Die Erkenntnis, dass es genau darauf hinausläuft, egal, was wir machen. Die einzige unabänderliche Wahrheit."

„Die wir ständig verdrängen."

„Aus Angst. Weil der Tod die große Unbekannte ist."

„Der Tod, ja. Und das Was-ist-danach."

„Der Todesengel kennt wahrscheinlich die Antwort. Vielleicht, wenn man sein Gesicht sehen könnte ..." Kammerlander beugte sich hinunter und versuchte, unter die Kapuze zu schielen. „Fehlanzeige. Er lässt sich nicht in die Karten schauen."

„Leider. Sonst könnten wir ihn fragen, wer das Opfer hier aufgeknüpft hat."

Kammerlander riss sich von seinen philosophischen Gedanken los.

„Blödmann."

Als sie vom Parkplatz rollten, fragte Kammerlander: „Wie spät ist es eigentlich?"

„Halb acht."

„Ich muss noch einmal zur Dienststelle. Langmann hat vielleicht Neuigkeiten. Fahr du nach Hause, deine Freundin wartet bestimmt schon auf dich."
Ebner schüttelte den Kopf.
„Ich komme mit. Christine wird warten müssen. Sie wollte unbedingt mit einem Polizisten zusammenleben, obwohl ich sie gewarnt habe. Jetzt kann sie testen, wie ihr die Arbeitszeiten schmecken."
Kammerlander sah ihn von der Seite an.
„Das müsste sie mittlerweile schon mitbekommen haben."
„Schon. Aber ich merke, dass sie sich oft zusammennimmt und ihren Ärger hinunterschluckt. Vielleicht kommt sie ja zu der Einsicht, dass sie doch lieber mit einem Mann zusammenlebt, der einen geregelten Achtstundentag hat. Ich meine, vor der Ehe."
„Ist eine baldige Heirat geplant?"
„Nicht von meiner Seite. Christine lässt ab und zu was in dieser Richtung anklingen."
„Fracksausen?"
„Sei nicht albern. Aber noch kann sie es sich überlegen."
„Na ja." Kammerlander drehte seinen Kopf zur Seite, damit Ebner sein Grinsen nicht sehen konnte. „Die Hoffnung stirbt zuletzt."

Langmann war noch im Büro und hatte die gewünschten Informationen zusammengetragen.
„Die Privatkonten und die finanzielle Situation der Rumbachs sind recht unterschiedlich." Er blätterte in seinen

Papieren. „Fangen wir einmal mit der älteren Generation an."

Er zog ein Blatt aus seinen Unterlagen und gab eine Zusammenfassung.

„Martha Rumbach ist finanziell gut abgesichert, ebenso der ermordete Ulrich und Wendelin, der Professor. Er war der Einzige, der seinen Lebensunterhalt nicht ausschließlich aus dem Familienvermögen beziehungsweise den Rumbachfirmen bestritten hat."

Er nahm ein zweites Blatt.

„Anders sieht es bei der mittleren Generation aus. Rita Rumbach steht noch am besten da. Sie hat vonseiten der Mutter eine kleine Erbschaft gemacht und verfügt über ein annehmbares Sparkonto. Auf Paul Rumbachs Konto herrscht ständiges Kommen und Gehen. Was ihm an Gehalt überwiesen wird, ist am Ende des Monats wieder weg. Es ist auch von Spielschulden die Rede. Er hat zwar ebenfalls eine kleine Erbschaft gemacht, aber sein Vater Cornelius Rumbach hat Auflagen hineingepackt. Das Geld sollte angelegt werden, und erst zu seinem fünfzigsten Geburtstag kann Paul darüber verfügen.

Das gilt auch für seinen Bruder Josef. Das mit der väterlichen Erbschaft, meine ich. Beide Brüder kommen erst mit fünfzig an Papas Kohle."

Er machte eine Kunstpause und hob den Zeigefinger.

„Wirklich interessant wird es, wenn man bei Josef Rumbach ein wenig tiefer gräbt. Er ist praktisch pleite. Seine Konten sind überzogen, sein Kreditrahmen ist ausgeschöpft. Er hat letztes Jahr eine Wohnung in Köflach

gekauft, die er anscheinend vermietet hat. Aber die Wohnung ist so hoch beliehen, dass es nur mehr eine Frage der Zeit ist, wann sie an die Bank fällt. Der gute Junge hat sich nämlich verspekuliert. Hat sich auf riskante Geschäfte eingelassen, um auf die Schnelle das große Geld zu machen. Hat Aktien gekauft, die in den Keller gerasselt sind. Unserem Sepp steht das Wasser bis zum Hals."
Ebner pfiff leise vor sich hin. „Da wäre es doch angezeigt, zu überprüfen, wie weit das Firmenkonto schon in Mitleidenschaft gezogen worden ist."
„Aber unbedingt."
Kammerlander gab ein schnaubendes Geräusch von sich und nieste, dass seine Kollegen vor Schreck zusammenzuckten.
„Hör bloß auf –"
„Hatschi!"
„– deine Bazillen herumzuschleudern." Ebner reichte Kammerlander eine Packung Papiertaschentücher. „Wenn du uns ansteckst, verklage ich dich."
Kammerlander konnte gerade noch ‚Mhm' schniefen, bevor ihn ein neuerlicher Niesanfall heimsuchte. Er schnäuzte sich geräuschvoll, dann sah er Langmann an.
„Und Manfred? Du weißt schon, Manfred Roselli, das Pflegekind der Familie."
„Warte mal ..." Langmann wühlte in seinen Papieren „Ah, hier. Manfred Roselli bezieht ein Gehalt von der Steinmetzfirma, was er da tut, weiß ich nicht ..."
Kammerlander winkte ab. „Er ist für die Schriften zuständig."

„Aha. Jedenfalls scheint er recht sparsam zu sein. Sein Konto weist ein dickes Plus auf. Außerdem existiert ein Sparvertrag, den er an seinem dreißigsten Geburtstag ausbezahlt bekommt. Ulrich Rumbach hat ihn angelegt."
„Hast du dir die alte Roselli-Akte angesehen?" Kammerlander sah Ebner fragend an. „Sie muss etwa zwanzig Jahre alt sein."
„Ja. Das war eine merkwürdige Geschichte damals. 1988 kam eine Wandertruppe nach Voitsberg. Ein bisschen Zirkus, Tingeltangel, Schaustellerei. Die Leute campierten mit ihren Wohnwagen auf den Rumbachwiesen und gaben dort auch ihre Vorstellungen. Laura Roselli und ihr dreijähriger Sohn waren mit dabei. Sie arbeitete als Wahrsagerin und Kartenlegerin. Eines Tages verschwand die Mutter spurlos. Das Kind fand man weinend zwischen den Wohnwagen.
Es gab eine groß angelegte Suche, aber die Mutter blieb verschwunden. Es gab viele Gerüchte. Die Leute von der Wandertruppe sprachen von einem eifersüchtigen Ehemann, vor dem Laura Roselli auf der Flucht gewesen wäre. Sie hielten es für wahrscheinlich, dass der wütende Gatte sie gefunden und ihr etwas angetan hatte. Doch diese Theorie konnte nie verifiziert werden. Es gab keine Leiche. Niemand hatte den Ehemann jemals gesehen. Auch ein Amtshilfeersuchen bei den sizilianischen Behörden blieb erfolglos.
Als alle Untersuchungen ergebnislos blieben, hat man die Ermittlungen eingestellt. Der kleine Junge kam als Pflegekind zu den Rumbachs."

„Hm. Wenigstens ist ihm das Heim erspart geblieben. Hast du sonst noch etwas gefunden?"
„Nichts Aufregendes. Rita Rumbach ist als Teenager mit Gras und ein bisschen Kokain erwischt worden. Die geringe Menge wurde als Eigenbedarf eingestuft und sie kam mit einer Verwarnung davon. Ein paar Mal gab es für den einen oder anderen einen Strafzettel für Falschparken oder Schnellfahren. Dann gab es noch einen Unfall, in den die Familie vor vielen Jahren verwickelt gewesen ist. Sie ging straffrei aus. Ein Test bescheinigte, dass die Unfallgegnerin alkoholisiert gewesen war. Und zwei, drei unbedeutende Rechtsstreitigkeiten die Firma betreffend. Insgesamt nichts, was als Motiv für einen Mord ausreicht."
Kammerlander deutete auf Langmanns Unterlagen. „Bleiben noch die Finanzen von Thomas Rumbach, dem Sohn von Rita."
„Da gibt es nicht viel zu sagen. Sein Großvater Wendelin hat auch ein Sparkonto für ihn angelegt, aber er hat keine eigenen Einkünfte. Er studiert ja noch."
„Na schön. Fassen wir zusammen." Kammerlander stand auf und holte sich ein Glas Wasser. „Wer hat ein Motiv, diesen Mord zu begehen? Ich denke, die Schwägerin Martha und Bruder Wendelin können wir getrost ausklammern. Sie wären körperlich kaum in der Lage gewesen, den Leichnam in diese Position zu bringen."
„Da kommen mir als Erste Josef und Paul Rumbach in den Sinn", sagte Langmann. „Beide brauchen dringend Geld, wobei der gute Sepp in einer verzweifelten Situation zu sein scheint. Er steht also auf der Liste ganz oben."

„Wenn das mit den Spielschulden stimmt, steckt auch Paul in der Klemme."

Ebner kratzte sich am Kopf. „Wir wollen auch Rita Rumbach nicht vergessen. Sie hat zwar selbst keine Ambitionen, Stiftungsvorstand zu werden, aber jede Menge Ambitionen für ihren Sohn."

Kammerlander schüttelte leicht den Kopf. „Das kann ich mir schwer vorstellen. Sie hat auf mich einen vernünftigen Eindruck gemacht."

„Ja, das konnte ich sehen." Ebner grinste. „So wie du sie angesehen hast, scheint mir das Wort ‚vernünftig' unpassend zu sein."

„Ach, Unsinn." Kammerlander versteckte sich hinter seinem Taschentuch und blies heftig hinein. Er ärgerte sich, dass er rot geworden war.

„Gehen wir die Sache anders herum an", lenkte er vom Thema ab. „So, wie es scheint, ist Manfred Roselli der Einzige, der nichts davon gehabt hat, Ulrich Rumbach umzubringen. Zumindest nicht, bevor sein Ziehvater beim Notar gewesen ist. Er ist der Verlierer bei der Sache. Die Familienmitglieder jedoch könnten alle ein Interesse gehabt haben zu verhindern, dass Ulrich am Dienstag seinen Notartermin wahrnimmt."

„Das schließt auch die streitbare Hermine mit ein."

„Ja." Kammerlander schauderte. Beim Gedanken an sie stellte sich bei ihm fast so etwas wie Mitgefühl für Sepp Rumbach ein.

„Wir dürfen auch eine andere Möglichkeit nicht außer Acht lassen." Ebner runzelte die Stirn. „Was ist, wenn es ein Auftragsmord war? Dann nützen uns die Alibis der Leute gar nichts."

„Tja", seufzte Langmann, „dann sind wieder alle Familienmitglieder im Spiel."

Jeder hing seinen Gedanken nach.

Kammerlander nahm einen Kugelschreiber und kritzelte Strichmännchen auf einen Notizblock. Schließlich meinte er: „Hoffentlich rennen wir nicht in die falsche Richtung."

„Was meinst du?"

„Kann ich dir nicht sagen. Es ist ... so klassisch. Der reiche Onkel und die gierige Verwandtschaft, die erben will. Wie bei Agatha Christie. Irgendwie ... Es reicht irgendwie nicht, versteht ihr? Ach, ich weiß auch nicht ..."

Ebner und Langmann sahen ihn an und warteten.

„Ich meine, wenn man die Sache durchdenkt ... In der Stiftungssatzung steht doch, dass in der Familie Einigkeit herrschen muss bei der Wahl des Nachfolgers. Zumindest eine einfache Mehrheit. Die anderen brauchten doch bloß ‚Nein' zu sagen, wenn sie Manfred Roselli nicht als Vorsitzenden haben wollten. Egal, wen sich der Stiftungsvorsitzende als Nachfolger wünschte. Warum musste Ulrich Rumbach trotzdem sterben? Ja, und noch etwas: Warum haben bei der Geburtstagsfeier alle auf eine Entscheidung von Ulrich gewartet? Wieso macht Ulrich mit dem Notar einen Termin, als ob er allein über seine Nachfolge zu bestimmen hätte?"

„Ja. Da ist was dran."

Wieder verfielen sie in nachdenkliches Schweigen.

„Hm. Na ja. Am besten wird sein, die Sache zu überschlafen." Kammerlander sah auf die Uhr. Fast zehn.
Langmann tippte sich an die Stirn.
„Ach, bevor ich es vergesse: Oberleutnant Tanner hat angerufen. Er wollte zuerst mit Starkl sprechen, dann mit dir. Er war sauer, weil er niemanden erreicht hat. Witt war ziemlich eingeschüchtert."
„Das hat ja nicht lang gedauert mit Graz. Aber da es um die Familie Rumbach geht, war das wohl zu erwarten. Lasst mich nicht vergessen, Tanner gleich morgen früh anzurufen."
„Brauchst du nicht. Ich habe mir von Starkls Frau seine Handynummer geben lassen. Die habe ich Tanner gefaxt. Soll er unseren Kommandanten doch ein wenig unterhalten. Der liegt jetzt ohnehin nur herum und ihm ist bestimmt langweilig." Er grinste. „Ich dachte, das wäre in deinem Sinne."
Kammerlander nickte begeistert.
„Absolut. Wenn du nicht so hässlich wärst, würde ich dich dafür küssen."
Er verteilte die Aufgaben für den nächsten Tag, dann machten sie Schluss. Als Gutenachtgruß schickte er ihnen noch eine Niessalve hinterher.

13

Es war ein ruhiger Morgen. Ebner und Langmann waren dabei, Alibis zu überprüfen. Kammerlander legte vorsorglich eine Packung Taschentücher auf den Schreibtisch und nahm den Wasserkocher in Betrieb. Eine Tasse Tee konnte nicht schaden. Gestern hatte er vor dem Schlafengehen noch ein heißes Bad genommen und das Beste gehofft. Wenigstens hatte es zu schneien aufgehört. Er saß gerade an einem Bericht für Kommandant Starkl, als Inspektor Witt ihm die Post brachte.
„Guten Morgen, Herr Abteilungsinspektor." Er sah auf die leeren Schreibtische. „Ganz allein heute?"
Herrgott, das war ja wohl offensichtlich. Kammerlander murmelte etwas Unverständliches und hoffte, Witt würde sich damit begnügen. Er senkte seinen Kopf über die Tastatur und tat sehr beschäftigt.
„Na, dann will ich Sie nicht weiter stören. Morgenstund' hat Gold im Mund, wie man so schön sagt. Sie haben bestimmt mit dem Rumbachmord alle Hände voll zu tun."
„Mhm."
„Ja, das ist schon eine furchtbare Geschichte." Er bewegte sich im Zeitlupentempo auf die Tür zu. „Meine Tante hat einige Jahre bei den Rumbachs als Köchin gearbeitet, sie kennt die Verhältnisse dort ziemlich gut."
Natürlich. Über wen wusste Witt eigentlich nicht Bescheid? Seine Verwandtschaft war über den ganzen Bezirk verstreut. Witt hatte schon oft einen nützlichen Hin-

weis auf Lager gehabt. Also schluckte Kammerlander den Köder samt Haken und sagte: „Was denn zum Beispiel?"
Eifrig kam Witt zurück.
„Ich erinnere mich, dass meine Tante gesagt hat, die Leute wären sehr katholisch. Sie hätten ein großes Herz für die Wohlfahrt und so. Sie würden auch der Kirche so manches zukommen lassen. Und sonntagmorgens wären alle in die Kirche gegangen – na ja, bis auf die Künstlerin."
„Hat sie sonst noch etwas erzählt?"
„Da muss ich jetzt einmal nachdenken ... Der eine Neffe – ich weiß seinen Namen nicht – hat wohl öfter einmal zu tief ins Glas geschaut. Und die Nichte, die Künstlerin, hat ein uneheliches Kind. Das war der Familie ein Dorn im Auge. Dass sie keinen Ehemann hatte, meine ich. In ihrer Jugend soll sie ein wilder Feger gewesen sein."
„Danke, Witt."
„Nichts zu danken, Herr Abteilungsinspektor. Immer gern zu Diensten."
Er strahlte, als er das Büro verließ.
Kammerlander sah die Post durch. Die Gerichtsmedizin hatte die Kopfwunde Ulrich Rumbachs untersucht und beschrieb die Waffe als ‚länglichen runden Gegenstand'. Es waren winzige Metallpartikel in der Wunde gefunden worden, vermutlich war es ein Eisenrohr gewesen. Er zog noch zwei Fotos aus einem Umschlag. Darauf waren die Schnittverletzungen auf der Stirn des Ermordeten zu sehen. Das Schneidewerkzeug hatte eine sehr scharfe Klinge gehabt. Es konnte ein zugeschliffenes Messer, eine Rasierklinge, ein Skalpell oder ein Stanley-Messer gewe-

sen sein. Die Schnitte waren Ulrich Rumbach etwa zum Zeitpunkt seines Todes, wahrscheinlich aber unmittelbar danach zugefügt worden; man könnte mit ziemlicher Sicherheit davon ausgehen, dass er sie sich nicht selbst zugefügt oder sich beim Hinfallen zugezogen hatte. Sie stammten also vom Mörder.
Kammerlander sah sich die Bilder an und schüttelte den Kopf. Was sollte das bedeuten? Diese merkwürdigen Krakel ergaben für ihn keinen Sinn. Er drehte die Fotos, doch aus welchem Winkel er sie auch betrachtete, er wurde nicht schlau daraus. Ein Niesreiz überkam ihn, und er konnte gerade rechtzeitig ein Taschentuch hochreißen. Dann nahm er einen Stift und versuchte, die Schnitte auf ein Blatt Papier zu kopieren.

H{L

Hm. Keine Ahnung, was das sollte. Vielleicht bedeutete das alles gar nichts. Vielleicht wollte der Mörder dem Opfer nur Schmerzen zufügen. Er sah wieder in den Bericht. Nein, da stand, die Schnitte wurden dem Opfer vermutlich nach dessen Tod beigebracht, sonst hätte es einen stärkeren Blutfluss gegeben.
Was hast du gemacht, Ulrich Rumbach?, dachte Kammerlander. Wer hat dich so gehasst, dass er dir das alles angetan hat? Er schob die Unterlagen zur Seite und rieb sich die tränenden Augen. Er musste mit den Rumbachs reden. Am besten mit Manfred Roselli. Er war kein Verwandter und hatte gewiss keinen Grund, jemanden zu schonen

oder Familiengeheimnisse zu hüten. Kammerlander rief im Steinmetzbetrieb an, doch er erfuhr, Herr Roselli würde heute nicht gebraucht und arbeitete zu Hause. Auch gut, dann würde er eben dem Anwesen einen weiteren Besuch abstatten.

Manfred Roselli öffnete selbst die Tür. Er führte ihn die breite Treppe und die schmalere gedrehte Stiege hinauf in seine Wohnung. Durch einen kleinen Vorraum kamen sie in ein großes Zimmer, in dem ein gemütlicher Wohnbereich und eine Arbeitsnische vor dem Fenster untergebracht waren. Kammerlander ging um den Schreibtisch herum, auf dem sich Zeichenblöcke, verschiedene Tinten und Federstiele stapelten. Ein Blatt mit dem Entwurf eines Schriftzuges lag halb fertig obenauf.
„Ich habe Sie beim Arbeiten gestört."
„Kein Problem."
Kammerlander sah aus dem Fenster und genoss den herrlichen Blick auf den Park. Die Bäume waren so hoch, dass sie die Industrieruinen des ehemaligen Heizkraftwerkes fast verdeckten. In der Ferne verflossen blaugraue Hügel mit dem Himmel.
„Schön haben Sie es hier." Er zeigte auf eine Wendeltreppe, die Wohn- und Arbeitsbereich teilte. „Wohin führt diese Stiege?"
„In mein Obergeschoss sozusagen. Da oben befinden sich mein Schlafzimmer und das Bad. – Aber nehmen Sie doch bitte Platz."
Sie setzten sich gegenüber und taxierten sich eine Weile.

„Herr Roselli, ich muss gestehen, dass ich ohne Hilfe nicht weiterkomme."
„Ach?" Seine dunkelbraunen Augen funkelten belustigt.
„Ja. Es geht um Ulrich Rumbach. Jeder spricht in den höchsten Tönen über ihn, aber trotzdem wurde er umgebracht. Niemand spricht gern über Familienangelegenheiten, das weiß ich, aber … ich glaube, hier schwelt einiges unter der Oberfläche –"
„– und da dachten Sie, als Nicht-Familienmitglied wäre ich nicht gar so verschwiegen."
„Ich gebe es zu."
Manfred Roselli lächelte jungenhaft und strich sich eine braune Locke aus der Stirn. Was für ein attraktiver junger Mann. Die Mädchen stehen sicher Schlange bei ihm, dachte Kammerlander.
„Äh, ich weiß jetzt eigentlich nicht, was Sie von mir hören wollen."
„Fangen wir doch einfach damit an, dass sie erzählen, wie Sie hierhergekommen und aufgewachsen sind."
„An meine Ankunft hier kann ich mich nur dunkel erinnern. Ebenso an die Zeit, als ich noch bei meiner Mutter war. Ich war ja erst drei Jahre alt. Alles, was ich aus der Zeit noch weiß, ist, dass ich Angst hatte."
„Verständlich. Sie kamen in ein fremdes Haus zu fremden Leuten."
„Ja. Ich war in der ersten Zeit ziemlich verschüchtert."
„Hatten Sie Spielkameraden? Einen Ansprechpartner?"
„Oh ja. Thomas war mein Spielkamerad. Er war ja nur ein Jahr älter und wir waren viel zusammen. Ich mochte auch

seine Mutter Rita sehr gern. Sie war anders als die übrige Familie. Lockerer, unkomplizierter."
„Was war mit Ulrich Rumbach?"
„Ich verdanke ihm viel. Um ein Haar wäre ich ins Waisenhaus gekommen. Aber er hat mich bei sich aufgenommen. Und er hat sich um mich gekümmert wie ein Vater. Er hat mir alles beigebracht, was ich heute über das Leben, seine Bedeutung, den Tod und Grabstätten weiß." Kammerlander fiel auf, dass er Leben und Sterben in einem Satz verwendete. Es schien für ihn kein Gegensatz zu sein. „Dass sich ein christliches Leben in einer geweihten Ruhestätte vollendet. Er hat auch meine Begabung für Schriften erkannt. Ich bin froh, dass ich im Familienbetrieb nützlich sein kann."
„Eine etwas ungewöhnliche Tätigkeit für einen jungen Mann. Der Umgang mit dem Tod, meine ich."
„Finde ich nicht. Ich gebe aber zu, dass der Tod heutzutage ein Tabu ist. Oder auch nur das Bild darüber. Wie vor hundert Jahren die Sexualität. Wir wissen um den Tod und haben Angst vor ihm, aber wir wollen ihn nicht sehen, sondern verdrängen ihn."
Kammerlander nickte. Da war etwas Wahres dran.
„Wie stehen Sie zu Josef und Paul Rumbach?"
„Zu den beiden hatte ich nie ein besonders enges Verhältnis. Der Altersunterschied war wohl zu groß."
„Haben Sie gewusst, dass Ulrich Rumbach Sie als Stiftungsvorstand einsetzen wollte?"
„Ich hatte keine Ahnung."
„Er hat mit Ihnen nie über seine Nachfolge gesprochen?"

„Kein einziges Mal."
Kammerlander beobachtete Manfreds Gesicht genau, aber in seinen Augen sah er nur Ehrlichkeit. Soweit man sich da eben sicher sein konnte, dachte er.
„Hätten Sie sich darüber gefreut?"
„Ich weiß nicht. Ich glaube nicht. Eigentlich ist mir der Gedanke an so eine Aufgabe nie gekommen."
„Aber wenn es der Wunsch Ihres Pflegevaters gewesen wäre, hätten Sie die Aufgabe übernommen?"
„Hm. Vermutlich." Seine Lippen verzogen sich zu einem bitteren Lächeln. „Aber diese Überlegungen sind ja jetzt müßig. Dafür ist hinreichend gesorgt worden."
„Sie glauben also, Ulrich Rumbach wurde umgebracht, um Sie als Nachfolger zu verhindern?"
„Sie nicht? Es ist doch ein merkwürdiger Zufall, dass er ausgerechnet am Abend vor dem Notartermin ermordet wurde."
„Wieso konnte er eigentlich bestimmen, wer der nächste Stiftungsvorstand wird?"
Manfred zuckte mit den Schultern. „Er hat immer alles bestimmt. Einem Ulrich Rumbach hat sich jeder gefügt."
„Eine letzte Frage noch: Haben Sie irgendeinen konkreten Verdacht, wer Ihren Pflegevater so gehasst haben könnte, dass er ihn auf diese Weise getötet hat?"
„Nein. Ich kann nur sagen, ich verdanke ihm alles. Er hat aus mir gemacht, was ich heute bin."

14

Kammerlander hatte sein Auto schon aufgeschlossen, als er hämmernde Geräusche hörte. Sie kamen aus dem Gebäude ein Stück nebenan. Er versperrte den Wagen wieder und ging den Kiesweg entlang zu Rita Rumbachs Haus. Das Atelier im Erdgeschoss war hell erleuchtet. Es war ihm unklar, was er sie fragen sollte, aber das würde sich schon ergeben. Er merkte, dass er nervös war, und schüttelte über sich selbst den Kopf. Entschlossen drückte er die Schiebetür zur Seite.
Rita Rumbach stand mit dem Rücken zu ihm und bearbeitete einen Steinbrocken. Sie trug einen grauen Kittel und Arbeitshandschuhe. Selbst in dieser unvorteilhaften Kleidung sah sie noch attraktiv aus. Sie hörte auf zu hämmern und trat ein wenig vom Arbeitstisch zurück. Kammerlander beobachtete sie schweigend. Langsam ging sie um den Tisch herum, ganz in die Betrachtung ihrer bisherigen Arbeit versunken. Sie neigte den Kopf prüfend zur Seite und kaute an ihrer Unterlippe. Ihre Haare fielen nach vorn; mit einer schwungvollen Bewegung warf sie ihre rotbraune Mähne nach hinten. Dabei entdeckte sie ihn.
Ihre Augen weiteten sich vor Erstaunen, dann lächelte sie erfreut. Zumindest interpretierte er ihr Lächeln so.
„Guten Morgen, Herr Kommissar. Treten Sie ruhig näher."
Kammerlander folgte der Aufforderung und sah sich um. Unbearbeitete Steine in unterschiedlichen Größen lagen in

einer Ecke, auf Werkbänken standen verschiedene Geräte und Werkzeuge, sogar ein Schweißbrenner war vorhanden. An einer Wand waren Eisenteile und Metallgerümpel gestapelt und warteten auf ihre Verarbeitung. Er spähte in einen kleineren Raum; darin gab es eine Töpferscheibe und auf einem Regal standen Gefäße in verschiedenen Formen und Größen, aber auch abstrakte Gebilde. Ein Brennofen stand ganz hinten in der Ecke.

Er streckte ihr die Hand entgegen, gleichzeitig verspürte er ein Kitzeln in der Nase und schaffte es gerade noch, sich wegzudrehen, bevor er nieste. Er suchte verzweifelt nach den Taschentüchern, doch die lagen auf seinem Schreibtisch im Büro. Na toll, das machte bestimmt einen guten Eindruck, wenn er ihr hier etwas vorschniefte.

„Da haben Sie sich ja eine tüchtige Erkältung eingefangen."

Sie zog ihre Arbeitshandschuhe aus und holte ein Papiertaschentuch aus ihrem Kittel. Dankbar nahm er es entgegen. Als seine Nase wieder frei war, entschuldigte er sich für sein unangekündigtes Eindringen.

„Seien Sie nicht albern. Sie haben bestimmt einen guten Grund für Ihr Kommen, und ich kann eine Pause vertragen. Ich denke, eine Tasse Tee wird uns jetzt guttun."

Sie wies hinter einen Raumteiler, der einen kleinen Tisch und zwei Sessel verbarg. Auf einem der Sessel lag ein Brocken Granit. Sie streifte die Handschuhe wieder über und stemmte den Stein hoch.

„Lassen Sie mich Ihnen helfen, Frau Rumbach", beeilte sich Kammerlander zu sagen.

„Ach, das geht schon." Sie trug den Brocken zu einer Werkbank. „So etwas mache ich schließlich jeden Tag. Ich bin eben Schwerarbeiterin." Sie zwinkerte ihm zu und ging zur Fensterbank neben dem Tischchen. Darauf waren eine Kaffeemaschine, Becher und mehrere Packungen mit Teebeuteln platziert. Sie inspizierte die Becher und blies vorsichtshalber etwaigen Staub heraus, bevor sie die Teebeutel hineinsteckte. Als das heiße Wasser der Kaffeemaschine hineinblubberte, fragte sie: „Ein bisschen Schnaps oder Weinbrand dazu?"
Erst jetzt bemerkte er die Flaschen hinter der Maschine.
„Nein, vielen Dank. Ich bin im Dienst."
„Natürlich."
Sie stellte die Becher auf den Tisch und nahm ihm gegenüber Platz. Ein wohliges Aroma nach Früchten verbreitete sich. Kammerlander wunderte sich, dass er das trotz seines Schnupfens riechen konnte. Sie pustete in ihren dampfenden Becher und sah ihn mit ihren grün-braunen Augen an. Mehr grün als braun. Katzenaugen. Kammerlander wurde es ganz komisch zumute.
„Woran arbeiten Sie gerade, Frau Rumbach?"
„Lassen Sie das mit der ‚Frau Rumbach'. Mein Name ist Rita." Sie stieß mit ihrem Becher an seinen und prostete ihm zu. „Und wie heißen Sie?"
„Äh, Kammerlander …"
„Das weiß ich. Haben Sie auch einen Vornamen?"
„Harald. Meine Freunde nennen mich Harry …" Er ärgerte sich über seine Verlegenheit. Was war bloß los mit ihm? Die Gegenwart dieser Frau machte ihn total unsicher.

„Okay. Ich werde Sie Harry nennen. Kommissar Harry. Natürlich nur, wenn wir allein sind." Sie lachte laut, als sie sein verlegenes Gesicht sah.
„Nehmen Sie mich bitte nicht ernst. Manchmal geht mein Temperament mit mir durch. Um auf Ihre Frage zu antworten: Ich arbeite an meiner Ausstellung. Ich schaffe Steinskulpturen, arbeite aber auch mit Metall und Ton. Je nachdem, wie ich in Stimmung bin. Am liebsten ist mir die Abstraktion. – Verstehen Sie etwas von Kunst?"
„Da muss ich leider passen."
„Na, macht ja nichts. Sie sind sowieso nicht gekommen, um bei mir Nachhilfe in Bildender Kunst zu nehmen, nicht wahr?"
„Da haben Sie recht. Ich will mit allen Familienmitgliedern sprechen. Ich möchte die Menschen in Ulrich Rumbachs Umgebung kennenlernen, um …"
„Um einen Mörder unter ihnen zu finden?"
„… um über sie mehr über das Mordopfer zu erfahren. Und um zu verstehen, wieso er auf diese Weise sterben musste."
Rita lehnte sich in ihrem Sessel zurück.
„Nun, in welchem verwandtschaftlichen Verhältnis ich zu Ulrich stehe, wissen Sie bereits. Sie werden auch schon gehört haben, dass ich das schwarze Schaf der Familie bin. Oder besser gesagt war. Diese Rolle hat jetzt dankenswerterweise mein Cousin Paul übernommen." Sie lächelte spöttisch.
„Sie haben sich in die Familienstrukturen nicht einfügen können?"

„Hübsch gesagt. Mir ging das ganze großartige Rumbachgetue auf die Nerven. Unser guter Ruf, das brave Leben, die christliche Gesinnung, von der alle durchdrungen sind. Ich habe als Teenager dagegen rebelliert, wollte anders sein. Auf meinem Weg habe ich nichts ausgelassen: Ich bin in Discos herumgezogen, habe Gras geraucht und schlechte Noten nach Hause gebracht. Als ich dann mit siebzehn schwanger keinen Vater vorweisen wollte, war die Schande für meine Familie perfekt. Na ja, zumindest haben sie mich nicht verstoßen."
Sie nippte an der heißen Flüssigkeit.
„Tante Martha hat mir mit dem Kind sehr geholfen. Als mir klar wurde, was ich wollte, besuchte ich die Kunsthochschule. Seitdem bin ich freischaffend."
„Aber sie wohnen nicht mit der übrigen Familie zusammen."
„Gott, nein. Ich brauche Freiraum, kein Korsett. Dieses Haus hier war ursprünglich die Unterkunft für die Dienstboten gewesen. Sie wissen schon, die gute alte Zeit, als man noch *Domestiken* hatte.
Anfangs habe ich mir einen Raum als Werkstatt hergerichtet. Ich habe von Onkel Ulrich kleinere Aufträge bekommen, aber wirklich ernst genommen hat er meine Arbeit nicht. Er dachte wohl, wenn ich beschäftigt wäre, würde ich wenigstens keine Dummheiten machen. Dann wollte er unsere Grabstätte umgestalten und hat gesagt, ich sollte ihm Entwürfe vorlegen. Das Ergebnis sehen Sie seitdem auf dem Friedhof."
„Das Grabmal war Ihr Entwurf?"

„Ja. Schwer zu glauben, nicht wahr? Es ist so gar nicht mein Stil. So düster, so unheimlich. Ich habe auch lange gebraucht, bis ich mir vorstellen konnte, was Ulrich vorschwebte. Dann aber war er so angetan, dass er dieses Haus nach meinen Wünschen umbauen ließ. Als Belohnung sozusagen und als Anerkennung für meine Arbeit."
„Wie war Ihre Beziehung zu Ulrich Rumbach?"
Sie steckte sich eine Zigarette an und blies nachdenklich den Rauch aus.
„Schwer zu sagen. Distanziert, auf keinen Fall herzlich. Ich glaube, er hat einfach akzeptiert, dass ich aus der Art geschlagen war. Er hat mir meine Ruhe gelassen."
„Und wie war das Verhältnis zu seinen Neffen?"
„Ich glaube nicht, dass er viel von ihnen gehalten hat. Aber das ist nur meine private Einschätzung."
„Hat er deshalb die Leitung der Stiftung nicht aus der Hand gegeben?"
„Kann schon sein. Obwohl meine Cousins alles getan haben, um ihn zufriedenzustellen. Besonders Sepp. Seine Speichelleckerei war manchmal schon peinlich."
„Hat es nie Unstimmigkeiten gegeben?"
„Sepp und Paul waren schon manchmal anderer Meinung als Onkel Ulrich. In geschäftlichen Dingen, meine ich. Aber sie haben es nie auf eine Auseinandersetzung ankommen lassen. Schon komisch eigentlich ..." Sie sah gedankenverloren aus dem Fenster. „Wenn man bedenkt, dass die beiden über vierzig sind und niemals aufgemuckt haben. Der Onkel hat die Entscheidungen getroffen und sie haben den Schwanz eingezogen."

„Sie stehen den beiden wohl nicht sehr nahe?"
„Das sehen Sie richtig. Doch das war nicht immer so. Als Kinder haben wir uns gut verstanden. Selbst als ich meine rebellische Phase hatte, haben sie zu mir gestanden. Doch dann hat sich alles irgendwie verändert. Fragen Sie mich nicht, warum. Wir waren so um die Zwanzig, als unsere Freundschaft zu zerbröckeln begann. In der Zeit kam auch der kleine Manfred zu uns. Es gab keinen Streit oder so, aber wir drifteten auseinander. Na ja, Sepp hat ein paar Jahre später seine Hermine geheiratet und Paul hat zu trinken begonnen. Aber beide haben sich … angepasst, verstehen Sie? Wie auch immer. Wir passten nicht mehr zueinander."
Sie zuckte mit den Schultern und dämpfte ihre Zigarette aus.
„Sie sagten gestern, Sie würden als Stiftungsvorsitzendem nur Ihrem Sohn Thomas trauen. Wie meinten Sie das?"
„Thomas studiert Betriebswirtschaft. Was er tut, macht er gründlich und gewissenhaft." Sie lächelte stolz. „Außerdem ist er ein sehr ernsthafter Mensch. Er interessiert sich nur für sein Studium und seine Freundin. Keine jugendlichen Eskapaden, verstehen Sie? Ich weiß nicht, wem er nachschlägt. Von mir hat er das nicht."
Sie lachte.
„Ihren Cousins vertrauen Sie nicht?"
Sie schüttelte entschieden den Kopf.
„Sepp ist machtbesessen und gierig. Ich möchte nicht wissen, was er finanziell so alles mauschelt. Seine Frau Hermine ist eine einzige Katastrophe. Sie haben sie ja

kennengelernt. Er betrügt sie seit Jahren. Und Paul? Der steuert Schritt für Schritt auf den Abgrund zu. Er trinkt, hat Spielschulden und ist meistens depressiv. Aber seine Arbeit im Steinbruch scheint er zu bewältigen. Noch, jedenfalls."

„Wie haben Sie reagiert, als Ulrich Rumbach seine Nachfolgepläne bekannt gegeben hat?", fragte Kammerlander unvermittelt.

Sie streifte ihn mit einem raschen Blick.

„Ich war vollkommen überrascht. Und ganz und gar nicht einverstanden."

„Haben Sie nichts unternommen, um Ihren Onkel umzustimmen?"

Ihr Gesicht wurde ausdruckslos.

„Wir ... haben uns getroffen, um zu besprechen, wie wir vorgehen sollten."

„Wer ‚wir'?"

„Sepp, Paul und ich. Onkel Wendelin und mein Sohn Thomas waren auch dabei."

„Und was ist bei dieser Besprechung herausgekommen?"

„Sepp wollte Onkel Ulrich entmündigen lassen."

„Was? Einfach so? Und Sie und die anderen waren damit einverstanden?"

„Ja. Ich bin nicht stolz darauf. Das sind wir alle nicht. Aber was hätten wir denn sonst tun sollen? Die Zeit drängte. Uns ist nichts Besseres eingefallen."

„Einer Person offensichtlich schon."

Sie sah ihn unergründlich an.

„Ja. Offensichtlich."

Langmann stand am Tresen der ‚Kohlengrube' und trank sein Bier. Seine Arbeit hatte ihn erfreulicherweise hierher geführt. Er hatte sich mit dem Wirt über Paul Rumbach unterhalten und vorher in Köflach Erkundigungen über ihn eingezogen. Er hatte alles erledigt, aber er war trotzdem nicht zufrieden.

In ihm schwelte eine Mischung aus Ärger, Missmut und Unzufriedenheit. Und das hatte nichts mit dem gegenwärtigen Fall zu tun. Es hatte ausschließlich mit ihm selbst zu tun. Er wusste, dass er sich gehen ließ. Er versuchte, dagegen anzugehen, und manchmal klappte es ja auch. Dann duschte und rasierte er sich, zog sich frische Sachen an und brachte die getragenen zur Reinigung. Doch sehr oft war es ihm zu mühsam. Wozu auch? Er musste niemandem gefallen und an keinem Schönheitswettbewerb teilnehmen.

Aber manchmal bemerkte er die Blicke, die ihn streiften. Die seiner Kollegen oder von Befragten. Niemand sagte etwas, aber er wusste auch so Bescheid. Sie sahen seine schmutzigen Schuhe, den Trauerrand am Hemdkragen, die Bartstoppeln im Gesicht. Sie dachten sich ihr Teil, ordneten ihn ein, fällten ein Urteil über ihn. Sahen in ihm einen *Versager*. Und das war das Schlimmste.

Auch seine Frau hatte ihn so gesehen und ihm ständig die Ohren vollgesungen, endlich mit dem Trinken aufzuhören. War es da ein Wunder, dass er einmal die Nerven verloren hatte? Das war doch nur zu verständlich. In seinem Zorn hatte er sie hart angefasst, ja, das zweifellos. Aber deswegen einen Affenaufstand zu veranstalten und

sich scheiden zu lassen, war ja wirklich völlig überzogen gewesen.
Er hatte versucht, sie umzustimmen, hatte sich entschuldigt, ihr versprochen, mit dem Trinken aufzuhören. Doch sie hatte nur den Kopf geschüttelt und ihn mit *diesem Blick* angeschaut. Darin hatte er alles gesehen, was zwischen ihnen unausgesprochen geblieben war: ihren Abscheu, die Bitterkeit, Verachtung, Hoffnungslosigkeit. Es war dieser Blick, der ihn zwang, die Unabänderlichkeit der Tatsachen zu erkennen, und der ihn seitdem verfolgte.
Deshalb brauchte er manchmal etwas zu trinken. Damit er diesen Blick aus dem Kopf bekam. Er wusste schon, was ihm guttat. Er erinnerte sich an eine Begebenheit vor ein paar Monaten. Kammerlander hatte ihn zur Seite genommen und einen Zettel mit der Adresse der ‚Anonymen Alkoholiker' zugeschoben. Doch da war er an den Richtigen gekommen. Er hatte ihm ordentlich Bescheid gesagt. Was bildete er sich eigentlich ein? Kammerlander war doch nicht seine Mutter, zum Teufel! Er wollte einfach in Ruhe gelassen werden.
Er sah auf die Uhr. Seine Arbeit hatte er erledigt, und er musste nicht unbedingt zur Dienststelle zurückstürzen. Das war das Schöne an seinem Job: Er konnte sich dann und wann eine Auszeit nehmen. Um den schalen Geschmack im Mund loszuwerden. Und den Frust.
Er hob die Hand und machte dem Wirt ein Zeichen.

15

Ebner studierte die Unterlagen der Gerichtsmedizin, als Kammerlander das Büro betrat.
„Was meinst du, was die Schnitte auf der Stirn bedeuten?"
Er deutete auf die Fotos.
„Kann ich dir nicht sagen. Sieht für mich aus, als wären es Runen. Vielleicht bedeuten sie gar nichts."
„Sieht aus wie ein H und zwei L. Was meinst du?"
„Ja. Könnte sein. Sagt dir das was?"
„Nicht das Geringste."
„Hast du das Alibi von Thomas Rumbach überprüft?"
Ebner nickte.
„Seine Freundin wohnt in Maria Lankowitz. Sie hat bestätigt, dass Thomas sie um halb acht zur Chorprobe begleitet hat. Er war allerdings während der Probe nicht bei ihr. Thomas setzte sich immer in eine hintere Kirchenbank, während die Sänger oben im Chor bei der Orgel probten. So könnte er sich ganz auf die Musik konzentrieren, ohne abgelenkt zu werden, sagte sie. Um zehn hatte er am Choraufgang auf sie gewartet und sie heimbegleitet. Dann wäre er nach Hause gefahren.
Ich bin dann in die Kirche gegangen, um mir das einmal anzusehen. Der Pfarrer hat gesagt, wenn keine Abendmesse stattfindet, ist nur der Chorraum erleuchtet, wegen der Probe. Am Altar brennen zwar einige Kerzen, aber der übrige Kirchenraum liegt im Dunkeln. Ich bin dann zur Orgel in den Chor hinaufgestiegen und habe mir das

von oben angeschaut. Die hinteren Kirchenbänke sind von dort gar nicht zu sehen, es sei denn, man beugt sich lebensgefährlich weit vor. Und wenn die Kirche nicht beleuchtet ist, sieht man gar nichts. Der junge Mann hat meines Erachtens kein Alibi. Er hätte während der Chorprobe weggehen, seinen Großonkel umbringen und in aller Ruhe zurückkommen können. Niemand hätte es bemerkt."
„Also wieder keiner, den wir ausschließen können."
Kammerlander sah auf die Uhr. „Wo bleibt eigentlich Longjohn? Es ist schon zwei."
„Hat sich nicht bei mir gemeldet. Vielleicht sitzt er noch beim Mittagessen. Wie immer das bei ihm auch aussehen mag."
Ebner war Langmanns Zustand in der letzten Zeit auch nicht entgangen. „Was hast du so getrieben?"
„Ich habe Umfeldstudien durchgeführt, wenn du so willst."
Er erzählte Ebner von den Befragungen und seinen Eindrücken.
„Die wollten Ulrich Rumbach tatsächlich entmündigen lassen?", fragte Ebner verblüfft, als Kammerlander geendet hatte.
„Scheint so. Sie waren ganz schön unter Druck."
„Eine feine Familie, das muss man sagen."
Die Tür ging auf und Langmann gesellte sich zu ihnen. Die blauvioletten Äderchen auf seinem Gesicht traten durch die Kälte draußen noch stärker hervor.
„Meine Karre ist verreckt", brummte er. „Ich musste den Pannendienst holen."

Kammerlander nickte mitfühlend. Er lebte selbst in ständiger Angst, dass sein Auto den Winter nicht überstehen würde.
„Hast du etwas erreicht in der Wirtschaft?"
„Ja. Der Wirt der ‚Kohlengrube' konnte sich erinnern, dass Paul Rumbach am Montagabend bei ihm gewesen war. Er wusste auch noch, dass er kurz vor eins gegangen war. Aber er hatte ihn nicht die ganze Zeit im Auge behalten. Es gibt außer dem Gastraum auch noch ein Billardzimmer und einen kleineren Raum mit Spielautomaten. Paul Rumbach ist zwischen den Räumlichkeiten hin und her gependelt; es wäre dem Wirt oder der Bedienung nicht aufgefallen, wenn er für eine Stunde durch die Hintertür verschwunden wäre."
„Das dachte ich mir schon."
„Vorher ist mir aber etwas im Zusammenhang mit Sepp Rumbach eingefallen. Ich kann mir nicht helfen, der Kerl ist mein Favorit. Er besitzt doch eine Wohnung in Köflach – mehr oder weniger. Also dachte ich mir, ich schau mir die einmal an. Eine Dame wohnt dort, die sehr nett anzusehen ist. Kann man nicht anders sagen. Es stellte sich heraus, dass sie Sepp Rumbachs langjährige Freundin ist, und er die Wohnung für sie gekauft hat. Dabei ist mir eingefallen, dass in seinen Kontoauszügen nirgendwo ein Mieteingang aufgetaucht ist. Jetzt wissen wir, warum.
Die Dame war sehr auskunftsfreudig und eifrig bemüht, ihrem Sepp ein Alibi zu geben. Sie hat Stein und Bein geschworen, dass er am Montag bei ihr war. Er wäre erst um Mitternacht gegangen. Was haltet ihr davon?"

Kammerlander grinste. „Wenn es so war, hat unser umtriebiger Sepp gelogen."
„Seine liebe Gattin ebenfalls." Ebner hob fragend die Hände. „Warum tut sie das? Warum lügt sie für ihren Mann?"
Langmann zuckte mit den Schultern. „Vielleicht weil sie Angst hat, dass ihr Goldstück den Onkel um die Ecke gebracht hat?"
„Das ist möglich. Wie auch immer. Sepp ist damit nicht aus dem Schneider. Er hat zwei Alibizeuginnen für zwei verschiedene Alibis. Obwohl ich eher der Ansicht zuneige, dass er sich bei seiner Freundin die Zeit vertrieben hat."
Sie gingen noch einmal durch, was sie bis jetzt wussten. Um fünf machte Kammerlander Schluss.
„Eines ist klar: Niemand von der Familie hat ein Alibi. Kein Einziger. Klar ist aber auch, dass Sepp Rumbach gelogen hat. Das macht ihn zu unserer Nummer eins."
Langmann nickte begeistert.
„Meine Rede!"
„Longjohn, kannst du unseren Freund noch einmal genau durchleuchten? Wir müssen wissen, ob er die Firmenkonten angezapft hat. Wie tief steckt er in den roten Zahlen? Hat er Gelder veruntreut? Grabe wie ein Maulwurf."
„Mit Vergnügen."
„Was machen wir?" Ebner sah Kammerlander erwartungsvoll an.
„Wir beide halten mit dem Herrn ein kleines Schwätzchen."

Sepp Rumbach saß in seinem Büro und fixierte gedankenverloren die schmutzstarrende Scheibe in der Tür. Der Lärm aus der Steinmetzwerkstatt drang gedämpft herein. Er merkte es nicht einmal. Seine Gedanken kreisten um andere Dinge als die Arbeit im Betrieb.
Er befand sich in einer schlimmen Situation. Er war pleite. Er hatte sein ganzes Geld verspekuliert, hatte alles auf eine Karte gesetzt und den falschen Leuten vertraut. Er besaß nichts mehr, was nicht beliehen wäre, und in seiner Verzweiflung hatte er auch Geld aus der Firma gezogen. Es war ja nur geliehen, hatte er sich immer wieder gesagt. Er würde es bald zurückzahlen, bestimmt vor der nächsten Prüfung, und kein Mensch würde etwas bemerken. Doch der große Wurf, der ihm versprochen worden war, war ausgeblieben. Im Gegenteil, er war immer tiefer in die roten Zahlen gestrudelt. Er war sogar so weit gegangen, die Sparbücher der Kinder zu plündern. Er zitterte bei dem Gedanken, dass sie es früher oder später bemerken würden.
Und schuld war der Alte. Wenn der ihn nicht immer so kurzgehalten hätte, sondern ihm endlich die Position überlassen hätte, die ihm zustand, wäre alles anders gekommen. Er wäre endlich in der Lage gewesen zu zeigen, was in ihm steckte. Aber Onkel Ulrich hatte gar nicht daran gedacht, ihn zum Nachfolger zu machen. Er hatte es genossen, ihn im Unklaren zu lassen, und ihn mit unterschwelligen Drohungen kirre gemacht. War es da ein Wunder, dass er versucht hatte, selbst auf die Beine zu kommen? Dass er finanziell unabhängig werden wollte?

Er hätte es dem verfluchten Alten schon gezeigt! Wenn alles so gelaufen wäre, wie er sich das erhofft hatte, wäre er über Nacht weg gewesen und hätte allen eine lange Nase gedreht. Besonders seiner dummen zänkischen Frau. Sie und die Kinder wären von der Familie versorgt worden, und er hätte mit seiner Monika irgendwo ein neues Leben beginnen können. Monika – das war eine Frau! Neben ihr wirkte Hermine wie ein langweiliger Trampel.
Aber es war anders gekommen. Alles Geld war weg und die Situation hatte sich dramatisch zugespitzt. Seine letzte Hoffnung war gewesen, dass sich der Alte mit siebzig endlich zur Ruhe setzen und ihn zum Stiftungsvorsitzenden machen würde. Er kannte Wege und Tricks, wie er Teile des Stiftungsvermögens umschichten konnte. Seine Probleme wären gelöst gewesen. Doch der Alte hatte ihn fertigmachen wollen. Mit der Ankündigung, Manfred zum Stiftungsvorsitzenden zu machen, hatte er ihm den letzten Halt unter den Füßen weggezogen.
Das hatte er nun davon, der ehrenwerte Herr Ulrich Rumbach! Aufgeknüpft auf dem Familiengrab, auf das er so stolz gewesen war. Er hatte es provoziert. Doch für ihn, seinen Neffen, hatte das auch nicht viel verändert, wenn er es sachlich betrachtete. Selbst wenn Manfred nun als Nachfolger verhindert worden war, so war er selbst noch lange nicht Stiftungsvorsitzender. Sein Bruder Paul war kein Problem. Über diesen Psycho-Alki würde er sich hinwegsetzen. Aber Rita hatte sich plötzlich quergelegt und sich in den Kopf gesetzt, ihren unehelichen Bengel in die begehrte Position zu heben.

Und das war noch nicht alles. Die polizeilichen Ermittlungen waren angelaufen. Bald würden sie Einblick in die Bücher verlangen. Wie lange würde es dauern, bis sie merkten, dass er Firmengelder unterschlagen hatte? Er musste unbedingt mit seinem Anwalt reden. Der würde wissen, wie man die Einsichtnahme in die Geschäftsbücher verhindern oder wenigstens verzögern konnte. Sie waren ja nicht irgendwer, sie waren schließlich die Rumbachs. Und wenn alles nichts nützte, konnte er immer noch abhauen. Bloß wohin? Und woher das Geld nehmen?
Alarmiert fuhr er zusammen. Er hatte Stimmen in der Werkstatt gehört. Durch die schmutzige Scheibe sah er die Umrisse der beiden Beamten, die ihn schon wieder heimsuchen wollten. Nein, nicht jetzt. Er hatte auch ohne diese Hyänen Sorgen genug. Wer wusste denn, was die schon alles ausgegraben hatten. Einem polizeilichen Verhör würde er in dieser Verfassung nicht standhalten. Außerdem hatte ihn Monika vor zwei Stunden angerufen und ihm vom Besuch eines Ermittlungsbeamten erzählt. Schon allein deshalb würde sich die Polizei ihr Teil denken.
Er floh durch eine Seitentür in den Waschraum und durch die Hintertür zu seinem Auto. Sie würden ihn nicht kriegen. Heute jedenfalls nicht.

„Ich fresse einen Besen, wenn das im Büro nicht Sepp Rumbach war."
Ebner marschierte im Büro der Dienststelle auf und ab.
„Der hat den Braten gerochen und ist getürmt."

Kammerlander war sich auch sicher gewesen, dass er eine Bewegung im Büro des Steinmetzbetriebes wahrgenommen hatte. Doch als sie die Tür geöffnet hatten, war der Raum leer gewesen. Sie waren durch den Waschraum nach hinten hinausgegangen, aber sie hatten nur noch verklingendes Motorengeräusch gehört.
„Den kriegen wir schon noch."
Kammerlander rief Hermine Rumbach an und fragte, ob ihr Mann zu Hause wäre. Als diese verneinte, sagte er ihr in forschem Ton, dass sie ihn morgen um neun Uhr auf der Dienststelle erwarteten.
„Ich hoffe, seine Zeit erlaubt es ihm", erwiderte sie spitz.
„Das hoffe ich auch, denn sonst holt ihn ein Dienstwagen ab." Er knallte den Hörer auf die Gabel.
„Am liebsten würde ich ihn in die Fahndung geben." Ebner war ziemlich aufgebracht. „Was ist, wenn er wirklich untertaucht?"
„Dann erst haben wir eine Begründung für so eine Aktion. Bei vorschnellen Handlungen sind die Rumbachs bestimmt gleich mit einem Anwalt zur Stelle. Besser, wir warten. Wir haben noch zu wenig in der Hand für einen Fahndungsbefehl."
Langmann kam herein und setzte sich zu ihnen.
„Ich habe die Genehmigungen. Morgen sehen wir uns die Bücher der Rumbachfirmen an. Vielleicht können wir auch die Steuerfahndung glücklich machen."
„Mal sehen."
Sie schrieben noch ihre Berichte über die bisherigen Ermittlungen. Morgen würde Kommandant Starkl wieder

zugegen sein, und der wollte bestimmt bis ins Kleinste unterrichtet werden.
Als sie um neun die Dienststelle verließen, fielen dicke Flocken vom Himmel. Ein paar Stunden später hatte der Schnee die Erde wieder mit einem weißen Mantel zum Schweigen gebracht.

Der kleine Hase machte Rast an einem Teich. Er war erschöpft, denn er war sehr vorsichtig gewesen und hatte die Augen offen gehalten. Er stillte seinen Durst am Wasser, als ein Skorpion auf ihn zukrabbelte.
„Was machst du hier ganz allein?", fragte er.
„Ich bin auf der Suche", sagte der Hase.
Der Skorpion schüttelte den Kopf. „Jetzt nicht mehr, denn ich werde dich totstechen und fressen."
Der Hase nahm einen Stock, stieß den Skorpion in den Teich und drückte ihn so fest er konnte unter Wasser, bis er tot war.
„Gut gemacht, kleiner Hase", klapperte ein Storch aus dem Schilf. „Doch jetzt musst du weiter."
Er breitete seine Schwingen aus und erhob sich in die Lüfte.
„Es ist alles nicht wirklich!", rief er zum Abschied.
Der Hase blinzelte ein paar Tränen weg und lief weiter.

16

„Wir müssen rasch zu einem Entschluss kommen", sagte Martha Rumbach am nächsten Tag beim Frühstück zu ihrem Schwager Wendelin. „Der Leichnam von Ulrich wird heute freigegeben, wir müssen uns um eine angemessene Beerdigung kümmern. Die Gedenkfeier planen wir später, wenn diese ... unerfreulichen Umstände geklärt sind."
„Du hast recht. Die Beerdigung ist jetzt das Wichtigste." Er steckte sich den letzten Bissen seiner Semmel in den Mund und kaute nachdenklich. „Jedoch müssen wir uns überlegen, wie es nun weitergehen soll. Jemand muss sich um die laufenden Geschäfte kümmern, bis wir einen Nachfolger für Ulrich gewählt haben."
„Das könnte doch Sepp übernehmen. Er hat am meisten Ahnung von allem."
Wendelin Rumbach schüttelte zweifelnd den Kopf. „Das gibt böses Blut. Das weißt du ebenso gut wie ich. Mit demselben Recht kann Paul die Interimsgeschäftsleitung fordern. Auch Rita wird da nicht mitspielen. Ich denke, das Beste wäre, wenn Sepp, Paul und Thomas gleichberechtigt eingesetzt würden, unter der Aufsicht von unserem Steuerberater. Was meinst du?"
„Keine schlechte Idee. Das verschafft uns wenigstens etwas Ruhe bis zur Beerdigung. Und darüber hinaus."
„Ich muss mich heute noch um den Trauerflor vor dem Haus kümmern. Bis zur Beerdigung ist noch genug zu tun."

„Wendelin … Glaubst du … Ich meine, könnte es … jemand aus der Familie gewesen sein? Der Ulrich …?"
„Niemals. Das ist absurd. Mach dir keine Gedanken."
„Aber, in Anbetracht dessen, was Ulrich vorhatte …"
„Nein. Oder weißt du etwas, das du mir sagen möchtest?"
Sie schüttelte den Kopf.
„Es ist nur … Ich habe Angst."
Schweigen breitete sich aus. In die Stille ertönte die Klangfolge der Türklingel.
„Nanu? Doch hoffentlich nicht schon wieder die Polizei?" Martha Rumbach sah erschrocken zu ihrem Schwager.
Wendelin erhob sich und ging zur Tür. Er kam mit einer ziemlich aufgeregten Hermine zurück.
„Ich … Habt ihr meinen … Wisst ihr, wo Sepp steckt?"
Beide sahen sie verwundert an und schüttelten die Köpfe.
„Ja, weil … zu Hause ist er nicht." Sie ließ sich auf einen Sessel neben ihrer Schwiegermutter fallen. „Ich habe ihn schon überall gesucht."
„Tja, er wird um diese Zeit in der Firma sein und arbeiten." Wendelin sah auf seine Armbanduhr. „Wo sollte er sonst sein?"
„Da habe ich schon angerufen. Manfred sagte, er ist dort noch nicht aufgetaucht."
„Nana." Martha tätschelte beruhigend Hermines Hand. „Wahrscheinlich hatte er sehr früh einen Geschäftstermin und wollte dich nicht wecken."
Hermine sank in sich zusammen.

„Er war die ganze Nacht nicht da", flüsterte sie. „Er ist überhaupt nicht nach Hause gekommen."
Martha und Wendelin wechselten einen Blick.
„Vielleicht ist es irgendwo spät geworden und er wollte nicht mehr mit dem Auto fahren ..."
„Dann kann er doch anrufen und Bescheid sagen!" Hermines Stimme wurde schrill. „Das tut er doch sonst auch immer. Das ist doch nicht zu viel verlangt!"
„Hast du schon die Krankenhäuser –"
„Natürlich! Daran habe ich auch gedacht. Aber er scheint auf keiner Liste auf. Es wurde auch kein Unbekannter eingeliefert." Sie sprang auf. „Ich frage jetzt noch Rita und Paul. Vielleicht wissen die ja, wo Sepp abgeblieben ist."
Grußlos stürmte sie hinaus.
„Es geht alles irgendwie den Bach runter." Martha schüttelte den Kopf. „In dieser Familie klappt nichts mehr. Selbst Ulrich scheint verrückt geworden zu sein. Die Leitung der Familienstiftung in fremde Hände zu legen! Wo hat man so etwas schon je gehört?"
„Beruhige dich, Martha ..."
Sie hörte gar nicht zu.
„Nichts gegen Manfred. Er ist ja ein netter Junge, aber er gehört doch nicht zur Familie. Nicht wirklich, meine ich. Was ist bloß in den alten Narren gefahren, so ein Unglück heraufzubeschwören? Wo es doch genug blutsverwandte Nachfolger gibt? Zu Manfred als Stiftungsvorsitzenden gebe ich nie und nimmer meine Zustimmung!"
„Das brauchst du auch nicht." Wendelin drehte sie an den Schultern zu sich herum. „Die Frage stellt sich gar nicht

mehr." Seine Stimme wurde eindringlich. „Das Problem ist beseitigt. Hörst du? Es ist alles gut."
Lange sahen sie sich an. Dann nickte Martha.
Wendelin ließ sie los.
„Ich suche jetzt Juri. Er muss mir mit dem Trauerflor helfen."
Wieder nickte sie.

Auch Rita und ihr Sohn Thomas saßen am Frühstückstisch und sprachen über das gleiche Thema.
„Ich habe mir den Kopf zerbrochen, warum Ulrich diesen Manfred als Nachfolger haben wollte. Aber ich finde keine Erklärung."
Sie schenkte sich Kaffee ein.
„Was ist daran schwer zu verstehen?" Thomas stellte seine leere Tasse ab. „Sieh dir doch unsere Familie an."
„Was meinst du damit?"
„Nun, geh die Kandidaten doch mal durch. Martha und Wendelin sind zu alt und haben auch nicht die Qualifikation für die Leitung der Stiftung. Die Nächsten wären Sepp, Paul und du. Du scheidest aus den gleichen Gründen aus – ich meine natürlich die Qualifikation, nicht das Alter", beeilte er sich zu sagen, als ihn ein scharfer Blick seiner Mutter traf.
„Sepp hätte zwar die Qualifikation, aber ich hatte immer den Eindruck, dass Großonkel Ulrich ihn nicht leiden konnte. Warum auch immer. Paul wäre auch in Frage gekommen, aber der säuft sich leider die Birne matschig. So. Dann sind wir schon bei der jüngsten Generation. Die

beiden Zwillingsmöpse Elsa und Trudie sind zu jung und, wenn du mich fragst, keine geistigen Höhenflieger. Ich kann mir nicht vorstellen, dass sich da noch viel ändern wird. Bleibt nur noch Manfred. Ihn hat Ulrich großgezogen wie einen Sohn, hat ihm seine Wertvorstellungen mitgegeben ... und sonst noch so einiges."
Rita sah ihn neugierig an, doch Thomas fuhr ruhig fort.
„Manfred hat ihm nie einen Grund zur Klage gegeben. Im Gegenteil. Ich hatte oft den Eindruck, in Manfred eine Miniaturausgabe von Ulrich vor mir zu haben. Was Ansichten und Einstellungen betrifft, meine ich."
„Aber was ist mit dir? Du bist doch auch noch da. Du bist bald mit deinem Studium fertig, hast also die Qualifikation, die Stiftung zu leiten. Und du gehörst zur Familie, bist sein Großneffe. Du bist ein ernsthafter verantwortungsbewusster Mensch. Das hat Ulrich sehr wohl gewusst. Wieso also Manfred?"
Thomas' Miene wurde verschlossen.
„Er stand ihm eben näher."
Sie setzte ruckartig ihre Tasse ab.
„Das kann ja sein. Aber du bist sein Blutsverwandter!" Sie warf aufgebracht ihre Haare über die Schultern. „Du hättest freundlicher zu dem Alten sein müssen. In den letzten Jahren hast du kaum mit ihm gesprochen, wenn ich es mir recht überlege. Du hast ihm nie die geringste Sympathie gezeigt. Das war ein Fehler. Wenn er dich besser gekannt hätte, wenn er –"
„Ulrich hat mich in seine Pläne nicht mit einbezogen. Fertig." Thomas warf genervt die Serviette auf den Teller.

Krümel spritzten über das Tischtuch. „Könnten wir jetzt bitte das Thema wechseln?"
Überrascht sah Rita ihren Sohn an. Es kam höchst selten vor, dass er gereizt war. Ihr Schweigen wurde durch die Türglocke unterbrochen. Thomas stand auf und kam mit einer heftig atmenden Hermine zurück.
„Tantchen sucht ihren Ehemann."
Er zwinkerte seiner Mutter zu.
„Bei uns?"
„Naja, ich habe schon überall gefragt und angerufen …"
Hermine knetete ihre Finger. Die Situation war ihr sichtlich peinlich. „Auch die Krankenhäuser. Nichts. Und da habe ich mir gedacht …"
„Dass er *hier* sein könnte?" Rita zog eine Augenbraue hoch. „Seit wann vermisst du ihn denn?"
„Seit gestern. Er … er ist von der Arbeit nicht nach Hause gekommen."
Rita sah sie kalt an. Nicht einmal in dieser Situation hatte sie für Hermine das geringste Mitgefühl.
„Also ich habe ihn seit der Besprechung mit der Polizei nicht mehr gesehen. Du etwa?"
Sie sah ihren Sohn an. Der schüttelte den Kopf.
„Ja, also … dann werde ich noch Paul fragen." Hermine wandte sich zum Ausgang. „Wenn er ihn auch nicht gesehen hat, dann weiß ich nicht mehr …"
Thomas schloss die Tür hinter ihr und setzte sich wieder an den Küchentisch zu seiner Mutter.
„Er könnte wenigstens den Schein wahren, wenn er schon fremdgeht."

Rita sah überrascht hoch.

„Du weißt davon?"

„Ich bin doch nicht blöd. Oder weltfremd. Ich kriege so einiges mit, was hier abgeht."

Sie sah ihn scharf an.

„Was meinst du damit?"

„Ach nichts. Von mir aus soll jeder leben, wie er will. Geht mich nichts an."

Sie versuchte in seiner Miene zu lesen, aber die war undurchdringlich. War seine letzte Aussage auf sie gemünzt? Wusste er mehr, als sie ahnte? Eines war jedenfalls sicher: Blöd war er wirklich nicht.

Sie zündete sich eine Zigarette an und beobachtete ihren Sohn von der Seite.

Er war attraktiv, ohne Zweifel. Zu ernst vielleicht für sein Alter. Zu ruhig und besonnen. Nicht der Hauch jugendlichen Leichtsinns. Der Haarschnitt zu kurz für ihren Geschmack. Sie kleidete ihn in Gedanken in einen Anzug mit Krawatte und sah den perfekten Anwalt oder Geschäftsmann vor sich.

Nein. Den perfekten *Stiftungsvorsitzenden*.

Sie blies den Rauch zur Decke.

„Du bist so anders, als ich in deinem Alter war. Ein bisschen fremd manchmal. Deshalb ... Ich muss dich das jetzt fragen. Damit nicht letzten Endes alles umsonst ist. Willst du es überhaupt? Ich meine, willst du die Nachfolge von Ulrich antreten?"

Er sah lange zum Fenster hinaus. Dann drehte er sich zu seiner Mutter.

„Mich hat es immer zur Kunstgeschichte gezogen. Aber ich muss Prioritäten setzen. Ich habe lange darüber nachgedacht. Kunstgeschichte kann ich auch als Hobby weiter betreiben. Ich muss mich um die Familienstiftung kümmern ... Anders geht es nicht."
Sie sah die Entschlossenheit in seinen Augen, als er sagte: „Ja. Ich will die Familienstiftung leiten."
„Gut, mein Junge. Dann wirst du das auch tun."
Sie lächelte.

Hermine läutete an Pauls Tür, aber nichts geschah. Sie versuchte es noch ein zweites und drittes Mal, bis sie schließlich den Finger nicht mehr vom Knopf nahm. Endlich hörte sie Geräusche hinter der Tür.
Paul zwinkerte sie aus verschlafenen Augen an. Er bot ein Bild des Jammers, mit ungekämmten Haaren, roten Augen und dicken Tränensäcken. Ein Morgenmantel schlotterte um seine hagere Gestalt.
Und er stank. Nach Alkohol, Zigaretten und Erbrochenem. Hermine sog scharf die Luft ein. Egal. Das war jetzt nicht wichtig. Wichtig war nur, dass sie mit ihm sprechen konnte. Hoffentlich war er dazu in der Lage.
Er sah sie wenig begeistert an.
„*Du*? Was willst du denn?"
„Ich ... Tut mir leid, dass ich dich geweckt habe, aber ... ich wollte dich fragen, ob du Sepp gesehen hast."
„Was?" Er starrte sie entgeistert an. „Was willst du?"
„Sepp. Hast du gestern Abend oder heute Morgen meinen Mann gesehen?"

„Deswegen weckst du mich und läutest, dass die Wände wackeln?"
Er krümmte sich in einem Hustenanfall. Hermine trat einen Schritt zurück und bemühte sich flach zu atmen.
„Ja. Deshalb. Also, hast du ihn gesehen?"
„Nein, liebste Schwägerin, ich hab ihn nicht gesehen. Was mir ehrlich gesagt auch nicht leidtut."
Er schwankte und stützte sich am Türrahmen ab.
„Naja. Ich hätte mir gleich denken können, dass er sich mit so einem Trunkenbold nicht herumtreibt", konterte sie spitz und wandte sich zum Gehen.
Jetzt wurde Paul wütend.
„Ach ja? Das hättest du dir denken können? Der treibt sich noch ganz woanders herum, dein feiner Sepp. Und wenn ich dich so ansehe, kann ich ihm das nicht verübeln." Er stieß einen markigen Rülpser aus. „Was schaust denn so blöd? Such ihn doch bei seiner Tussi, du taube Nuss. Tönt hier groß rum und hat von nichts eine Ahnung!"
Er schlug die Tür zu.
Hermine stand steif da und starrte die geschlossene Tür an. Ihr war übel, ob wegen Pauls Ausdünstung oder seiner Worte, hätte sie nicht sagen können.
Tränenblind drehte sie sich um und taumelte nach Hause.

17

„Es ist zwanzig nach neun. Der Kerl kommt nicht, das habe ich im Gefühl."
Ebner trommelte aufgebracht mit den Fingern auf seinem Schreibtisch herum.
„Vielleicht will er uns nur warten lassen", brummte Kammerlander, „um uns zu zeigen, dass er nicht springt, wenn wir pfeifen."
„Hm."
„Wir warten auf alle Fälle bis zehn. Dann ziehen wir andere Saiten auf. – Wo ist eigentlich Langmann?"
„Keine Ahnung. Hat sich noch nicht gemeldet."
„So. Hm. Ruf doch Hermine Rumbach an und erinnere sie, dass wir ihren Mann hier erwarten. Sonst holt ihn in zehn Minuten ein Streifenwagen ab. Es kann nichts schaden, die Herrschaften ein wenig nervös zu machen."
Während Ebner telefonierte, verließ Kammerlander das Büro und ging zum hinteren Gangfenster. Er schaute auf den Parkplatz, aber er konnte Langmanns Auto nirgends sehen. Stirnrunzelnd ging er zurück.
Ebner legte gerade auf und grinste.
„Jetzt kann es losgehen. Sepp Rumbach ist verschwunden. Er ist gestern nicht nach Hause gekommen. Seine Frau hat gerade tränenreich versichert, dass ihn seit gestern Nachmittag niemand mehr gesehen hat."
„Da schau her. – Na gut. Veranlasse alles für einen Such- und Haftbefehl." Kammerlander ging zur Tür. „Ich werde

die Zeit nutzen und mit Starkl ein Schwätzchen halten. Unser Kommandant muss schließlich wissen, wie sich die Rumbach-Sache entwickelt. Vielleicht legt er sich gleich wieder ins Krankenhaus."

Als Kammerlander nach zehn Uhr wiederkam, saß Langmann an seinem Schreibtisch.
„Guten Morgen. Was hat dich aufgehalten?"
„Hatte wieder Probleme mit dem Wagen", brummte Langmann. Er sah Kammerlander nicht in die Augen, sondern blickte in eine Akte. Die Papiere zitterten heftig in seinen Händen. Er legte die Akte auf den Tisch.
„Was machen wir jetzt?", änderte er das Thema. „Klopfen wir die Firma ab?"
Kammerlander bemerkte Langmanns unrasiertes Gesicht und verbiss sich eine Bemerkung. Wenigstens hatte er frische Sachen an.
„Ja. Wir fahren zum Steinmetzbetrieb. Longjohn, du treibst den Steuerberater der Rumbachs auf und bringst ihn dorthin. Kurt, du schaust beim Staatsanwalt vorbei und holst die Durchsuchungsbefehle für das Büro und die Wohnung von Sepp Rumbach. Ich kümmere mich darum, dass am Nachmittag ein Spezialist zur Villa Rumbach kommt, um den Safe vom Mordopfer zu öffnen. Also dann."
Eine Stunde später stiegen Kammerlander und Ebner auf dem Friedhofsparkplatz aus dem Wagen. Sie stellten die Mantelkrägen hoch und hauchten in ihre Hände. Seit in der Früh war es nicht wärmer geworden, vielleicht sogar noch kälter. Sie bahnten sich einen Weg durch die makel-

lose Neuschneedecke. Anscheinend waren sie die Ersten, die sich heute auf diesem Weg der Werkstatt näherten. Die Firmenangehörigen benutzten wohl den hinteren Eingang. Weiße Atemwolken wehten ihnen voran, als sie ihre Fußstapfen im jungfräulichen Schnee hinterließen. Sie betraten die Steinmetzwerkstatt, in welcher der übliche Betrieb und Lärm herrschten. Ohne auf die neugierigen Blicke der Mitarbeiter zu achten, steuerten sie auf Sepp Rumbachs Bürotür zu.

„Er ist nicht da", sagte jemand in ihrem Rücken. Manfred Roselli stand hinter ihnen und zuckte bedauernd die Schultern.

„Das wissen wir." Ebner zückte den Durchsuchungsbefehl. „Wir sind auch ohne die Anwesenheit von Herrn Rumbach berechtigt, die Räume zu betreten und uns umzusehen."

„Ja, natürlich." Manfred zeigte auf die rechte Tür. „Ich bin nebenan, falls Sie mich brauchen."

Die Werkstatttür ging auf und Langmann kam herein. Er hatte Dr. Meinhart im Schlepptau. Er hielt ihn am Ärmel, als hätte er Angst, dass dieser das Weite suchen wollte.

„Also, ich muss schon sagen, das sind Methoden bei der Polizei…" Dr. Meinhart war sichtlich verärgert und schüttelte Langmanns Hand ab. Seine Goldrandbrille funkelte mit seinen Augen um die Wette. Er stellte einen dicken Aktenkoffer neben sich, hob ihn jedoch sofort wieder hoch, als er die Staubschicht auf dem Boden bemerkte.

„Entschuldigen Sie die etwas … unorthodoxe Einladung. Aber die Zeit drängt." Kammerlander bemerkte, dass sich der Lärmpegel in der Werkstatt beträchtlich gesenkt hatte. Alle spitzten die Ohren.

„Kommen Sie doch bitte mit ins Büro. Wir werden Ihnen alles Weitere erklären."

Drinnen stellte sich Dr. Meinhart steif vor den Schreibtisch, als wollte er ihn vor Übergriffen schützen.

„Ich höre."

„Sie wissen bestimmt bereits, dass Ulrich Rumbach ermordet worden ist?"

Der Steuerberater nickte.

„Im Zuge dieser Mordermittlung sind nun erhebliche Verdachtsmomente gegen Josef Rumbach aufgetaucht. Wir wissen, dass er in Geldschwierigkeiten steckte, und vermuten, dass er auch auf die Firmenkasse zugegriffen hat. Und jetzt ist er auch noch verschwunden."

„Ist diese Erkenntnis gesichert?"

„Frau Hermine Rumbach hat ihren Mann vor einer Stunde als abgängig gemeldet."

Dr. Meinharts Haltung war nicht mehr ganz so steif.

„Und was soll ich hier tun? Die Rumbachs sind langjährige Mandanten ..."

Er lockerte seinen Krawattenknoten.

„Sie können nicht von mir erwarten, Ihnen in den Rücken zu fallen."

Kammerlander schüttelte den Kopf.

„Das erwartet niemand von Ihnen. Wir haben Sie hergebeten, damit Sie nach dem Rechten sehen. Wann fand die letzte Prüfung statt?"

„Vor nicht ganz einem Jahr."

„Sehen Sie. Wir möchten nur von Ihnen, dass Sie einen Blick werfen auf … den Zeitraum zwischen der letzten Prüfung und dem heutigen Tag. Und uns über die Ergebnisse in Kenntnis setzen."
„Auf welcher gesetzlichen Grundlage?"
„Wenn Sie sich diesen Durchsuchungsbefehl ansehen möchten, Dr. Meinhart. Es hat schon alles seine Richtigkeit."
„Ich …"
„Wissen Sie, wir haben an Sie gedacht, weil Sie den Betrieb kennen und uns dadurch viel Zeit erspart wird. Plan B wäre, dass wir die Steuerfahndung holen."
„Also gut."
Dr. Meinhart knöpfte seine Anzugjacke auf und setzte sich an den Schreibtisch. Er holte einen Laptop aus der Aktentasche und begann, Kabel einzustöpseln.
Die Beamten verließen das Büro. Draußen wendete sich Kammerlander an Langmann.
„Fahr du nach Köflach in Rumbachs Wohnung und rede mit seiner Freundin. Vielleicht weiß die etwas und macht den Mund auf. Falls sie nicht mit ihm abgehauen ist. Und du, Kurt, hör dich bei den Angestellten hier um. Mitarbeiter kriegen oft mehr mit, als einem lieb ist."

Kammerlander steuerte den einzigen Besucherstuhl in Manfred Rosellis Büro an. Obwohl Büro nicht der richtige Ausdruck war. Der Raum wurde beherrscht von einem riesigen Zeichentisch, auf dem Skizzen, Bilder, Tinten, Tuschen und Federn, die Kammerlander vorher noch nie

zu Gesicht bekommen hatte, verstreut lagen. Die Wände waren vollgestellt mit Regalen, dazwischen hingen Bilder von Grabinschriften, die der junge Mann wohl entworfen hatte, und die ihm als besonders gelungen erschienen waren. Eine lateinische Inschrift nahm den größten Raum ein. Die Verlängerung des Zeichentisches bildete ein Computertisch mit einem Rechner, Bildschirm, Scanner und Drucker darauf. Auf dem Boden lagen halb fertige Skizzen und Papierknäuel.
„Entschuldigen Sie die Unordnung."
„Kein Problem. Kreative Arbeit wird aus kreativem Chaos geboren, wie man so schön sagt."
Kammerlander nahm dankend ein Glas Mineralwasser an und beobachtete den jungen Mann unauffällig. Er trug Jeans und einen Pullover, darüber hatte er einen weißen Kittel geworfen, der nicht zugeknöpft war. Manfred saß mit dem Rücken vor einem großen Fenster, das seine Gestalt mit einer Lichtaura umgab. Kammerlander konnte die Gesichtszüge nicht genau erkennen, da das Licht ihn blendete. Normalerweise war die Sitzordnung bei einer Befragung genau umgekehrt, denn er wollte die Augen des Befragten sehen. Aber diesmal hatte er keine Wahl gehabt.
Manfred Roselli prostete ihm mit seinem Wasserglas zu, dann lehnte er sich zurück und drehte sich mit dem Stuhl leicht hin und her. Das Schweigen schien ihn nicht zu stören.
„In Ihrer Familie herrscht zurzeit ein ziemliches Durcheinander", begann Kammerlander.

„Ja, die Situation ist schlimm. Obwohl man nicht von *meiner* Familie sprechen kann. Sie haben ja gehört, was Sepp bei der Zusammenkunft über mich gesagt hat."
„Das hat Sie wohl sehr verletzt."
„Ja. Hat es. Aber es hat mir auch die Augen darüber geöffnet, wo ich stehe."
„Und wo ist das?"
„Außerhalb. Das ist einmal sicher. Nur ist mir das bisher nicht aufgefallen. Ich habe mir darüber eigentlich nie Gedanken gemacht."
„Hatten Sie eine schöne Kindheit?", fragte Kammerlander unvermutet.
Roselli hörte auf zu schaukeln.
„Ich? Ja, äh, ja. Wenn man bedenkt, wie es anderen Findelkindern geht, habe ich es gut getroffen."
„Aber?"
„Kein aber. Es ging mir gut."
Kammerlander hätte gern die Gesichtszüge seines Gegenübers studiert, aber er sah nur einen dunklen Schatten.
Er änderte das Thema.
„Wann haben Sie Josef Rumbach das letzte Mal gesehen?"
„Gestern. Hier im Betrieb. Ich habe um vier Uhr Schluss gemacht, um zu meinem Boxtraining zu fahren. Bei der Arbeit stehe oder sitze ich nur herum."
„Ist Ihnen etwas Ungewöhnliches aufgefallen? Hat er sich anders benommen als sonst?"
„Er war in letzter Zeit sehr nervös. Leicht reizbar."
„Haben Sie eine Ahnung, warum das so gewesen ist?"

„Jetzt im Nachhinein betrachtet … Er hat sich wohl um die Nachfolge als Vorsitzender Sorgen gemacht."
„Mit Recht, wie sich gezeigt hat."
„Onkel Ulrich wird seine Gründe gehabt haben."
„Wissen Sie, dass er eine außereheliche Beziehung hat?"
Roselli nickte.
„Das war nicht schwer mitzubekommen. Er hat oft mit der Frau telefoniert, ohne die Bürotür zu schließen. Einmal kam sie sogar hierher."
„Haben Sie sie kennengelernt?"
„Nein. Sepp ist sofort mit ihr verschwunden. Ihm schien das Ganze unangenehm gewesen zu sein."
Kammerlander nickte.
„Wir sind hier, um die Firmenfinanzen zu prüfen, die Josef Rumbach verwaltet hat. Haben Sie auch daran mitgearbeitet oder einen Einblick erhalten?"
„Wo denken Sie hin. Das war Sepps Hoheitsgebiet."
„Haben Sie eine Ahnung, wo sich Herr Rumbach jetzt aufhalten könnte?"
„Nicht die geringste. Haben Sie es schon bei seiner Freundin probiert?"
„Wir überprüfen das."
Eine Weile war es still zwischen ihnen.
„Herr Roselli, können Sie sich vorstellen, dass Josef Rumbach seinen Onkel Ulrich ermordet hat?"
Manfred beugte sich nach vor und stützte sich mit den Unterarmen auf dem Schreibtisch ab.
Kammerlander konnte jetzt seine Augen sehen. Sie waren fast schwarz.

Seine Stimme hatte einen harten Klang, als er antwortete: „Ich sage Ihnen frei heraus: Ich habe nicht das Geringste übrig für Sepp Rumbach. Er ist falsch, gierig und feige. Er hat kein Rückgrat. Das ist das Schlimmste. Er lügt und betrügt und versucht, sich Vorteile zu verschaffen, ohne Rücksicht auf andere. Auch nicht auf seine Familie. Er hat keine Prinzipien, keine Richtlinie im Leben. Kein Mensch, auf den man sich verlassen sollte. So sehe ich ihn."
„Aber würden Sie ihm auch einen Mord zutrauen?"
„Wir alle haben dunkle Seiten in uns, die wir gerne im Verborgenen lassen. In die Abgründe von Sepp Rumbach möchte ich nicht schauen."

Als Kammerlander in die Werkstatt trat, wartete Ebner schon auf ihn.
„Die Mitarbeiter sagen übereinstimmend, dass ihr Chef in letzter Zeit nervös und fahrig gewesen ist. Manchmal unbeherrscht und aufbrausend. Alle haben gewusst, dass er eine Freundin hat, sie ist sogar einmal hier gewesen."
„Das habe ich auch gehört."
Sie betraten das Büro von Sepp Rumbach und fanden einen verstörten Dr. Meinhart vor.
Er war umgeben von aufgeschlagenen Ordnern und Computerausdrucken. Er starrte auf seinen Laptop und schüttelte den Kopf.
„Meine Herren, Sie sehen mich fassungslos."
Er tat Kammerlander fast leid.
„So schlimm?"

„Schlimmer. Der Laden ist pleite. Unbezahlte Rechnungen, die Konten leergeräumt, alles beliehen. Im Grunde gehört schon alles der Bank."
„Dann ist das wohl geklärt. Ich schlage vor, wir gehen jetzt Mittag essen. Um fünfzehn Uhr treffen wir uns in der Villa Rumbach. Sie, Dr. Meinhart, muss ich bitten, sich auch einzufinden, um zu prüfen, wie die private finanzielle Situation von Hermine Rumbach und den Kindern aussieht. Außerdem werden Sie der Familie die jetzige Lage erklären wollen."

Der kleine Hase hoppelte in ein Erdbeerfeld und ruhte sich aus. Er naschte ein wenig von den süßen Früchten, um sich zu stärken. Eine Taube auf einer Vogelscheuche in der Nähe sah ihm eine Zeit lang zu. Sie fragte: „Was machst du hier ganz allein?"
„Ich bin auf der Suche", sagte der Hase.
„Wonach suchst du denn?"
„Ich bin mir nicht sicher."
„Soso. Dann suche nur fleißig weiter, und du wirst ankommen", gurrte die Taube. Sie flatterte auf und erhob sich in die Lüfte.
„Es ist alles nicht wirklich!", rief sie zum Abschied.
Der Hase aß noch ein paar Früchte, dann drehte er sich um und lief weiter.

18

Auf der Dienststelle wurde Kammerlander schon von Kommandant Starkl erwartet.
„Das ist ja nicht zu glauben! Nicht zu glauben ist das!", deklamierte Starkl, als Kammerlander mit seinem Bericht fertig war.
„Sie gehen doch äußerst korrekt vor in dieser Angelegenheit, Kammerlander? Sie wissen ja, wie die Situation ist. Wir dürfen uns keine Fehler erlauben. Mein Gott, muss es denn ausgerechnet diese Familie sein? Meine Frau sitzt mit Martha Rumbach im Kirchengemeinderat, habe ich das schon einmal erwähnt? Nun ja, das tut hier nichts zur Sache. Sie machen das schon. Sie haben Erfahrung mit solchen Sachen. Ja ... Übrigens, unten sitzt die Presse und will über den neuesten Stand informiert werden. Könnten Sie –"
„Ausgeschlossen, Herr Kommandant. Dafür habe ich nun wirklich keine Zeit. Das müssen schon Sie übernehmen."
„Was soll ich denen denn erzählen?"
„Das Nötigste. Dass Ulrich Rumbach zweifelsfrei ermordet wurde. Tatwaffe vermutlich ein rundlich geformtes Eisenteil. Falls das nicht schon bekannt gegeben wurde. Außerdem, dass Sepp Rumbach seit gestern verschwunden ist ..."
„Aber dann denken die doch sofort, dass er seinen Onkel ..."

„Ich schlage vor: kein Wort noch über die Firmenpleite. Sagen Sie einfach, man sehe noch keine Zusammenhänge, man wüsste noch nicht, ob es eine Entführung gegeben habe, noch kein Erpresserbrief oder so, wir ermitteln in alle Richtungen ... Das Übliche halt."
Damit floh er aus Starkls Büro.
In seinem Dienstzimmer warteten bereits Ebner und Langmann.
„Ich habe vorhin mit Monika Maisbichler ein Protokoll gemacht", sagte Langmann.
„Mit wem?"
„Monika Maisbichler. Der Freundin von Sepp Rumbach."
„Ah ja. Also sind sie nicht zusammen untergetaucht."
Langmann hielt ihm das Protokoll hin, doch Kammerlander schüttelte den Kopf.
„Die Kurzfassung, bitte. Wir haben nicht viel Zeit."
„Monika ist achtundzwanzig und halbtags als Kindergartenhelferin beschäftigt. Sie hat Sepp Rumbach vor drei Jahren kennengelernt, als sie bei ihm für ihre verstorbene Großmutter einen Grabstein bestellt hat. Dann ist die große Liebe ausgebrochen, vor zwei Jahren hat er für sie die Wohnung gekauft, er wollte sich natürlich scheiden lassen blablabla ... Vor drei Monaten ist ihr die Warterei zu dumm geworden, und sie ist zu ihm in die Firma gefahren, um reinen Tisch zu machen. Er hat sie wieder vertröstet, er brauche noch etwas Zeit, er habe einen großen Coup vor, in ein paar Monaten sei er finanziell unabhängig, dann würden sie von hier verschwinden und anderswo ein

neues Leben beginnen. – Herrgott, dass die Weiber immer auf den gleichen Scheiß hereinfallen."

„Der ‚große Coup' waren wahrscheinlich seine Börsenspekulationen. – Hat sie noch etwas zum Mordabend gesagt?"

„Sie bleibt dabei: Sepp ist um sieben zu ihr gekommen und um zwölf wieder nach Hause gefahren."

„Und gestern? Hat sie ihn da gesehen?"

„Jawohl. Sie sagt, er ist kurz vor sechs Uhr abends bei ihr erschienen. Völlig mit den Nerven fertig. Er hat nicht gesagt, was los ist. Er hat sich einen Schnaps eingeschenkt und gemeint, er brauche jetzt Ruhe, um nachzudenken. Kurz nach acht hat das Telefon geklingelt, jemand wollte ihn sprechen. Er ging auch dran, danach hat er sich ziemlich schnell verabschiedet. Und ward nicht mehr gesehen."

„Hat sie die Stimme gekannt?"

„Sie sagt Nein. Die Stimme hätte komisch geklungen. Wahrscheinlich wurde ein Taschentuch über die Sprechmuschel gehalten."

„Männliche oder weibliche Stimme?"

„Sie sagt eher männlich."

„Na schön. Wir drei fahren jetzt zur Villa Rumbach. Es gibt jetzt keinen Grund mehr zu vornehmer Zurückhaltung."

Hermine Rumbach riss entsetzt die Augen auf, als sie die fünf Männer vor ihrer Tür stehen sah.

„Mein Mann ... haben Sie ihn gefunden?"

Kammerlander schüttelte den Kopf.
„Wir müssen Ihnen zu unserem Bedauern mitteilen, dass Ihr Mann zur Fahndung ausgeschrieben ist. Er steht unter dem Verdacht, in die Ermordung Ulrich Rumbachs verwickelt gewesen zu sein."
„Was? Aber … wieso …?"
„Ihr Mann hat beträchtliche Schulden, er hat sich verspekuliert und wir nehmen an, dass er deshalb versucht hat, an die Stiftungsgelder heranzukommen."
„Davon ist kein Wort wahr! Niemals hätte –"
„Frau Rumbach, Dr. Meinhart hier hat vor ein paar Stunden die Steinmetzfirma geprüft, deren Geschäftsführer Ihr Mann ist. Die Firma steht vor dem Ruin."
Sie blickte alarmiert zum Steuerberater. Dieser nickte ernst.
„Das entspricht leider der Wahrheit."
„Wir haben hier einen Durchsuchungsbefehl." Kammerlander hielt ihr das Papier vor die Augen. „Wir müssen in das Büro ihres Mannes. Dr. Meinhart wird alle Unterlagen sichten und ihre private finanzielle Situation ermitteln."
„Aber der Schreibtisch meines Mannes ist immer abgeschlossen. Ich habe keine Schlüssel …"
„Keine Sorge. Wir haben einen Fachmann mitgebracht, für den ist das kein Problem."
Er wies auf den Mann, der ein wenig abseits wartete. Er hatte zwei große Koffer dabei.
„Ferner müssen wir Ihre Wohnung durchsuchen, einschließlich der Kellerräume."
Ihre Blicke zuckten von einem zum anderen.

„Aber das ... das können Sie doch nicht machen! Das Haus auf den Kopf stellen, in unseren Sachen herumwühlen! Wie bei gewöhnlichen Verbrechern! Und die Kinder ... Was sollen sich die Kinder denken?"
„Das Beste wird sein, Sie gehen mit den Kindern zu Ihrer Schwiegermutter, während die Durchsuchung durchgeführt wird. Wir kommen dann zu Ihnen. In zwei Stunden soll eine Zusammenkunft aller Familienmitglieder stattfinden – ohne Ihre Töchter selbstverständlich – dann sehen wir hoffentlich klarer."
Zitternd rief sie nach ihren Töchtern und Elsa und Trudie kamen verschüchtert um die Ecke. Sie nahmen ihre Mäntel von der Garderobe und verließen wortlos das Haus.
„Wenn Sie irgendetwas kaputt machen, werde ich Sie verklagen!", presste Hermine Rumbach noch heraus.
Als sie außer Hörweite waren, sagte Kammerlander zu Langmann: „Du nimmst dir alle Räume und den Keller vor. Wir suchen ein rundliches Eisenstück, vermutlich ein Rohr. Solltest du mehrere davon finden, nimm alle mit. Die Spurensicherung soll sich damit befassen. Kurt wird später zu dir stoßen."
„Verstanden."
„Dr. Meinhart, wir gehen jetzt in das Büro des Verdächtigen. Herr Knopper hier wird Ihnen bei den Schlössern behilflich sein."
Es war in der Tat nur eine Sache von zwei Minuten, dann waren alle Laden und Türen des Schreibtischs offen. Dr. Meinhart setzte sich und nahm sich die erste Lade vor.

Als sie vor dem Haus standen, fragte Ebner: „Vertraust du ihm? Wäre es nicht besser, jemand von uns schaut ihm auf die Finger?"
Kammerlander lächelte dünn.
„Das wird nicht nötig sein. Der hat längst begriffen, auf welcher Seite seine Interessen liegen. Er ist der Steuerberater der ganzen Familie einschließlich der Stiftung. Da wird er sich hüten, für Sepp Rumbach zu mauscheln und sein lukratives Mandat aufs Spiel zu setzen."
„Da ist was dran."
„Wir nehmen uns jetzt den Tresor in Ulrich Rumbachs Zimmer vor."
Der Schnee knirschte unter ihren Schritten, als sie zum Haupthaus gingen. Es schien zwar die Sonne, trotzdem blieben die Temperaturen auch tagsüber unter null.
Sie bemerkten zwei schwarze Fahnen, die am Haupthaus über der Eingangstür einen geschwungenen Trauerflor bildeten.

„Das ist ziemlich gruselig."
Ebner stand vor dem Bild in Ulrich Rumbachs Arbeitszimmer.
„Un homme et la mort", las er von dem Schildchen ab.
„‚Ein Mann und der Tod'. Das passt irgendwie, findest du nicht? Zu Ulrich Rumbachs Leben wie auch zu seinem Sterben."
„Ja, ich hab mir das Gleiche gedacht. Und dahinter hat er seinen Wandtresor einbauen lassen. Sehen wir doch einmal, ob sich etwas Tödliches darin verbirgt."

Zu zweit holten sie das Bild von der Wand und stellten es vorsichtig zur Seite. Wer weiß, vielleicht war es ja doch ein echter Schiele. Kammerlander wies mit einer einladenden Geste zum Safe.

„Herr Knopper, seien Sie so freundlich."

Dieser nickte und holte ein stethoskopartiges Gerät aus einer der Taschen. Damit horchte er den Tresor ab und bewegte vorsichtig den Drehknopf. Dazwischen murmelte er leise, als wollte er dem Safe gut zureden. Ebner studierte inzwischen die Whisky- und Cognacsammlung und nickte zustimmend.

Ein paar Minuten später zog Knopper die Safetür auf und trat zur Seite. Kammerlander und Ebner schauten zugleich hinein und stießen beinahe mit den Köpfen zusammen.

„Im oberen Fach Papiere und ein paar Bündel Euroscheine", murmelte Kammerlander. „Das untere Fach ist leer."

Er holte den Inhalt des oberen Fachs heraus und legte ihn auf den Schreibtisch. Dann begannen die Beamten die Papiere zu sichten.

Ebner war zuerst fertig.

„Nichts Erhellendes für unseren Mordfall."

„Bei mir auch nicht."

Enttäuscht drehten sie sich noch einmal zum Safe herum, um sich zu überzeugen, dass sie nichts übersehen hatten. Die Metallplatten glänzten sie kalt an.

„Da kann man nichts machen", seufzte Kammerlander.

Sie legten die Papiere und die Geldbündel wieder in den Tresor und traten ein paar Schritte zurück.

„Sie können wieder zumachen."

„Aye, Boss. Das geht jetzt schneller", sagte Knopper und grinste.

Als Ebner zu Langmann ging, um ihm bei der Durchsuchung zu helfen, entschloss sich Kammerlander, einen Spaziergang durch den Park anzutreten. Viel konnte er ohnehin nicht tun, bis die Besprechung anfing. Er sah auf die Uhr. Halb fünf.
Er ging denselben Weg, den er schon mit Wendelin Rumbach entlangspaziert war. Er dachte an das Gespräch mit dem Professor. Der hatte gesagt, Ulrich hätte sich nur noch um die Familienstiftung gekümmert. Aber er hätte auf alles ein Auge gehabt. Konnte es sein, dass Ulrich hinter die Machenschaften seines Neffen Sepp gekommen war? War das der Grund, weshalb er ihn nicht als Nachfolger hatte haben wollen?
Rita und Manfred hatten ihn auch nicht leiden können. Beide bezeichneten ihn als auf seinen Vorteil bedacht und nicht vertrauenswürdig. Und das war noch vornehm ausgedrückt. Manfred Roselli traute ihm sogar den Mord zu, das hatte er indirekt gesagt. Ulrich Rumbach hatte die Persönlichkeitsdefizite seines Neffen bestimmt auch gekannt. Nach den Aussagen seines Bruders Wendelin war er ein aufrichtiger Christ, ein Vorbild für seine Familie, eine Stütze der Gesellschaft gewesen. Mit einem Nachfolger vom Kaliber des Josef Rumbach konnte er wohl kaum einverstanden gewesen sein.
Und Sepp Rumbach hatte sich tief in die Scheiße manövriert. Er hatte gehofft, dass Ulrich Rumbach sich mit

siebzig zurückziehen und er sein Nachfolger würde. Und wahrscheinlich hatte er auch gehofft, mit dem Geld aus der Stiftung die Scharten wieder auswetzen zu können, ohne dass jemand von der Familie etwas mitbekäme. Doch sein Onkel hatte ihm einen Strich durch die Rechnung gemacht. Da hatte er alles auf eine Karte gesetzt und Ulrich Rumbach umgebracht. Er musste vollkommen panisch und verzweifelt gehandelt haben, sonst hätte er ihm wenigstens den Ring und die Uhr abgenommen, um es wie einen Raubmord aussehen zu lassen.

Alles passte. Jetzt mussten sie nur noch das Eisenrohr finden. Das Labor würde Blut, Haare, Gewebe vom Opfer daran nachweisen und man konnte den Fall abschließen. Kammerlander nickte, wie um seine Gedanken zu bekräftigen.

Aber warum war er nicht zufrieden? Weil irgendetwas nicht passte. Nein, etwas stimmte hinten und vorne nicht. Wenn Sepp Rumbach in Panik seinen Onkel ermordet hatte, warum hatte er ihn dann auch noch am Todesengel aufgehängt? Warum hatte er ihm die Stirn zerschnitten? Es hätte doch genügt, ihn mit dem Gürtel zu töten und liegen zu lassen. Da steckte viel mehr dahinter. Was war zwischen Sepp Rumbach und seinem Onkel gewesen, das ein solches Vorgehen nach dem Mord nach sich zog?

Ein lang gezogener Klagelaut schreckte ihn aus seinen Überlegungen hoch. Auf einem Baum über ihm saß ein Vogel. Er hatte seinen Kopf in das aufgeplusterte Gefieder gesenkt, dass nur mehr die Augen und der Schnabel zu sehen waren. Die schwarzen Augen starrten ihn vorwurfsvoll an. Der Vogel stieß noch einmal seinen Klagelaut aus, leiser diesmal, als hätte ihn der Mut verlassen. Dann stieß er sich ab und verschwand mit heftigen Flügelschlägen Richtung Friedhof.

Kammerlander spürte eine Gänsehaut. Er sah sich um. Alles war großartig hier. Der großzügig angelegte Park, das vornehme Herrenhaus, ein gepflegtes Anwesen, wohin man sah. Doch diesmal hatte er nicht den Eindruck von einem friedlichen Idyll. Ein undefinierbares Gefühl beschlich ihn. Als ob die Luft sich auf seine Brust legte und ihm den Atem abdrückte. Die Bäume rückten näher, kamen auf ihn zu. Er fühlte sie flüstern, Ungesagtes, lautlos.

Er lauschte und hielt den Atem an.

Seine Fäuste bearbeiteten den Sandsack wie Presslufthämmer. Er dachte nicht an Strategie, Deckung, Beinarbeit. Er wollte nur zuschlagen.

In seinem Inneren loderten Wut und Hass so elementar, dass er nichts sonst spürte. Weder, dass der Schweiß sein T-Shirt vollkommen aufgeweicht hatte, noch, dass seine Finger langsam taub wurden.

Er hasste diese Sippe. Nicht einer von ihnen hatte zu ihm gehalten, niemand hatte ein Wort des Trostes für ihn übrig gehabt, nachdem Ulrich … Im Gegenteil. Sie flatterten ohne jede menschliche Regung wie die Aasgeier um die Fleischbrocken, und ihm hätten sie am liebsten die Augen ausgehackt, als sie dachten, er machte ihnen die Beute streitig.

Sie trafen sich heute wieder zu einer Familiensitzung. Ihn hatten sie nicht dabei haben wollen, er war zu der Besprechung nicht eingeladen worden. Das war ihm nur recht. Er konnte sie immer schwerer ertragen, diese falschen Fünfziger mit ihren heuchlerischen Mienen. Dabei hatte einer mehr Dreck am Stecken als der andere.
Er drosch weiter auf den Sandsack ein. Mit jedem Schlag entlud sich ein wenig seiner Wut in das Trainingsgerät. Doch in dem Maß, in dem die Wut sich verringerte, erhöhte sich das Maß seiner Verzweiflung. Tränen stiegen ihm in die Augen und ließen alles um ihn herum verschwimmen. Er hätte am liebsten geschrien, bis ihm die Stimme versagte.
Seine Bewegungen wurden langsamer. Verzweifelt taumelte Manfred Roselli auf den Sandsack zu. Er war bloß ein Spielball gewesen. Und jetzt war er allein. Er legte die Arme um den Sack und vergrub den Kopf im Leder.

19

Wieder saßen sie im Salon des Herrenhauses und schwiegen bedrückt. Same time, same station, dachte Kammerlander. Alle saßen auf den gleichen Plätzen wie vor einigen Tagen. Nur die Personen waren nicht vollkommen identisch. Statt des Notars war nun der Steuerberater Dr. Meinhart anwesend, und der Platz neben Hermine Rumbach war leer. Sie drückte sich eng an ihre Schwiegermutter Martha. Manfred Roselli war überhaupt nicht erschienen.
Kammerlander seufzte innerlich. Die Hausdurchsuchung bei Hermine Rumbach hatte nichts gebracht. Kein Gegenstand, der auch nur im Entferntesten als Schlagwaffe in Frage gekommen wäre, war entdeckt worden. Selbst die Fahrradpumpen der beiden Zwillinge waren aus Kunststoff.
„Vielleicht war es ja ein Wagenheber, und den hat der Kerl noch im Auto", hatte Langmann vorgeschlagen.
Kammerlander hatte ihn daraufhin gebeten, zur Dienststelle zu fahren, um zu sehen, ob die Fahndung schon etwas ergeben hatte. Ebner war bei ihm in der Villa geblieben.
„Wir treffen uns heute wieder, weil eine neue Entwicklung eingetreten ist", begann Kammerlander. „Wie Sie alle wissen, ist Josef Rumbach seit gestern Nachmittag verschwunden, und wie sich auch herumgesprochen haben dürfte, hat er sich der Veruntreuung schuldig gemacht. Näheres dazu wird Ihnen Dr. Meinhart erläutern."

Er machte eine Pause und sah jeden von ihnen an. Betroffenheit in den Gesichtern, alarmierte Aufmerksamkeit, Spannung. Es ging schließlich um Geld.
Um ihre Firma.
„Ich muss Sie nun fragen, ob jemand von Ihnen Josef Rumbach seit gestern Nachmittag noch einmal gesehen hat oder Angaben darüber machen kann, wo er sich vielleicht aufhalten könnte."
Allgemeines Kopfschütteln.
„Vielleicht hat er sich bei seiner Tussi verkrochen." Paul Rumbach verzog geringschätzig die Lippen. Seine Schwägerin Hermine zuckte zusammen.
„Das haben wir überprüft. Er war kurz bei seiner ... Bekannten, doch nach acht Uhr abends verliert sich seine Spur."
„Wie viel hat er eigentlich aus der Firmenkasse abgestaubt?", fragte Paul aggressiv nach. „Das würde mich mal interessieren."
„Dazu kommen wir gleich. – Wo ist Herr Roselli abgeblieben?"
„Es hieß doch, die Familie sollte sich hier treffen."
Geballte Ablehnung schlug Kammerlander entgegen. Damit wäre diese Sache also geklärt, dachte er. Roselli ist abgemeldet. Keiner der Ihren mehr. Aus der Familie eliminiert.
„Ich verstehe. Dr. Meinhart, würden Sie den hier Anwesenden die Fakten erläutern, bitte."
Der Steuerberater räusperte sich und zog ein Blatt Papier aus seiner Mappe. Er erklärte ohne Umschweife die Situ-

ation, in welcher sich die Steinmetzfirma befand, und untermauerte seine Angaben mit einer Menge Zahlen. Seine Zuhörerschaft wurde zusehends bleicher. Zum Schluss kam er auf die privaten Finanzen Hermines und der Kinder zu sprechen.
„Frau Rumbach, zu meinem Bedauern muss ich Ihnen mitteilen, dass Sie praktisch nichts mehr besitzen. Ihre Privatkonten sind leer, besser gesagt, heillos überzogen. Ich habe noch eine Menge Aktien gefunden, die das Papier nicht wert sind, auf dem sie gedruckt sind. Selbst die Sparbücher Ihrer Kinder sind leer geräumt."
Hermine schluchzte auf.
Martha Rumbach legte beschützend die Hand um ihre Schultern.
„Das ist nicht so schlimm, Hermine. Davon geht die Welt nicht unter. Du hast ein Dach über dem Kopf, du hast eine Familie, die dich monatlich unterstützt, und das Erbe vom Vater wird ja auch noch fällig."
„Für Hermine und die Kinder wird gesorgt." Wendelin Rumbach meldete sich entschlossen zu Wort. „Viel wichtiger ist jetzt die Frage, was aus der Firma wird. Können wir die Schulden begleichen?"
Der Steuerberater nickte.
„Mit dem Gewinn vom Steinbruch, von diversen Beteiligungen und dem eventuellen Verkauf eines Grundstücks lässt sich das gestalten. Ich meine mich zu erinnern, dass in der Stiftungssatzung ein Passus die Möglichkeit vorsieht, in Notlagen auch auf Stiftungseigentum zurückzugreifen."

„Wir könnten doch die östlichen Wiesengründe verkaufen", schlug Thomas Rumbach vor. „Die liegen seit zig Jahren brach und bringen keinen müden Euro."
„Auf keinen Fall!", fuhr ihn Paul an. „Onkel Ulrich wollte das nie. Er wollte keine Fabrik oder laute Wohnsiedlung neben unserer Liegenschaft haben!"
„Seit wann interessiert dich, was Onkel Ulrich wollte?" Thomas sah ihn spöttisch an.
„Ach, halt den Mund! Die Wiesen werden nicht verkauft! Das hat Onkel Ulrich immer gesagt."
Wendelin Rumbachs Blick drückte Verwunderung aus über den heftigen Ausbruch seines Neffen.
„Lassen wir den Punkt einmal beiseite. Wir müssen jetzt klären, wer den Steinmetzbetrieb weiterführt."
Paul hob die Hand.
„Die Geschäfte kann ich mit übernehmen."
Die Begeisterung in den Blicken der Anwesenden hielt sich in Grenzen.
„Ich schlage vor, Paul und Thomas teilen sich diese Aufgabe", meinte Wendelin Rumbach.
„Ach, mir allein ist das wohl nicht zuzutrauen?"
„Sei nicht albern, Paul." Thomas blickte seinen Onkel ruhig an. „Ich habe noch zwei Jahre Studium vor mir. Nebenbei die Praxis in der Firma zu erleben, ist bestimmt kein Nachteil. Und deine Erfahrung wird eine große Hilfe sein."
„Hm." Paul schien besänftigt.
„Die Klärung Ihrer Geschäfts- und Familienpolitik wird sicher noch einige Konferenzen beanspruchen", unter-

brach Kammerlander. „Für uns gelten andere Prioritäten. Wir haben hier einen Mord aufzuklären. Ich weiß nicht, ob Sie sich bewusst sind, dass Josef Rumbach zur Fahndung ausgeschrieben ist. Er steht auf der Liste der Verdächtigen ganz oben."
„Sie denken also wirklich, Sepp hätte Onkel Ulrich umgebracht?"
Rita Rumbach brachte zum Ausdruck, was nun allen dämmerte.
„Sie nicht? Oder haben Sie nicht auch schon darüber nachgedacht?"
Rita senkte den Blick.
„Es scheint, als ermittelten Sie nun nicht mehr in alle Richtungen?", bemerkte Paul spöttisch.
„Doch. Das tun wir sehr wohl. Trotzdem: Für uns wäre es wichtig zu erfahren, ob Ihnen Differenzen zwischen Ulrich Rumbach und seinem Neffen aufgefallen sind."
Paul machte eine vage Handbewegung.
„Es gab natürlich die eine oder andere unterschiedliche Meinung, was die Führung der Geschäfte betraf…"
„Ja, und ihr habt immer klein beigegeben und Onkel Ulrich hat sich durchgesetzt." Rita sah die anderen an. „Oder war es nicht so?"
Kammerlander hakte nach.
„Hat es in letzter Zeit eine gravierende Meinungsverschiedenheit gegeben zwischen Sepp oder Ihnen beiden und Ulrich Rumbach?"
Er sah Paul eindringlich an.
„Nein. Nur die Frage der Nachfolge. Aber sonst … nein."

„Und wenn Sie einen längeren Zeitraum zurückdenken, gab es einen alten Konflikt, der geschwelt hat und jetzt vielleicht zum Ausbruch gekommen ist?"
„Nein." Paul verschränkte die Arme und sah an ihm vorbei. „Da war nichts."
Eine Zeit lang blieb es ruhig im Raum.
„Nun, wir müssen wohl davon ausgehen, dass Josef Rumbach versuchen wird, sich ins Ausland abzusetzen oder es schon getan hat ..."
„Äh, das habe ich vergessen zu erwähnen." Dr. Meinhart rückte seine Brille zurecht. „Falls er das vorhatte, muss er sich falsche Papiere besorgt haben. Ich habe in seinen Unterlagen alle Dokumente und auch seinen Pass gefunden."
„Ihr alle denkt, dass Sepp ..." Hermine schnäuzte sich geräuschvoll. „Und was ist, wenn ihm etwas passiert ist? Wenn er sich was angetan hat?"
Darauf hatte keiner eine Antwort.

Der Raum lag im Dunkeln. Die Vorhänge waren zugezogen, nur die Lampe vom Aquarium warf einen bläulichen Schimmer auf den Ledersessel und den Couchtisch. Paul Rumbach hatte sich zurückgelehnt, sein Gesicht lag im Schatten. Er starrte dumpf ins Dunkelgrau des Zimmers. Er brauchte kein Licht. Jetzt noch nicht. Er war noch nicht betrunken genug. In einer Stunde oder zwei würde er in einer Verfassung sein, in der er es im Dunkeln nicht mehr aushielt. Schwermut würde über ihn hereinbrechen, Verzweiflung, Angst. Abscheu und Selbsthass würden sich einstellen, Gesichte würden ihn heimsuchen, grinsende Fratzen, die mit dem Finger auf ihn zeigten. Dann würde er das Licht einschalten, um sie zu vertreiben. Das Licht würde ihn in die Wirklichkeit zurückholen, seine Visionen würden verschwinden, er würde wieder in Sicherheit sein. Aber noch war es nicht so weit.

Paul Rumbach beugte sich vor und griff nach seinem Whiskyglas. Er war sofort nach der Besprechung in seine Wohnung gegangen und hatte sich im Dunkeln verschanzt. Er wollte nicht, dass man in seiner Wohnung noch Licht brennen sah, wollte nicht, dass jemand noch zu ihm kam, um mit ihm zu sprechen. Er wollte allein sein. Und er brauchte etwas zu trinken.

Er nahm einen gierigen Schluck. Er fühlte das angenehme Brennen die Speiseröhre hinunter und Augenblicke später überkam ihn die ersehnte Ruhe. Jetzt konnte er nachdenken.

Wie sie alle dagesessen waren wie die hypnotisierten Kaninchen! Die Steinmetzfirma in die Pleite geführt vom ach so geschätzten Sepp Rumbach! Ein krächzendes Lachen schüttelte ihn. Jetzt war guter Rat teuer. Er war bereit, die Scharten wieder auszuwetzen. Er war bereit, Sepps Aufgaben mit zu übernehmen. Aber er hatte die Ablehnung von allen Seiten gespürt, hatte gespürt, dass sie ihm nichts zutrauten.

So war es immer schon gewesen. Immer war Sepp im Vordergrund gestanden. Der Alte hatte Sepp die Leitung der Steinmetzfirma übertragen, obwohl er selbst diese Aufgabe gerne übernommen hätte. Für ihn war nur der Steinbruch hinter Kainach übrig geblieben, schön weit weg vom Geschehen, außer Sicht der Kundschaften. Seine Trinkerei musste ja nicht jeder mitbekommen, wie er Sepp zum Alten hatte sagen hören. Überhaupt hatte Sepp sein Leben so eingerichtet, dass er in allem den Anforderungen des Alten entsprach. Er hatte geheiratet, eine Familie gegründet, er war dem Alten in den Arsch gekrochen. Da hatte er selbst nicht mithalten können. Aber alle Anstrengungen hatten Sepp nichts gebracht. Der Alte konnte ihn nicht leiden, hatte nie vorgehabt, Sepp die Leitung des Familienunternehmens zu übertragen. Ihm selbst natürlich auch nicht. So viel stand fest. Was hatten sie erwartet? Nach diesem Vorfall damals … Die Beziehung zwischen Ulrich Rumbach und seinen Neffen war nie wieder dieselbe gewesen. Der Alte hatte die Oberhand gehabt und sie seine Macht immer spüren lassen. Und seine Verachtung. Dieser verfluchte Hurensohn! Er hatte gekriegt, was er verdient hatte.

Und jetzt hatte sich Sepp in die Nesseln gesetzt. Sein Bruder, der mit allem immer viel besser fertig geworden war als er selbst. Der über Leichen ging. Der alles abschütteln konnte, was ihm nicht passte. Der mit allem leben konnte. Mit Ulrichs Verachtung, mit einer ungeliebten Frau, mit seiner Schuld … Er selbst hatte nicht so ein dickes Fell gehabt. Er hatte nichts abschütteln können, die ganzen Jahre nicht. Nur der Griff zur Flasche hatte ihm sein Leben erleichtert.

Aber nun hatte sich alles geändert. Der Alte war aus dem Weg und sein Bruder auch. Jetzt konnte er zeigen, was in

ihm steckte. Er konnte jederzeit mit dem Trinken aufhören, natürlich konnte er das. Er trank doch nur so viel, weil man ihn nie ernst genommen hatte, weil man sein Selbstwertgefühl untergraben hatte. Jawohl. Aber nun würde er Verantwortung tragen, sein Leben würde mit Arbeit ausgefüllt sein, er würde wieder Sinn im Dasein finden. Er konnte aufhören zu trinken, wann immer er wollte.
Doch das Jüngelchen von Rita war plötzlich zum Problem geworden. Lächerlich! Der musste noch einige Jährchen warten, bis er an die Reihe kam. Dafür würde er schon sorgen. Er griff nach der Flasche, doch sie war leer. Ächzend erhob er sich und holte eine neue aus dem Schrank. Die eine noch. Dann würde er aufhören.

20

Ebner war zurück zur Dienststelle gefahren. Er wollte noch Berichte fertigstellen, was Kammerlander ihm dankend überließ. Er spazierte mit Thomas und Rita Rumbach zu ihrem Haus. Die Einladung zu einer Tasse Kaffee hatte er gerne angenommen.
„Wohin führt eigentlich der Weg, der von Ihrem Haus hier weitergeht?"
„Der führt zu unseren östlichen Wiesengründen." Rita wies mit dem Daumen zum Haupthaus zurück. „Um diese Gründe ging es vorhin, als über die Rettung des Steinmetzbetriebes gesprochen wurde. Aber jetzt nichts wie rein in die gute Stube."
Sie saßen gemütlich in der Küche, die dampfenden Kaffeetassen wärmten ihnen die Hände. Das kurze Stück vom Haupthaus zum Atelier hatte genügt, um sie frieren zu lassen. Es musste an die zehn Grad unter null haben.
Keiner sagte etwas, aber es war kein lastendes Schweigen. Jeder hing seinen Gedanken nach. Die eisig feuchte Nachtluft hatte bizarre Eisblumen an die Außenseite des Fensters gemalt, das flackernde Licht einer Kerze ließ sie auf der Scheibe hin und her zucken. Die Dunkelheit draußen verlieh dem Ganzen einen hübschen Kontrast. Kammerlander fühlte sich wohlig entspannt und hätte am liebsten die Augen geschlossen.
„Na, was sagen Sie zu unserer feinen Familie, Herr Kammerlander?", fragte Thomas schließlich.

„Nun ja. Es ist wohl keine Durchschnittsfamilie", antwortete er ausweichend. „In vieler Hinsicht nicht."
Thomas lachte auf.
„Da haben Sie recht. Aber wie heißt es so schön: Seine Verwandten kann man sich nicht aussuchen."
„Sie halten nicht viel von Ihren Verwandten?"
Das Gesicht des jungen Mannes wurde ernst.
„Ich will es so sagen: Man muss sie vor sich selbst beschützen."
Bevor Kammerlander dazu noch etwas sagen konnte, sah Thomas auf die Uhr und sprang auf.
„Verflixt! Ich habe meiner Freundin versprochen, sie um acht abzuholen! Heute ist Generalprobe!"
Er riss seinen Mantel vom Garderobenhaken, wünschte ihnen eine gute Nacht, und weg war er.
Rita Rumbach sah ihm lächelnd nach.
„Ich weiß nicht, womit ich diesen Jungen verdient habe. Ich war nie eine gute Mutter, bin es heute noch nicht. Manchmal denke ich, alles Anständige und Verantwortungsbewusste hat eine Generation übersprungen und sich in ihm vereinigt."
„Er scheint sich eine Menge Gedanken zu machen."
„Ja, das tut er. Und deshalb soll er auch die Leitung der Familienstiftung übernehmen."
Sie sah, dass die Kaffeetassen leer waren, und holte eine angebrochene Flasche Rotwein und Gläser vom Küchenregal. Kammerlander beobachtete sie. Ihre Bewegungen waren fließend, anmutig, selbstbewusst. Wie es sich wohl anfühlte, sie im Arm zu halten? Rasch sah er wieder zum

Fenster. Sie sollte nicht das Gefühl haben, er starrte sie an.

„Sie trinken doch noch ein Glas mit mir? Sie müssen heute sicher nicht mehr ins Büro zurück?"

Sie stellte die Gläser auf den Tisch. In ihren Augen glitzerten grüngoldene Pünktchen.

„Nein, muss ich nicht. Aber ..."

„Kein Aber. Heute werden Sie keinen Mörder mehr fangen, Kommissar Harry. Prost!"

Sie tranken sich zu, der Wein war dunkel und schwer, er spürte, wie er sich im Magen ausbreitete wie würzige Glut.

„Ich würde das Ganze nicht als Witz betrachten – an Ihrer Stelle."

Sie sah ihn erstaunt an.

„Was meinen Sie?"

„Nun ja. Ihr Onkel ist ermordet worden und der Mörder läuft noch frei herum."

„Und da es naheliegend ist, dass Sepp es war, bin ich in Gefahr, meinen Sie?"

„Ich weiß es nicht. Aber er ist in die Enge getrieben, auf der Flucht ... Wer weiß schon, was ihm in seiner Verzweiflung einfällt?"

Sie beugte sich zu ihm und fragte lächelnd: „Haben Sie Angst um mich, Kommissar Harry?"

Kammerlander wurde es auf einmal sehr warm. Er löste den Blick aus ihren grünen Augen, deren Tiefe ihn schwindlig machte. Verlegen drehte er den Stiel seines Glases.

„Natürlich mache ich mir Sorgen. Um jeden hier in der Familie. Das schließt auch Ihren Sohn mit ein."
„Thomas?"
„Wenn Ihr Sohn Stiftungsvorsitzender werden will, wird das nicht jedem passen. Es wird wohl einige Widerstände zu überwinden geben."
Ihre Miene verhärtete sich. „Das lassen Sie nur meine Sorge sein. Qualität setzt sich immer durch."
Schweigen breitete sich aus.
Sie trank einen Schluck und ihre Züge wurden weicher.
„Was ist mit Ihnen? Haben Sie Kinder?"
„Ja. Eine Tochter."
„Erzählen Sie von ihr. Wie alt ist sie?"
„Zwanzig. Sie studiert Psychologie und Pädagogik."
„Dann sind sie wohl sehr stolz auf sie. Wohnt sie noch zu Hause?"
„Äh, nein. Sie wohnt in Graz."
„Wohl bei ihrem Freund?" Sie lächelte.
„Nein. Sie … Sie wohnt in einer Wohngemeinschaft."
„Eine WG! Wie aufregend! Das wäre ganz mein Stil gewesen." Sie lachte.
Kammerlander wollte nicht über seine Tochter sprechen. Das war sein eigenes Waterloo, seine private Hölle, durch die er gegangen war. Er hatte sie beschützt, so gut er gekonnt hatte, aber gegen sie selbst hatte er sie nicht beschützen können. Ihre Magersucht hätte sie beinahe das Leben gekostet, und er machte sich dafür verantwortlich. Er hätte es merken müssen, aber er hatte nicht hingesehen. Nach vielen Wochen in einer Spezialklinik war Sybill in

eine eigens für Bulimiekranke vorgesehene Wohngemeinschaft gezogen. Gemeinsam mit ihren Mitbewohnern lernte sie, wieder ein normales Leben zu führen, und es schien zu funktionieren. Sybill hatte ein Studium angefangen und schien mit ihrem Leben klarzukommen. Er merkte plötzlich, wie sehr er sie vermisste.
Sie wurden von einem plötzlichen Krachen aufgeschreckt.
„Das kommt vom Haupthaus", sagte Rita und eilte ins Wohnzimmer.
Kammerlander folgte ihr. Sie stand am Fenster und kicherte erleichtert.
„Es ist nur Juri", sagte sie.
Er sah an ihr vorbei aus dem Fenster. Es brannte nur eine Hoflampe, und schattenhaft erkannte er Juri, der ein paar Bretter auf den Boden geworfen hatte. Er brauchte sie wohl morgen, um am Zaun weiterzuarbeiten. Juri, der Schattenmann, dachte er. Mit ihm mussten sie sich auch noch unterhalten. Kammerlander fühlte sich irgendwie schwerelos. Ihr Parfum stieg ihm in die Nase. Es roch nach exotischen Früchten.
Sie ging vom Fenster weg und streifte ihn mit ihrem Körper. Er beobachtete Juri weiter, wie er anfing, die Bretter aufzuschichten. Sie kam mit den Weingläsern zurück und stellte sich neben ihn.
„Wer ist Juri eigentlich?"
„Ach ja, unser Juri. Er kam vor etwa fünfzehn Jahren hierher. Illegal. Hat in Russland wohl was ausgefressen und konnte nicht mehr zurück. Onkel Wendelin hat ihn ausge-

hungert und halb erfroren in unserer Jagdhütte entdeckt. Tante Martha hat sich um ihn gekümmert, damit er auf die Beine kam, und Juri hat sich bedankt, indem er hier gearbeitet hat. Onkel Wendelin hat irgendwie einen Narren an ihm gefressen, denn er hat ihm in einer der Garagen ein Zimmer eingerichtet. Damit er einen ordentlichen Wohnsitz nachweisen konnte. Das Rechtliche hat Onkel Ulrich übernommen. Mit seinen Beziehungen hat er es geschafft, dass Juri Flüchtlingsstatus erhielt und später auch die österreichische Staatsbürgerschaft."
„Und seither lebt er in der Garage?"
„Oh, er hat es sehr gemütlich dort. Eine Kochnische, Dusche und WC wurden eingebaut. Er scheint vollauf zufrieden zu sein. Er spricht kaum. Mit uns anderen, meine ich. Nur mit Martha und Wendelin. Mein Sohn Thomas gehört auch zu den Auserwählten. Onkel Wendelin scheint er zu vergöttern. Wer weiß, was er in seiner Heimat erlebt hat."
Sie warf ihre rote Mähne über die Schultern. Die Haare streiften Kammerlanders Gesicht. Er hätte gerne in ihre Haare gegriffen und sein Gesicht darin vergraben. Ein leichtes Schwindelgefühl überkam ihn. Bestimmt der schwere Wein. Er sollte jetzt gehen. Er atmete tief ein. Ihr Parfum roch betörend nach Blüten.
Juri war mit seiner Arbeit fertig und ging zum Haus zurück. Als er aus dem Lichtkreis der Hoflampe kam, verschluckte ihn die Dunkelheit. Juri, der Schattenmann, war wieder zum Schatten geworden.
Sie bemerkte, dass ihr Glas leer war.

„Bleiben wir doch im Wohnzimmer. Hier ist es gemütlicher." Einladend wies sie zur beigen Ledergarnitur. Sie ging in die Küche, um die Flasche zu holen.
Er drehte sich um und musterte das Zimmer. Helle Möbel, Teppiche mit modernem Design, viele Skulpturen. Das waren sicher ihre Arbeiten. Er ging herum, um sie genauer in Augenschein zu nehmen. Einige waren aus Ton, die meisten aus Stein. Die Darstellungen waren abstrakt – und doch auch wieder nicht. Kammerlander sah in einer behauenen Form eine geballte Faust zum Schlag erhoben, in einer anderen ein Gesicht, von Wut verzerrt. Je länger er die Skulpturen betrachtete, desto mehr spürte er die Kraft ihrer Schöpferin. Sein Blick wurde von einer Zeichnung angezogen, die in der Mitte der Stirnwand hing. Es war eine Kreidezeichnung; zwei Körper waren seltsam ineinander verkrallt. Er erkannte die Körper einer Frau und eines Mannes, mit raschen, leidenschaftlichen Strichen skizziert, ohne wirklich konkrete Form zu geben. Es war kein Liebesakt, eher eine Art Kampf. Dieses Ringen sprach von aggressiver Lust, Unterwerfung, Gewalt. Es war erregend.
„Gefällt es dir?"
Sie stand direkt hinter ihm. Er konnte ihren Atem im Nacken spüren.
Seine Knie wurden weich. Er sollte sofort gehen.
„Ich nenne es ‚Die nackte Wahrheit'. Findest du den Titel passend?"
Er drehte sich zu ihr um und streifte mit der Hand ihre Brüste. Sie trug keinen Büstenhalter, er fühlte ihre har-

ten Brustwarzen. Sie wich nicht zurück, ließ seinen Blick nicht los. Ihr Parfum duftete nach Sinnlichkeit, Verführung, nach … Ihre grünen Augen ließen sein Gesicht nicht los.

Das durfte doch nicht wahr sein! Was machte er bloß? Das war Wahnsinn, das wusste er. Er musste fort von hier. Fort aus diesem Haus. Weg von ihr.

Er rührte sich nicht. Sie kam noch näher, drückte ihren Körper an seinen. Er fühlte ihre Oberschenkel, ihre Hüften, ihre Brüste. Er fühlte, wie sein Körper reagierte. Er musste diesen Bannkreis durchbrechen, er musste …

Sie hielt seinen Blick noch immer fest.

„Küss mich, Kommissar Harry."

Sie hob ihm ihre Lippen entgegen.

„Küss mich …"

Als sich ihre Lippen berührten, durchfuhr es ihn wie ein Stromstoß. Er griff in ihre Haare, endlich, tauchte ein in das seidige Meer, saugte an ihren Lippen, presste ihren Unterleib an seinen. Von Weitem hörte er undeutliche Laute. Es war sein eigenes Stöhnen.

Sein Handy klingelte.

Es drang allmählich in sein Bewusstsein, mit jedem Klingeln stärker. Er ließ sie abrupt los. Schob sie von sich weg. Schwer atmend sah er sie an. Das Handy hörte auf zu klingeln.

„Das ist Irrsinn! Das geht nicht … Rita, das geht einfach nicht! Ich … Es tut mir leid."

Sie stand nur da und sah ihn an. Ihre grünen Augen leuchteten fast schwarz.

„Ich bin hier wegen einer Mordermittlung, du bist Teil davon, mittendrin, Zeugin –"
„Verdächtige?"
„Was? Ach so. Ja. Nein … Ich muss jetzt gehen."
Er stürzte aus dem Wohnzimmer, riss seinen Mantel vom Garderobenhaken, ohne sich dessen bewusst zu sein. Der Klang der zufallenden Haustür hallte in ihm nach.
Er wusste nicht mehr, wie er zu seinem Auto gekommen war. Im Haupthaus brannte hinter einigen Fenstern Licht. Heftig in den Taschen wühlend suchte er seinen Autoschlüssel. Mit zitternden Fingern startete er den Motor und wollte wegfahren, doch er konnte nichts sehen. Himmel, die Scheiben waren total vereist. Auch das noch. Leise fluchend holte er den Eiskratzer aus dem Handschuhfach und begann das Eis abzuschaben, als ginge es um sein Leben.

21

Am nächsten Morgen kam er erst um zehn ins Büro. Ebner hörte auf, die Tastatur zu bearbeiten, als er ihn sah.
„Guten Morgen. Schön, dass man auch wieder etwas von dir zu sehen bekommt."
„Morgen."
Kammerlanders erster Weg führte zur Kaffeemaschine.
„Longjohn nicht da?"
„Nein. Hat sich krankgemeldet."
„Hm."
Ebner tippte einen Satz fertig, dann lehnte er sich zurück und verschränkte die Arme hinter dem Kopf. Er beobachtete Kammerlander, wie er mit beiden Händen seine Kaffeetasse zum Schreibtisch trug.
„Ich habe gestern mehrmals versucht, dich über Handy zu erreichen."
„Aha."
„Du bist aber nicht drangegangen."
„Gab's was Dringendes?"
„Der Mercedes von Sepp Rumbach ist gefunden worden."
Kammerlander hob ruckartig den Kopf.
„Wo?"
„Das glaubst du nicht. Mitten in Bärnbach. Auf dem Parkplatz vor dem Volkshaus."
„Und Sepp Rumbach?"
„Keine Spur von ihm."

„Wann wurde das Auto gefunden?"
„Gestern nach acht Uhr abends kam die Meldung von einer Verkehrsstreife herein. Longjohn war schon weg. Ich wollte auch gleich Schluss machen, dann kam Witt mit der Meldung über das gesuchte Fahrzeug. Ich habe es gleich zu uns abschleppen lassen. Das hat einige Zeit gedauert, weil die Abschleppleute erst verständigt werden mussten. War ja längst Feierabend. Die Untersuchung hat nicht viel gebracht." Er gähnte. „Bin erst um zwei ins Bett gekommen."
„Weiß man, wie lange das Auto schon dort gestanden ist?"
„Nein. Das Ärgerliche ist, dass es erst kurz vor dem Auffinden dort abgestellt worden sein könnte. Aber genauso gut kann es schon seit Donnerstagabend dort gestanden sein. Seit unser Freund untergetaucht ist. Am Donnerstag fand im Volkshaus der Feuerwehrball statt, der Parkplatz war natürlich voll. Etliche Ballbesucher haben für die Heimfahrt das Taxi als Transportmittel vorgezogen. Deshalb standen auch am nächsten Tag noch einige Fahrzeuge dort herum. Da hat keiner groß hingesehen. Erst am Abend fiel einer Streife ein einzelnes Fahrzeug auf dem Parkplatz auf. Es war Sepps Mercedes."
„Also wissen wir nichts."
Kammerlander massierte mit geschlossenen Augen seine Schläfen. Ebner fielen die Schatten unter seinen Augen auf.
„Siehst schlecht aus."
„Hm. Hab schlecht geschlafen heute Nacht."

„Wann bist du denn von den Rumbachs weggekommen?"
„Weiß nicht mehr. Ich bin noch mit Rita Rumbach und ihrem Sohn im Atelier gewesen."
Das klang unverfänglicher als ihre Wohnung.
„Ah? Mit der schönen Rita? Ja, die Dame hat was. Was habt ihr denn gemacht, dass du heute so fertig aussiehst?"
„Red nicht so einen Blödsinn."
Kammerlander stand auf und ging zum Fenster. Ebner sollte nicht sehen, dass er rot geworden war. Er starrte auf die Hausmauer gegenüber.
Kein Wunder, dass sich Ebner über ihn Gedanken machte. Er hatte ihn zu erreichen versucht, als er gerade mit Rita …
Und auch später, nach seiner Flucht, hatte das Handy noch drei Mal geklingelt. Er hatte sich nicht gemeldet. Er war vom Parkplatz der Rumbachs gefahren, ziellos, aufgewühlt. Er hatte nicht gewusst, wohin er gefahren war, er hatte nur weg gewollt, so weit weg wie möglich. Irgendwann hatte er am Straßenrand gehalten, mit laufendem Motor, und hatte versucht zu verstehen, was mit ihm passiert war.
Wie es zu einer solchen Situation hatte kommen können, einem solchen Ausbruch der Gefühle. So etwas hatte er viele Jahre nicht mehr erlebt.
Er hatte nicht gewusst, wie lange er dort gestanden war und blicklos auf die Windschutzscheibe gestarrt hatte. Als er nach Hause gekommen war, leise, wie ein Dieb, war er sich wie ein Ehebrecher vorgekommen.

Er spürte die neugierigen Blicke Ebners in seinem Rücken. Sollte der sich doch denken, was er wollte. Er drehte sich um und setzte sich wieder hin.
„Der Wagen von Sepp Rumbach stand also gestern Abend in Bärnbach."
Kammerlander bemühte sich um einen sachlichen Tonfall.
„Was, meinst du, bedeutet das? Ist er dort von jemandem abgeholt worden? Der ihm zur Flucht verholfen hat? Oder ist er noch immer irgendwo hier und verkriecht sich ganz in der Nähe?"
Ebner zuckte die Schultern.
„Keine Ahnung. Aber wenn er abgehauen ist, brauchte er Geld. Und soweit wir wissen, war er völlig blank."
„Vielleicht hat er doch irgendwo einen Notgroschen gebunkert gehabt."
„Oder er hat sich wirklich etwas angetan, wie Hermine Rumbach angedeutet hat."
„Hm."
„Gehst du heute zur Beerdigung?"
Kammerlander verstand nicht.
„Welche Beerdigung?"
„Heute Nachmittag findet die Beerdigung von Ulrich Rumbach statt. Hat dir das niemand gesagt? Die Gedenkfeier wollen sie nächste Woche abhalten."
Das hatte ihm wirklich niemand gesagt. Nicht einmal Rita. Sie hätte ihn einladen können. Hatte sie es nicht getan, weil ihr die Beerdigung nicht wichtig war oder weil es für sie nicht wichtig war, ob er dabei war oder nicht? Was waren das überhaupt für Gedanken? Hatte er sich in

den letzten Tagen zu einem Pubertierenden zurückentwickelt?

Er räusperte sich. „Ich denke, es sollte jemand von uns dabei sein. Man kann nie wissen."

Ebner deutete mit dem Finger auf ihn. „Dann machst du das. Ich hatte gestern Nachtschicht."

„Ich hasse Beerdigungen."

„Und ich habe die ganzen Berichte geschrieben."

Dagegen ließ sich kein Argument mehr vorbringen.

„Und außerdem kann ich auf eine erneute Auseinandersetzung mit Christine verzichten."

„Gab's Stress?"

„Ich hab viel Überzeugungsarbeit leisten müssen, bis sie mir geglaubt hat, dass ich bis in die Nacht gearbeitet habe. Mensch, das ist genau das, was man nach einem solchen Tag braucht. Was ich so hasse am Zusammenleben. Diese Eifersüchteleien, die Erklärungen, wenn etwas dazwischengekommen ist." Er schüttelte den Kopf. „Also ich weiß nicht ... das wird mir langsam zu viel."

„Was?"

„Alles."

Kammerlander runzelte die Stirn. Ein scharfer Ton hatte in Ebners Worten mitgeschwungen, den er noch nie im Zusammenhang mit seiner Freundin gehört hatte. Wenn das so weiterging, war das Ablaufdatum dieser Beziehung nahe.

„Ich habe ihr jedenfalls versprochen, heute früher nach Hause zu kommen," setzte Ebner nach.

„Na schön. Dann opfere ich mich eben auf."

„So schlimm wird es schon nicht werden. Du kannst dich ja mit dem Anblick der schönen Rita trösten. – Jetzt aber im Ernst: Ich finde, wir sollten den ganzen Clan hübsch im Auge behalten. Denn bis jetzt haben wir keinen einzigen stichhaltigen Beweis dafür, dass Sepp der Mörder seines Onkels ist. Er ist zwar der Hauptverdächtige und alles deutet auf ihn, aber im Grunde hätte es jeder sein können. Niemand hat ein Alibi."
Das ist wahr, dachte Kammerlander. Im Grunde hätte es jeder sein können.

Die Beerdigung war ein Großereignis. Hunderte Menschen standen Spalier, als der Mahagonisarg auf einem blumengeschmückten Wagen aus der Feierhalle gefahren wurde. Die Familie und viele Leute aus Wirtschaft und Politik folgten dem Sarg. Die Presseleute veranstalteten ein Wetterleuchten mit ihren Kameras, sogar ein Fernsehteam war anwesend. Die Worte des Pfarrers waren ergreifend und eine Huldigung an das Leben und Wirken des Verstorbenen. Als der Sarg in die Erde gesenkt worden war, strömte eine nicht enden wollende Menschenschlange an den Hinterbliebenen vorbei und bezeugte ihre Anteilnahme.
Kammerlander hielt sich abseits. Er beobachtete die Familie. Martha schluchzte, ihr Schwager Wendelin legte ihr tröstend den Arm um die Schultern. Paul stand daneben und wirkte in der schwarzen Kleidung noch abgezehrter und hohlwangiger als sonst. Hermine stand zwischen ihren Töchtern und nahm tränenreichen Abschied. Elsa und

Trudie traten von einem Bein auf das andere, das Ganze schien ihnen ziemlich peinlich zu sein. Manfred Roselli stand regungslos links neben der Familie und starrte ins Grab. Also hat ihn der Clan wenigstens bei der Beerdigung mit einbezogen, dachte Kammerlander. Rita stand mit ihrem Sohn auf der rechten Seite. Sie wirkte ernst und gefasst.

Ihm war elend kalt. Er ging zurück zu seinem Wagen und fuhr voraus zur Barbarakirche in Bärnbach. Hier sollte die Totenmesse stattfinden. Er blieb im Wagen sitzen und beobachtete den Strom der ankommenden Autos. Alle Trauergäste würden bestimmt nicht Platz in der Kirche finden, deshalb hatte man einen Lautsprecher montiert, damit auch die Leute, die draußen warten mussten, die Messe mitverfolgen konnten.

Er wusste nicht, was er hier zu sehen hoffte. Sepp Rumbach würde sich bestimmt nicht hierher wagen. Er sah Ritas BMW ein Stück entfernt stehen. Sie und Thomas gingen auf der anderen Straßenseite vorbei. Sie sah kurz in seine Richtung, sprach ein paar Worte mit Thomas. Kammerlander wusste nicht, ob sie ihn bemerkt hatte.

Er startete sein Auto. Die Messe würde er sich sparen. Im Anschluss gab es noch einen Empfang in der Villa Rumbach, nur für die Familie und die engsten Bekannten. An so einem Tag brauchte niemand die Polizei im Haus. Also würde er zur Dienststelle fahren und sich die Akte Rumbach noch einmal vornehmen.

Er sah sich alle Bilder an, versuchte konzentriert jeden Bericht, jede Akte durchzulesen, aber er war mit den Gedanken ganz woanders. Seine Aufmerksamkeit, seine Vorstellungskraft und Intuition ließen ihn im Stich. Nach einer Stunde gab er auf. Er lehnte sich in seinem Stuhl zurück, verschränkte die Arme hinter dem Kopf und schloss die Augen. Nach einiger Zeit nahm er die Akten und fing von vorne an.

Kurz bevor er nach Hause fuhr, wählte er Ritas Handynummer. Er erreichte nur die Mailbox. Er versuchte es mit dem Festnetz. Thomas meldete sich. Nein, seine Mutter wäre nicht da, sie wäre vor einer Stunde weggefahren. Ob er etwas ausrichten könnte?

Kammerlander verneinte und beendete rasch das Gespräch.

Was war er für ein Idiot! Wieso hatte er angerufen? Was hätte er ihr sagen sollen? Noch dazu an einem Tag wie heute, an dem ihr Onkel beerdigt worden war. Sie wollte bestimmt ihre Ruhe haben.

Er hätte sich ohrfeigen können.

Der kleine Hase kam zu einem Hügel aus Kieselsteinen und kletterte hinauf. Er wollte die Gegend erkunden, um zu wissen, welche Richtung er einschlagen sollte. Da sah er einen Fuchs am Fuß des Hügels, der zu ihm heraufschaute.

„Was machst du hier ganz allein?", fragte er.

„Ich bin auf der Suche", sagte der Hase.

Der Fuchs schüttelte den Kopf und sagte: "Jetzt nicht mehr, denn ich werde hinaufkommen und dich fressen."
Der Hase begann mit seinen Vorderpfoten auf die Kieselsteine zu trommeln, sodass einige sich lösten und zu kullern begannen. Der Hase trommelte und trommelte, bis immer mehr Steine nach unten rollten und den Fuchs unter sich begruben.
"Gut gemacht, kleiner Hase", zwitscherte ein Rotkehlchen von einem Scheunendach herab. "Doch jetzt musst du weiter."
Es schlug mit den Flügeln und erhob sich in die Lüfte.
"Es ist alles nicht wirklich!", rief es zum Abschied.
Der Hase rutschte von dem Kieshügel und lief weiter.

22

Es war Sonntagvormittag. Kammerlander stand um zehn auf, müde und zerschlagen. Er hatte das Gefühl, überhaupt nicht geschlafen zu haben.

Er ging zum Fenster und sah in einen eisgrauen Winterhimmel. Es schneite nicht, dafür war es viel zu kalt. Er lehnte seine Stirn an die eisige Scheibe und schloss die Augen.

Das würde ein ruhiger Sonntag werden. Die Untersuchungen waren abgeschlossen, die Berichte lagen fertig bei Starkl im Büro, die Fahndung nach Sepp Rumbach lief. Jetzt konnten sie nichts tun als warten.

Er nahm die Stirn von der Scheibe und stützte sich mit den Händen an der Fensterbank ab. Ein ruhiger Sonntag. Dass er nicht lachte. Er war erfüllt von einer inneren Unruhe, dass er meinte, Tausende Ameisen krabbelten durch seine Nervenbahnen ins Gehirn. Er hatte bis in die frühen Morgenstunden nicht einschlafen können, hatte immer wieder die Szene in Ritas Wohnung durchlebt, hatte sie vor sich gesehen, wie sie sich bewegte, sprach, lachte; hatte ihr volles seidiges Haar im Gesicht gespürt. Er hatte sich in unsinnigste Szenarien hineingeträumt. Sie beide beim Spaziergang, Hand in Hand; sie beim Behauen einer Skulptur, nackt, ihre Brüste wippten auf und ab bei ihren kräftigen Hammerschlägen; sie, wie sie sich über ihn beugte, ihn biss und kratzte, und er spürte keinen Schmerz, nur Lust. Inge war aufgewacht, als er eine Erektion hatte, und er

hatte mit ihr geschlafen. Es war eine heftige, verzweifelte Umarmung gewesen, und hinterher fühlte er sich schuldig. Er hatte nicht mit seiner Frau geschlafen, sondern mit Rita. Ein doppelter Verrat.
Er ging ins Bad und wusch sein Gesicht. Er stellte sich mit dem Rasierapparat vor den Spiegel und starrte hinein. Was treibst du eigentlich? Was ist in dich gefahren?, fragte er sein Spiegelbild. Du hast eine Familie, ein gutes Leben, eine interessante Arbeit. Alles verläuft in geordneten Bahnen. Ein Leben in Zufriedenheit, für das dich manch anderer beneidet. Er betrachtete sein Gesicht; nicht mehr jung, mit Falten um die Augen und Kerben am Mund. An der Stirn begann sich der Haaransatz zu lichten. Er war in den sogenannten ‚besten Jahren'. Lächerlich. So etwas gab es nicht. Ein Mann war in den besten Jahren, wenn er kaum noch gute zu erwarten hatte. Alter Narr, was bildest du dir eigentlich ein? Du hast die Fünfzig überschritten und solltest es besser wissen.
Außerdem führte er eine Mordermittlung in Ritas Umfeld durch. Sie war zwar bestimmt keine Mörderin, aber zumindest eine Zeugin, und solange sie den Täter nicht hatten, eine potenziell Tatverdächtige. Wenn ruchbar würde, dass er mit ihr eine Beziehung hatte, wäre der Teufel los. Er schüttelte den Kopf. Nein. Schluss damit. Das Ganze war sowieso nur ein Hirngespinst.
Er ging unter die Dusche und ließ so lange das Wasser über seinen Körper laufen, bis er meinte, alle unsinnigen Gedanken aus sich herausgewaschen zu haben. SIE aus seinem Kopf gespült zu haben.

Beim Mittagessen versuchte er, an sein normales Leben anzuknüpfen. Er unterhielt sich mit seiner Frau, half ihr, das Geschirr abzuräumen. Das schlechte Gewissen drückte ihn, wenn er sie ansah. Er liebte sie. Da gab es keinen Zweifel. Inge war sein Lebensmensch. Ihre Beziehung ging weit über einen rein sexuellen Rausch hinaus.
Er ging ins Wohnzimmer und suchte in seiner CD-Sammlung. Er entschied sich für das Royal Tank Regiment, und bei den Klängen von ‚Scotland the Brave' fühlte er seine Anspannung schwinden.

Er fuhr hoch und riss die Augen auf. Inge war ins Wohnzimmer gekommen und hielt ihm den Mobilteil hin. Er war eingedöst und sah verständnislos auf das Telefon.
„Inspektor Witt", flüsterte sie.
Widerwillig nahm er den Hörer.
„Was gibt's denn, Witt?"
„Ich wünsche Ihnen einen schönen Sonntag, Herr Abteilungsinspektor. Es tut mir sehr leid, Sie stören zu müssen …"
„Sagen Sie doch einfach, worum es geht."
„Ja, äh … wir haben einen Toten."
„Einen Toten? Geht es ein wenig genauer?"
„Ja, natürlich. Es ist nur, weil heute Sonntag ist, und Sie doch auch Ihre Ruhe –"
„Witt, *was ist los*?"
„Also, der Tote ist ermordet worden. An ein Kreuz gebunden. So hat man ihn gefunden."
Ein ermordeter Toter. Typisch Witt.

„Wo?"

„Hinter Kainach. Beim Florianikreuz vor dem Marmorsteinbruch."

„Weiß man schon den Namen des Toten?"

„Ja. Es ist Paul Rumbach."

Jetzt verschlug es Kammerlander die Sprache.

„Was? Paul – ... Sind Sie sicher?"

„Der Name wurde mir durchgegeben. Und dass Sie kommen sollen."

„Ja, ja. Ich bin schon unterwegs."

„Soll ich den Kollegen Ebner auch anrufen?"

„Tun Sie das, Witt. Danke."

Er war wie vor den Kopf geschlagen. Wie konnte das sein? Er hatte ihn doch gestern noch bei der Beerdigung gesehen ...

Hastig verabschiedete er sich von Inge und riss seine Lammfelljacke vom Garderobenhaken. Das fluchtartige Verlassen von Wohnungen schien zur Gewohnheit zu werden.

Das Florianikreuz befand sich hinter Kainach, in einem unbewohnten Waldgebiet, etwa einen halben Kilometer vom Marmorsteinbruch entfernt.

Es war von der Straße aus nicht zu sehen; eine Abzweigung führte links um eine dichte Böschung herum zu einer Lichtung.

An dieser Stelle war das Kreuz errichtet worden, im Gedenken an drei Feuerwehrleute, die hier vor zehn Jahren im Einsatz mit ihrem Löschfahrzeug einen tödlichen Unfall erlitten hatten. Der todbringende Felsen an der Straße war gesprengt worden.

Als Kammerlander um die Böschung kam, sah er zwei Streifenbeamte und Dr. Schneider seitlich an der Lichtung stehen.

„Kommen Sie auf unsere Seite, Herr Kammerlander." Dr. Schneider winkte ihn zu sich. „Sie machen gerade Aufnahmen von den Fußabdrücken."

Da erst bemerkte er die Männer von der Spurensicherung. Sie bewegten sich vorsichtig auf dem Gelände ohne ein Wort zu sprechen. Dann und wann blitzte eine Kamera auf.

„Sie sind bald fertig. Grüß Gott übrigens."

Sie schüttelten sich die Hände.

Dann sah Kammerlander den Toten. Er hing tatsächlich an dem Kreuz, blutüberströmt, die Arme an den Seitenbalken festgebunden. Sein Kopf hing nach unten, seine Beine waren eingeknickt. Die Kleidung war in Bauchhöhe zerrissen und hing in Fetzen an seinen Beinen herab. Auf dem Boden eine Menge dunkles Blut, welches das blendende Weiß des Schnees noch hervorhob.

Um das Kreuz herum standen drei Holztafeln, die aussahen wie Notenpulte. Auf jedem war das Bild eines Mannes zu sehen, der Name, Geburts- und Todestag waren darunter geschrieben. Darüber war eine Glasplatte angebracht. Alle drei Tafeln trugen am oberen Aufsatz eine Schneehaube. Am unteren Rand stand eine schmale waagrechte Holzplatte vor. Darauf standen ausgebrannte Grablichter. Ein Mann von der Spurensicherung hob die Hand.

„Sie können jetzt näher kommen."
Kammerlander setzte sich in Bewegung, doch mit jedem Schritt wurden seine Beine schwerer. Der Tote hing da wie ein Gekreuzigter. Was er ja eigentlich auch war. Eine Wäscheleine aus gelbem Plastik schnallte die Arme fest. Kammerlander hockte sich hin und sah ihm von unten ins Gesicht.
Es war Paul Rumbach. Zweifellos. Die zusammengesunkene Gestalt, der nach unten hängende Kopf, der halb geöffnete Mund. Kammerlander schloss die Augen. Er fühlte die Hoffnungslosigkeit, die von dieser Gestalt ausging. Die Sinnlosigkeit eines sinnberaubten Lebens. Kein Widerstand. Preisgabe. Aufgabe. Langsam öffnete er die Augen und zwinkerte, als könnte er seine Empfindungen wegzwinkern wie eine Wimper. Er sog tief die Luft ein, er merkte erst jetzt, dass er den Atem angehalten hatte.
Er musste professioneller an die Sache herangehen. Sachlicher.
Dr. Schneider beobachtete ihn wortlos.
Langsam richtete er sich wieder auf.
„Ihm wurde der Schädel eingeschlagen."
„Ganz offensichtlich. Und zwar, nachdem er ans Kreuz gebunden worden war. Das geht aus der Blutlache unter ihm und den Spritzern hier drüben eindeutig hervor. Und jetzt fragen Sie mich bloß nicht nach dem Zeitpunkt –"
„Wann?"
Der Arzt verdrehte die Augen zum Himmel.
„Ich schätze, der Tod ist etwa vor sechzehn bis zwanzig Stunden eingetreten. Aber das ist nur eine grobe Einschät-

zung. Ich hatte noch keine Zeit, mich näher mit dem Opfer zu beschäftigen."
„Wer hat die Leiche eigentlich entdeckt?"
Dr. Schneider wies mit dem Kinn zur Straße.
„Ein Pärchen. Das wollte wohl ein wenig für sich sein. Noch halbe Kinder. Sie sitzen schlotternd in ihrem VW Golf."
Sie sahen wieder zum Toten hin.
„Hat er gekämpft? Um sein Leben meine ich?"
Der Arzt schüttelte den Kopf.
„Ich habe keine Hämatome oder Abschürfungen an den Händen gefunden. Nur tiefe Einschnitte von der Wäscheleine. Aber etwas anderes habe ich gefunden. Sehen Sie die Platzwunde seitlich am Hinterkopf?" Er zeigte auf ein blutverkrustetes Haarbüschel.
„Er könnte also vorher bewusstlos geschlagen worden sein."
„Das nehme ich an. Er hätte sich doch nicht widerstandslos ans Kreuz binden lassen, wenn er bei Bewusstsein gewesen wäre."
„Das leuchtet ein."
Sie betrachteten den Toten schweigend, während die Leute von der Spurensicherung ihre Taschen packten.
„Am siebten Tage sollte man eigentlich ruhen."
Kammerlander drehte sich um.
Ebner war gerade gekommen.

23

„Wie gehen wir jetzt weiter vor?"
„Wir müssen zu den Rumbachs." Kammerlanders Gesicht hatte sich verfinstert. „Die Familie benachrichtigen."
„Was ist hier los, Harry? Erst Ulrich und jetzt Paul Rumbach. Meinst du, dieser Mord geht auch auf das Konto von Sepp Rumbach?"
„Wir wissen ja nicht einmal, ob er den ersten Mord begangen hat."
„Hast ja recht. Aber der Gedanke drängt sich einem auf."
Ja, der Gedanke drängte sich auf. Sie mussten Sepp Rumbach finden. Und zwar pronto. Ohne ihn stocherten sie nur planlos herum.
Kammerlander bat die Streifenbeamten, nach dem Wagen des Opfers zu suchen.
„Beginnt mit dem Steinbruch. Vielleicht ist er zuerst dort gewesen. Sucht auch nach Reifenspuren. Falls ihr etwas findet, sagt der Spurensicherung Bescheid."
Die Beamten tippten an die Mützen und gingen zu ihrem Dienstfahrzeug.
Kammerlander nickte Ebner zu. Jetzt mussten sie zu den Rumbachs.
„Manchmal hasse ich meine Arbeit", sagte Kammerlander, als sie zu ihren Autos gingen.

Sie parkten nebeneinander vor der breiten Eingangstreppe. Aus ein paar Fenstern schimmerte Licht, die Dämme-

rung hatte bereits eingesetzt. Kammerlander sah zum Atelier hinüber. Die Werkstatt war hell erleuchtet, wütendes Hämmern schallte aus dem Inneren.
Ihm war nicht wohl beim Gedanken, dass er sie bald aufsuchen musste.
Sie stiegen die Treppe hinauf und läuteten am Haupthaus. Ein leichter Wind war aufgekommen, der den schwarzen Trauerflor über dem Eingang zum Schwingen brachte.
Wendelin Rumbach öffnete die Tür.
„Nanu? Haben Sie Sepp endlich gefunden?"
„Guten Tag, Herr Professor. Dürfen wir eintreten?"
„Guten Tag. Äh, natürlich, kommen Sie. Verzeihen Sie meine Unhöflichkeit, aber wir sind alle noch ziemlich benommen nach den … unschönen Ereignissen der vergangenen Tage."
Er führte sie in die Küche. Martha Rumbach und Manfred Roselli saßen am Tisch und tranken Tee. Martha zog irritiert eine Augenbraue hoch.
„Oh, die Polizei – schon wieder?"
Die Beamten setzten sich, lehnten die Einladung zu einer Tasse Tee aber höflich ab.
„Wir sind gerade dabei, die Gedenkfeier für Ulrich zu planen. Sie findet nächsten Sonntag statt." Martha deutete auf Papiere und Entwürfe zwischen den Teetassen. „Manfred hilft uns bei der optischen Gestaltung und bei den Schriften." Es klang, als wollte sie sich für die Anwesenheit Rosellis rechtfertigen.
Kammerlander nickte.
„Findet die Gedenkfeier hier statt?"

„Oh nein." Sie scheuchte mit einer fahrigen Geste die Frage vom Tisch. Dabei streifte sie ihre Teetasse, sodass die Flüssigkeit beinahe herausschwappte. „Wir halten die Feier im Stadtsaal in Voitsberg ab. Was meinen Sie, wie viele Gäste da kommen? Hochrangige Persönlichkeiten werden es sich nicht nehmen lassen, sich mit einer Rede von Ulrich zu verabschieden. Es wird eine große und würdige Feier werden."

„Verraten Sie uns den Grund Ihres Besuchs?"

Wendelins buschige Brauen waren zusammengezogen und bildeten ein ausladendes Vordach über den Augen. Das verlieh ihm wieder diesen grimmigen Ausdruck. Ein grauer Wolf, dachte Kammerlander.

„Es muss etwas Wichtiges sein, wenn Sie sich an einem Sonntag zu zweit zu uns bemühen."

Kammerlander atmete tief ein.

„In der Tat. Es ist eine schlimme Nachricht, die wir Ihnen überbringen müssen. Ihr Sohn und Neffe Paul ist vor ein paar Stunden tot aufgefunden worden."

Martha Rumbach starrte ihn an ohne zu verstehen. Wendelin war in seinen Stuhl zurückgesunken und presste die Lippen aufeinander. Nur Manfred Roselli schien in der Lage zu sein, Fragen zu stellen.

„Paul – sind Sie sicher?"

„Leider ja. Er wurde in der Nähe des Steinbruchs gefunden."

„Hatte er einen Autounfall?"

Kammerlander schüttelte den Kopf.

„Ich fürchte, bei seinem Tod wurde nachgeholfen."

„Nachgeholfen ... Was soll das heißen?" Martha Rumbach schüttelte den Kopf. Ihre Stimme war nur ein Krächzen. „Ist er auch ...?"
„Das heißt, er wurde an ein Kreuz gebunden, und dann wurde ihm der Schädel eingeschlagen", sagte Ebner grob. Das war im Spiel ‚Guter Polizist - Böser Polizist' eine bewährte Schockmethode, um die Reaktionen der Leute zu studieren.
Ebners Grobheit riss Martha Rumbach aus ihrer Erstarrung. Sie griff sich ans Herz. Ein Laut entrang sich ihren Lippen, der Kammerlander an den Vogel im Park vor einigen Tagen erinnerte. Der alte Mann eilte zur Spüle und holte ihr ein Glas Wasser. Manfred Roselli starrte Ebner wütend an.
Wendelin Rumbach setzte sich wieder und sah Kammerlander starr in die Augen.
„Wie ... das ... erklären Sie ..."
„Ihr Neffe Paul ist gestern Nacht zwischen sieben und zwölf Uhr zu Tode gekommen."
Kammerlander sah von einem zum anderen. „Jetzt müssen wir ermitteln, was er gestern gemacht hat, wann Sie ihn zum letzten Mal gesehen haben, und ob Sie wissen, was er vorhatte."
„Und wo jeder von Ihnen in diesem Zeitraum war", setzte Ebner nach.
Martha zuckte zusammen.
„Wir ... Wir hatten doch gestern den Kaffee-Empfang ... nach der Beerdigung ..."
„Von wann bis wann?" Ebner zückte sein Notizbuch.

„Wir sind etwa um halb sechs Uhr hier eingetroffen … Die letzten Gäste gingen so um sieben, halb acht …", sprang Wendelin für seine Schwägerin ein.
„Und Paul war die ganze Zeit anwesend?"
„Nein." Manfred Roselli zog nachdenklich die Stirn in Falten.
„Er ging schon früh. Er hat eine Tasse Kaffee getrunken, dann war er plötzlich verschwunden. Solche Zusammenkünfte waren nicht sein Ding."
„Wissen Sie, wann er die Gesellschaft verließ?"
„Nein. Ich habe mich kurz vor sieben verabschiedet. Zu dem Zeitpunkt war Paul schon nicht mehr hier."
„Was haben Sie anschließend gemacht?"
„Ich bin nach oben gegangen, habe mich in einen Sessel gesetzt und nachgedacht … Musik gehört … ein wenig gelesen. Nichts Besonderes."
„Keine Zeugen?"
„Keine Zeugen."
Seine dunklen Augen funkelten die Beamten an. Kammerlander meinte in ihnen eine Spur Belustigung zu entdecken.
„Und Sie beide?"
„Ich bin auch in meine Wohnung gegangen, nachdem die Gäste weg waren", sagte Martha Rumbach tonlos. „Der Tag hat gereicht. Ich war todmüde." Plötzlich schien sie zu begreifen, was sie soeben erfahren hatte. Sie bedeckte ihr Gesicht mit den Händen. „Oh mein Gott, Herr Jesu Christ, mein Junge …"
Manfred Roselli legte den Arm um sie.

„Müssen Sie die Befragung jetzt durchführen? Sie sehen doch, in was für einem Zustand meine Tante sich befindet."
„So leid es mir tut. Es muss sein."
Ebner sah den Professor an. „Wie haben Sie den Abend verbracht?"
„Bei mir war es ähnlich. Als die Gäste weg waren, habe ich mich noch mit Thomas unterhalten. Er ging etwa um acht Uhr. Danach habe ich mich in meine Wohnung zurückgezogen. Mein Rheuma hat mir höllisch zugesetzt."
„War die Mutter von Thomas bei dem Gespräch anwesend?" Kammerlander hatte einen trockenen Mund. Er spürte, wie Ebner ihn von der Seite musterte.
„Nein. Rita ging schon vorher."
„Na gut. Wir müssen mit Hermine Rumbach sprechen."
„Äh ...", der Professor hob alarmiert den Kopf. „Wäre es möglich, Hermine hier zu befragen? Die Mädchen ... die müssen das doch nicht auf diese Weise erfahren."
„Selbstverständlich. Rufen Sie an?"
Wendelin Rumbach erhob sich ächzend und ging zum Telefon.

Hermine saß etwas kurzatmig neben ihrer Schwiegermutter und sah ängstlich in die Gesichter der Beamten. Es war ihr anzumerken, dass sie vermutete, sie hätten Neuigkeiten über ihren Mann, die sie lieber nicht hören wollte.
Als sie erfuhr, dass es nicht Sepp war, um den es ging, huschte ein Ausdruck der Erleichterung über ihr Gesicht, dann allmähliches Begreifen, Fassungslosigkeit.

„Ja, aber wieso … Paul? Wissen Sie …?"
„Wir wissen gar nichts. Außer dass ihr Schwager ermordet wurde."
Ein drückendes Schweigen breitete sich aus. Hermine sah von einem zum anderen, dann konnte sie ihre Befürchtungen nicht mehr für sich behalten.
„Ihr denkt jetzt alle, dass Sepp das war, ist es nicht so? Dass er auch Paul …"
Martha und Wendelin sahen sich an, sie erwiderten nichts.
„Zum jetzigen Zeitpunkt ist er nur ein Verdächtiger", sagte Kammerlander ruhig.
„Obwohl sein Verschwinden die Sache für ihn nicht besser macht."
„Haben Sie inzwischen etwas von Ihrem Mann gehört? Hat er sich vielleicht telefonisch bei Ihnen gemeldet?" Ebner ließ ihr keine Verschnaufpause.
„Nein. Nein, nichts."
„Wir würden gerne wissen, was Sie gestern nach sieben Uhr gemacht haben."
„Was ich …? Ja denken Sie denn, ich hätte Paul umgebracht? Das wird ja immer unglaublicher!"
„Beantworten Sie einfach die Frage."
„Zuerst war ich hier. Um halb acht bin ich mit meinen Töchtern in unsere Wohnung gegangen. Um neun habe ich sie ins Bett gebracht. Eine Stunde später habe ich mich auch schlafen gelegt."
„Kann das jemand bezeugen?" Ebner ließ nicht locker.
„Bezeugen?" Sie begann zu kreischen. „Ja, wer soll das

denn bezeugen, verdammt noch einmal? Mein Mann ist doch nicht da ..."

„Würden Sie bemerken, wenn jemand nachts mit dem Auto wegfährt?" Kammerlander wandte sich an Martha und Wendelin.

„Ja. Eigentlich schon ..." Der Professor runzelte die Stirn. „Aber gestern ... also, gestern wahrscheinlich nicht. Normalerweise parken die Familienmitglieder in den Garagen oder auf dem Platz davor. Da hört man das Garagentor auf- und zugehen, und einen startenden Wagen auch. Aber nach der Kirche war der Platz vor den Garagen mit Gästeautos zugeparkt. Wir mussten unsere Autos weiter hinten an der Zufahrt stehen lassen und konnten erst heute Morgen in die Garagen fahren."

„Also könnte theoretisch jeder noch einmal mit seinem Auto weggefahren sein, ohne dass es jemandem aufgefallen wäre?"

„Ich fürchte, ja."

„Wer von der Familie hat alles ein Auto?"

„Jeder. Außer Martha."

„Gut. Dann danken wir Ihnen für die Auskünfte. Jetzt müssen wir noch zu Frau Rita Rumbach. Wir finden alleine hinaus."

Sie waren schon aus der Küche, als ihnen Hermine nachrief: „Fragen Sie doch einmal Rita, wo sie die Nacht verbracht hat! Die ist erst um fünf Uhr früh heimgekommen. Das wäre doch interessant zu erfahren!"

In der Tat, dachte Kammerlander. Das wäre wirklich interessant.

24

Kammerlander hatte einen Knoten im Magen, als sie die Werkstatttür aufschoben. Rita drehte sich um und ließ ihr Werkzeug sinken.
„Das nenne ich eine Überraschung."
Sie hob den Kopf und drückte den Rücken durch. Sie stand da, als erwartete sie einen Angriff. Eine Haarsträhne fiel ihr über die Augen, sie blies sie aus der Stirn.
„Sie arbeiten auch am Sonntag?" Ebner zeigte sich erstaunt.
„Ich arbeite, wann immer es mich überkommt. So, wie ich alles im Leben mache." Sie sah Kammerlander dabei an. „An jedem Tag, zu jeder Stunde." Sie wandte sich lächelnd an Ebner. „Inspirationen fragen nicht nach Wochentag und Uhrzeit. Das ist für einen Beamten natürlich schwer zu verstehen."
„Jetzt haben Sie es uns aber gegeben." Ebner lächelte auch. „Leider müssen Sie von Ihren Inspirationen in die traurige Wirklichkeit zurückkehren. Wir haben schlechte Neuigkeiten."
„Also kein Freundschaftsbesuch." Sie sah wieder zu Kammerlander hin. „Wie schade."
Er konnte ihren Blick nicht deuten.
„Also, dann reden wir nicht lange drum herum. Haben Sie Sepp gefunden?"
Als Kammerlander nichts sagte, erklärte Ebner ihr die neue Situation. Kammerlander war froh darüber; er wuss-

te nicht, wie er sich verhalten sollte. Er war unsicher wie ein Konfirmand, die Anwesenheit dieser Frau ließ ihn zum Idioten werden, zum Teufel.
Rita hörte schweigend zu. Sie war bleich geworden, sonst war ihr keine Regung anzumerken. Sie lehnte sich an den Arbeitstisch, die Werkzeuge hielt sie noch immer in den Händen.
„Das kommt nun wirklich unvorbereitet", murmelte sie.
Kammerlander gab sich einen Ruck. Er konnte nicht dauernd stumm wie ein Fisch dastehen.
„Aufgrund der neuen Sachlage müssen wir die Alibis der Familienmitglieder überprüfen. Das ist reine Routine. Um von vornherein so viele Personen wie möglich ausschließen zu können."
Was redete er da? Das sah doch so aus, als wollte er sich für die Fragen rechtfertigen, die er doch von Rechts wegen stellen musste.
Sie hob den Kopf und sah ihm in die Augen. Ihm war alles andere als wohl.
„Wo waren Sie also gestern nach sieben Uhr abends?"
„Ach? Sind wir jetzt wieder beim ‚Sie' angelangt?" Ein spöttisches Lächeln folgte. „Aber natürlich. Das ist ja ein dienstlicher Besuch. – Was habe ich gestern gemacht? Ich habe etwa um sieben Uhr die Gesellschaft drüben verlassen und bin in meine Wohnung gegangen."
„Und danach?"
Sie zögerte.
„Danach … habe ich mich in mein Auto gesetzt und bin weggefahren."

„Wohin?"
„Nach Graz."
„Was haben Sie in Graz gemacht?"
„Ich musste raus. Den ganzen Tag Verwandtschaft. Trauergelaber, Phrasen, Small Talk. Das ging an meine Grenzen. Ich brauchte Abwechslung."
„Und wie haben Sie sich die verschafft?"
Sie fixierte ihn mit einem durchdringenden Blick.
„Ich bin in ein paar Lokale gegangen."
„Allein?"
„Ich bin schon ein großes Mädchen."
Warum war es bloß so schwer, bei dieser Frau nachzuhaken? Er hatte das Gefühl, in ungerechtfertigter Weise in ihr Privatleben einzudringen. Doch sie war eine Verdächtige wie alle anderen auch.
„Sie müssen uns bitte die Namen und Adressen der betreffenden Lokale aufschreiben", sagte Kammerlander.
Jetzt zog eine Gewitterwolke über ihr Gesicht.
„Ach, und warum? Es kann sich bestimmt niemand an mich erinnern. Und ich kenne keine Namen. Ich pflege mir nicht von Leuten den Ausweis zeigen zu lassen, die zufällig neben mir an der Bar stehen."
„Ach, Frau Rumbach, Ihre attraktive Erscheinung wird bei Betreiber und Personal nicht unbemerkt geblieben sein", versuchte Ebner die Situation zu entspannen. „Nur für den Fall, dass wir tatsächlich eine Überprüfung Ihrer Angaben durchführen müssen."
Sie sah Ebner lange an, verkniff sich aber eine Antwort. Dann warf sie die Werkzeuge auf die Werkbank, ging zum

Tischchen am Fenster und kritzelte hastig etwas auf ein Stück Papier.

„Hier. Damit die arme Polizistenseele zur Ruhe kommt."

Sie steckte den Zettel in Ebners Jackentasche.

Kammerlander wurde es immer unbehaglicher.

„Ist Ihr Sohn Thomas zu Hause?"

„Bedaure. Er ist mit seiner Freundin unterwegs."

„Bitte sagen Sie ihm, dass wir noch mit ihm sprechen müssen."

„Aber gerne. Er wird sich freuen."

Der Sarkasmus war unüberhörbar.

„Dann bedanken wir uns für Ihre Geduld", sagte Ebner und wandte sich zur Tür.

Als Ebner draußen war, drehte Kammerlander sich nochmals kurz zu Rita und hob hilflos die Hände.

„Es tut mir leid," sagte er leise.

„Schon gut, Kommissar Harry. Du tust ja nur deine Pflicht, nicht wahr?"

Das hatte er nicht gemeint, doch wenn sie es wusste, ließ sie es sich nicht anmerken.

Vor dem Atelier sah Ebner seinen Freund eindringlich an.

„Gibt es etwas zwischen euch, das ich wissen sollte?"

„Unsinn. Da ist nichts."

„Bau bloß keine Scheiße. Du könntest in Teufels Küche kommen."

„Weiß ich."

Sie gingen auf das Haupthaus zu.

„Wenn wir schon hier sind, könnten wir doch einmal Juri kennenlernen." Kammerlander war froh, das Thema

wechseln zu können. „Den haben wir ohnehin sträflich vernachlässigt."
Er erzählte Ebner, was er über ihn erfahren hatte. Ihm fiel auf, dass er Rita nicht nach Juris Nachnamen gefragt hatte. Eine weitere Nachlässigkeit, die bei ihm sonst nicht vorkam.
„Versuchen wir an dieser Garagentür unser Glück."
Er klopfte am Tor der ersten Garage, die Ritas Haus am nächsten war. Nach dem zweiten Klopfen hörten sie Schritte.
Der kastenförmig gebaute Mann öffnete die Tür einen Spaltbreit.
„Guten Tag. Wir sind von der Polizei. Wir hätten ein paar Fragen."
In Juris Gesicht zuckte kein Muskel. Sein Schädel war fast kahl, er hatte auch sonst kaum Haare im Gesicht. Wasserblaue Augen musterten sie.
„Dürfen wir hereinkommen?"
„Erst Papiere."
Sprechen konnte er zumindest. Sie hielten ihm ihre Ausweise hin, er studierte sie genau. Dann ließ er die Tür los und ging in das Innere des Raumes. Er sah genauso aus, wie Rita ihn beschrieben hatte. Für einen Garagenraum recht gemütlich eingerichtet.
Er bot ihnen keinen Platz an. Seine Augen ruhten ausdruckslos auf ihnen.
„Wie ist Ihr Name?"
„Juri. Juri Scharkow."
„Sie wissen, weshalb wir hier sind?"

„Ich Osterreich Staatsburger. Nix illegal. Chabe Papiere."
Kammerlander nickte.
„Das wissen wir. Deswegen sind wir nicht hier. Wir wollen Sie fragen, wo Sie gestern Abend waren."
„Gestern. Ich Zaun gearbeitet. Dann chier. Viele Menschen. Ich nix mehr raus."
„Haben Sie Paul Rumbach nach sieben Uhr gesehen?"
„Ich nix sehen."
„Haben Sie später jemanden wegfahren gehört?"
„Weiß nix. Chabe Television." Er deutete auf einen kleinen Fernseher. „Nix hören."
„Es hat einen zweiten Mord gegeben. Paul Rumbach ist umgebracht worden."
Falls ihn diese Nachricht irgendwie erschütterte, zeigte er es jedenfalls nicht. Mit unbewegtem Gesicht sah er sie an.
„Ich Television. Chier. Nix hören."
Mehr würden sie wohl nicht aus ihm herausbringen.
Als sie bei ihren Autos waren, sah Ebner noch einmal zurück.
„Es ist ein Vorurteil, ich weiß. Aber so stelle ich mir einen Totschläger der Russenmafia vor."

Sie saßen noch im Büro und sprachen über die neue Entwicklung. Die Streifenbeamten hatten den Rover von Paul Rumbach vor dem Büro im Steinbruch gefunden. Er war abgeschleppt worden und wurde untersucht.
„Kommt Langmann morgen wieder zum Dienst?"

Ebner zuckte mit den Schultern.

„Ich habe ihn heute zwei Mal angerufen, aber er ging nicht ans Handy."

„Hm. Weißt du, was ihm fehlt?"

„Nein. Er ist in letzter Zeit etwas … labil."

„Ja." Kammerlander rieb sich die Stirn. „Ich weiß, was du meinst. Gerade jetzt brauchen wir dringend seine Hilfe. – Wann bekommen wir die Ergebnisse von der Spurensicherung?"

„Mit einem vorläufigen Bericht können wir morgen Vormittag rechnen. Der Obduktionsbefund liegt frühestens am Nachmittag vor."

„Die Fahndung nach Sepp Rumbach hat noch nichts ergeben?"

„Nada. Er ist wie vom Erdboden verschluckt. Die Wohnung seiner Freundin wird überwacht. Bis jetzt ist er dort nicht aufgetaucht. Wir haben die Häuser in Graz gecheckt, sogar die Jagdhütte der Rumbachs wurde durchsucht. Er muss einen Fluchthelfer gehabt haben. Anders kann ich mir das nicht erklären."

Kammerlander stützte das Kinn auf seine Hände.

„Wir sind einfach zu langsam, Kurt. Wir haben wertvolle Zeit verloren. Erst mussten wir auf die Bestätigung warten, ob Ulrich Rumbach tatsächlich ermordet wurde. Obwohl wir von Anfang an nichts anderes erwartet haben. Aber nein, wir haben es mit einer VIP-Familie zu tun, da dürfen wir bloß keine Fehler machen. Wir hätten Sepp Rumbach schon viel früher in die Zange nehmen müssen. Vielleicht wäre der Mord an Paul zu verhindern gewesen."

„Weißt du, was ich nicht ganz verstehe? Was bringt es Sepp in seiner Situation Bruder Paul umzubringen?" Ebner kratzte sich die Nase.

„Stellen wir uns vor, er hat seinen Onkel aus dem Weg geräumt. Dafür hatte er ein nachvollziehbares Motiv. Aber dann sind seine finanziellen Machenschaften aufgeflogen und er kann nur mehr sein Heil in der Flucht suchen. Was bringt es ihm da noch, seinen Bruder zu erschlagen? Er hat sowieso ausgespielt. Meinst du, er dachte, wenn ich schon nicht die Leitung übernehmen kann, dann soll es auch Paul nicht können?"

„Mir macht die Art und Weise der Opferablage Kopfzerbrechen. Ulrich wird am Todesengel auf dem Familiengrab aufgehängt. Paul wird an ein Kreuz gebunden. Das bedeutet doch etwas. Es ist auf jeden Fall viel Hass im Spiel. Oder der Mörder ist vollkommen verrückt. Kann natürlich auch sein."

Ebner holte sich ein Glas Wasser.

„Eines steht wenigstens fest: Ulrich und Paul sind keine Zufallsopfer. Beide Opfer sind Rumbachs. Die Familie wurde gezielt ausgesucht. Entweder ist einer aus der Familie der Mörder oder es muss jemand einen wahnsinnigen Hass auf die Leute haben."

„Wir müssen uns morgen mit dem Personal beschäftigen. In einem Zeitraum von, sagen wir, zwanzig Jahren. Köchin, Haushaltshilfe, Putzfrau, Gärtner, Chauffeur, was weiß ich. Jeder, der mit den Rumbachs zu tun hatte. Vielleicht liegt da der Schlüssel, den wir suchen."

„Das wird ein Haufen Arbeit."

„Wir nehmen uns jeden Mann, den wir kriegen können. Alles andere muss jetzt liegen bleiben. Es ist Knochenarbeit, aber vielleicht bleibt eine Person, ein Vorfall, eine Ungereimtheit im Netz hängen. Wäre nicht das erste Mal."

„Und wenn es doch jemand aus der Familie war?" Ebner raschelte mit einem Kunststoffpäckchen und steckte sich ein Hustenbonbon in den Mund. Er streckte Kammerlander die Packung hin, doch der schüttelte verneinend den Kopf.

„Wir haben wieder jede Menge Möglichkeiten", schmatzte Ebner. Er schob das Bonbon von einer Backe in die andere.

„Theoretisch hätte jeder in der Familie gestern nach acht noch wegfahren, den Mord begehen und anschließend das Auto parken können, wo es vorher gestanden war."

Kammerlander starrte nachdenklich auf den Schreibtisch. „Wieso ist Paul Rumbach gestern Abend noch zum Steinbruch gefahren? War er dort mit seinem Mörder verabredet? Wir müssen seine Handyverbindungen überprüfen. Mit wem hat er telefoniert? Vielleicht ist er abends noch angerufen und zum Steinbruch bestellt worden? Das Florianikreuz ist keine fünfhundert Meter entfernt. Dahin muss er zu Fuß gegangen sein."

„Oder er wurde abgeholt und ist dahin gebracht worden."

„Oder das. Vielleicht gibt es verwertbare Reifenspuren."

Sie machten eine Liste für den nächsten Tag. Es würde heiß hergehen. Als sie um zehn das Büro verließen, wussten sie noch nicht, wie heiß.

25

Über Nacht war es wärmer geworden. Föhn hatte eingesetzt, die klirrende Kälte war gebrochen. Erstmals seit Tagen würde es das Thermometer heute wieder in den Plusbereich schaffen. Kammerlander registrierte die Erwärmung dankbar. Bei diesen Temperaturen schaffte es die alte Autoheizung auch ohne seine Hilfe, die Windschutzscheibe eisfrei zu halten.
Er parkte sein Auto im Hinterhof der Dienststelle und strebte zum Eingang.
„Guten Morgen, Herr Abteilungsinspektor."
Witts rundes Gesicht strahlte ihm entgegen. Er stand in der Tür zum Bereitschaftszimmer und hatte eine Zeitung in der Hand. Sein Hemd stand ihm hinten aus der Hose.
„Es steht schon alles drin. Weiß der Himmel, wo diese Reporter die Informationen so schnell herbekommen."
Kammerlander nickte. Er hatte die Zeitung schon beim Frühstück überflogen. Gott sei Dank war er schon vom Fundort weg gewesen, als die Reporter aufgetaucht waren. Die dicke Schlagzeile sprang einem sofort in die Augen. Noch ein Rumbach ermordet! Ein Bild beim Florianikreuz vom Abtransport des Metallsarges. Und es fanden sich die ersten vagen Anspielungen auf eine Täterschaft Sepp Rumbachs zwischen den Zeilen. Die Fahndung nach ihm und das finanzielle Chaos der Firma waren natürlich nicht lange verborgen geblieben.
„Die hören den Polizeifunk ab, Witt. Das ist eben so."

„Tja, was ich noch sagen wollte, Herr Abteilungsinspektor ... Weil ich hab dann ja frei ... Also, Sie haben doch nach den Rumbachs gefragt. Meine Tante war da ja einmal Köchin –"

„Ich erinnere mich. Was wollen Sie mir sagen?"

„Ja, äh, ich hab sie gefragt, ob sie sich an etwas Besonderes aus dieser Zeit erinnern kann. Sie sagte, einmal hatte es einen Streit zwischen dem alten Rumbach und seinen Neffen gegeben."

„Hat sie mitbekommen, um was es bei diesem Streit ging?"

Witt schüttelte den Kopf.

„Sie war in der Küche und hat nichts verstehen können, nur dass es laut geworden ist, das hat sie mitgekriegt. Als die Jungen dann aus dem Zimmer gekommen sind, hat der Alte ihnen noch eine Drohung nachgerufen. Sie sind dann wie die geprügelten Hunde an der Küche vorbeigeschlichen."

„Konnte sich Ihre Tante noch an den Wortlaut der Drohung erinnern?"

„Nein. Nur, dass es etwas mit dem Gefängnis zu tun hatte."

„Aha."

„Ja ... und noch was. Mein Neffe hat einen Kumpel, der kommt viel herum ... Also, der sagt, diese Rita Rumbach wär' alles andere als eine Dame. Er war einmal mit ein paar Freunden in Graz, so ein bisschen einen draufmachen, hat er gesagt ... Da hätt' er sie gesehen ... also, in einem Bordell ..."

Kammerlanders Gesicht verfinsterte sich.

„Man muss nicht alles glauben, was einem die Leute erzählen, Witt. Da kann man leicht in Teufels Küche kommen." Er trat dicht an ihn heran.

„Haben Sie verstanden?"

Witt zuckte zusammen.

„Ja, natürlich. Es wird ja so viel geredet ..."

„Eben."

Kammerlander wandte sich der Stiege zu. „Und stecken Sie endlich Ihr Hemd in die Hose!"

Schlecht gelaunt betrat er das Büro. Langmann saß an seinem Schreibtisch und hörte sich gerade die Neuigkeiten von Ebner an.

„Na, geht's wieder?"

Langmann nickte. „Nur eine Magenverstimmung ...", murmelte er.

Kammerlander musterte ihn unauffällig. Hohlwangig, violette Flecken im Gesicht, ein großes Pflaster auf der Stirn.

„Hast du mit Schwarzenegger gerauft?"

„Ach, das." Langmann griff sich auf die Stirn. „Bin auf der Stiege ausgerutscht."

„Aha. Nun, solange es keine edlen Teile erwischt ... Was Neues von Sepp Rumbach?"

Ebner schüttelte den Kopf.

„Nicht mal eine Spur."

Seufzend zog Kammerlander seine Jacke aus und krempelte die Ärmel hoch.

Der Tag würde arbeitsreich werden.

Die ersten Stunden vergingen wie im Flug. Alle verfügbaren Beamten waren an dem Fall dran. Die derzeitigen und ehemaligen Bediensteten der Rumbachs wurden erfasst und befragt.

Paul Rumbachs Handy wurde gecheckt, die Liste der Anrufe wurde ihnen gefaxt. Die Auswertung ergab nichts Greifbares. Der einzige interessante Anruf war am Samstagabend kurz nach acht gekommen, konnte aber nicht zurückverfolgt werden. Der Anrufer hatte von einer öffentlichen Telefonzelle in Bärnbach angerufen.

Um elf bekamen sie den Bericht der Spurensicherung. In Paul Rumbachs Rover waren nur seine eigenen Fingerabdrücke und DNA-verwertbaren Spuren wie Haare und Zigarettenkippen gefunden worden. Keine Spuren einer anderen Person. Das Büro war verschlossen gewesen, Paul hatte es wahrscheinlich gar nicht betreten. Keine Fußabdrücke, der Schnee im Hof war geräumt worden.

Am Tatort waren die Fußspuren von Dr. Schneider und dem Streifenbeamten, der zuerst am Tatort war, ausgesiebt worden. Was übrig blieb, waren die Profilabdrücke von Paul Rumbachs Stiefeln und große Abdrücke ohne Profil. Der Form nach konnten es die Abdrücke von Filzgaloschen sein, wie man sie beim Eisstockschießen trug.

Einen Meter vor dem Kreuz hatte man eine verwischte Blutspur gefunden. Dann eine Blutlache unter dem Kreuz, einige Spritzer ein Stück entfernt im Schnee und an einer der Gedenktafeln. Der Ablauf des Mordes wurde folgendermaßen angenommen: Das Opfer ging auf das Kreuz zu, der Täter schlug ihm seitlich von hinten auf den Kopf, was Bewusstlosigkeit zur Folge hatte. Der Täter legte die Schlagwaffe auf den Boden, nahm eine Wäscheleine, zerrte das Opfer zum Kreuz und band es mit der Leine fest. Dann führte er noch einen gezielten Schlag auf den Schädel des Opfers, der sofort tödlich war. Wie der Arzt es schon vermutet hatte. Keine Fingerspuren oder sonstige Hinweise auf den Täter.

„Der Kerl ist ein Planer." Ebner tippte mit dem Zeigefinger auf den Bericht. „Er hat Handschuhe getragen, wahrscheinlich auch eine Haube, damit kein Haar zu Boden fallen konnte. Aber nicht nur das. Er denkt sogar daran, Filzgaloschen mitzunehmen, um keine Schuhabdrücke zu hinterlassen. Der hat den Mord in allen Einzelheiten durchgedacht."

Kammerlander nickte.

„Spielen wir einmal nach, wie die Sache abgelaufen sein könnte. Die Kaffeegesellschaft löst sich auf, die letzten Gäste fahren ab. Der Mörder fährt nach Bärnbach, ruft von einer Telefonzelle aus Paul an und bestellt ihn – unter welchem Vorwand auch immer – zum Steinbruch. Dort wartet er auf ihn. Sie gehen – oder fahren im Wagen des Mörders – zum Florianikreuz. Warum gerade dorthin? Warum geht oder fährt Paul mit? Was hat dieser Ort für eine Bedeutung? Wir wissen es nicht. Paul steigt aus. Arglos geht er vor seinem Mörder zum Kreuz. Der Täter streift sich die Filzgaloschen über und den Rest kennen wir."

Ebner hob die Hand und zählte an seinen Fingern ab.

„Er muss die Tatwaffe, die Filzpantoffeln und die Wäscheleine bei sich gehabt haben. Wahrscheinlich noch

eine Taschenlampe. Er muss ein Kleidungsstück mit großen Taschen getragen haben."
„Einen Mantel, einen Umhang vielleicht. Er könnte auch einen Rucksack dabeigehabt haben. Und wieder legt er keinen Wert darauf, es wie einen Raubmord aussehen zu lassen. Uhr, Brieftasche und Handy des Opfers hat er nicht angerührt."
Ebner besah sich die Fotos vom Fundort. Plötzlich stutzte er.
„Sieh mal hier."
Er ging zu Kammerlander an den Schreibtisch und legte ihm ein Foto hin. Die Aufnahme zeigte Paul am Kreuz hängend und die drei Gedenktafeln rundherum.
„Hm. Ja, und?"
„Schau dir einmal die Schneehauben an. Auf dem Pfosten oben auf dem Kreuz ist eine Haube, ebenso oben auf den Gedenktafeln. Auf den Deckeln der Grablichter sind keine." Er deutete mit dem Finger auf die entsprechenden Stellen. „Die müssen also später hingestellt worden sein."
Kammerlander sah sich die Aufnahme genau an.
„Du meinst …"
„Vielleicht hat der Täter die Grablichter mitgebracht. Damit er genug sehen konnte. Wäre doch möglich. In diesem Waldstück muss es in der Nacht total finster sein."
„Wie soll man sich das vorstellen? Er schlägt Paul nieder und zündet dann die Kerzen an. Damit hat er genug Licht, um Paul gut an dem Balken festzubinden. Er kann auch sehen, wie er zum tödlichen Schlag ausholen muss. Dann

steckt er seine Sachen wieder ein und – lässt die Kerzen brennen. Ich meine mich zu erinnern, dass die Grablichter heruntergebrannt waren."
„Vielleicht hat er seine eigene Aufbahrungshalle inszeniert."
„Für Inszenierungen scheint er ein Faible zu haben. Denk nur an den Todesengel."
„Meinst du, Sepp Rumbach wäre so durchgeknallt?"
„Wer weiß das schon. Ich rufe Longjohn an. Vielleicht haben die Kollegen inzwischen etwas aus der Vergangenheit ausgraben können."
Doch diese Hoffnung erfüllte sich nicht. Die Telefone liefen heiß, die Angestellten der Rumbachs hätten nur allzu gerne etwas zur Aufklärung beigetragen. Es gab genug Hinweise und Begebenheiten, die man über die ‚feinen Herrschaften' auf Lager hatte, aber da war nichts dabei, was sie nicht schon wussten. Unter dem Strich gab es keinen brauchbaren Hinweis, keine verwertbare Spur oder einen neuen Denkansatz.
Am frühen Nachmittag fuhren Kammerlander und Ebner zum Haus der Rumbachs. Sie wollten sich Pauls Wohnung ansehen. Vielleicht gab es dort einen Hinweis, der zum Täter führte oder zum Motiv des Mordes.

Die Wohnung wirkte vernachlässigt. In der Küche stapelte sich dreckiges Geschirr, vor allem gebrauchte Gläser. Im Wohnzimmer standen ein leeres Glas und eine Menge leerer Flaschen auf dem Couchtisch. Auf der Sitzgruppe lagen Autozeitschriften und Pornohefte zerdrückt zwischen

Kissen. Im Schlafzimmer roch es muffig. Das Bett war ungemacht und überall lagen Kleidungsstücke herum.
„Das nenne ich einen Männerhaushalt", grinste Ebner.
Sie teilten sich die Räume auf. Kammerlander untersuchte Küche und Wohnzimmer, Ebner übernahm das Schlafzimmer und das Bad. Kammerlander ging zum Schreibtisch. Er war nicht versperrt. Die oberen Laden enthielten Geschäftsunterlagen und persönliche Dokumente. Das unterste Fach war vollgestopft mit Zetteln, darauf lagen ein Schreibblock und ein Flachmann. Kammerlander nahm die schmale Schnapsflasche heraus und schüttelte sie. Ein kleiner Rest der Flüssigkeit gluckste entrüstet.
Sein Blick fiel auf die Zettel unter dem Schreibblock. Ein paar Worte, von Hand geschrieben, und Striche von einer Zeichnung waren zu erkennen. Er griff unter den Block und zog den Packen loser Blätter heraus. Sie schienen alle mit Kugelschreiber beschrieben zu sein. Kammerlander pfiff durch die Zähne.
Die Schrift war krakelig und ungleichmäßig groß, doch man sah, dass es immer der gleiche Verfasser war. ‚Ulrich, du Schwein!', stand auf einem der Blätter, kreuz und quer über die Seite geschrieben. ‚Verfluchter Scheißkerl! Verrecken sollst du!', las er auf einem anderen. Auf ein paar Seiten waren Zeichnungen hingekritzelt. Ein Schwein war zu erkennen, über den Rüssel war ‚Ulrich' geschrieben. Er blätterte durch den Stapel und fand immer neue Schimpftiraden und Hassausbrüche. Ein Foto von Ulrich Rumbach lag dazwischen, eine Ganzkörperaufnahme. Das Gesicht war mit Kugelschreiber so heftig durchgestrichen, dass

ein Stück aufgerissen war. Ein riesiges Messer mit Kugelschreiber gezeichnet zielte auf das Herz des Mannes. Ein Loch vor dem Messer zeugte davon, dass die Spitze des Stiftes symbolisch in das Herz getrieben worden war.
Kammerlander starrte auf die Blätter. Geballter Hass schrie ihm entgegen. Wie verzweifelt musste Paul gewesen sein, dass er sich nicht anders zu helfen gewusst hatte, als seine ohnmächtige Wut auf Zettel zu krallen? Dass er seinen Hass nicht herausschreien konnte, sondern ihn immer aufs Neue schriftlich postulierte, bekräftigte, für sich, nur für sich. Dass dies die einzige Möglichkeit für ihn war, die Autorität und Allmacht seines Onkels auszuhalten? Paul hatte die Zettel nicht weggeworfen, sondern in seinem Schreibtisch verwahrt. Ein Schrein für seine dunkle Seite und seinen Widerstand. Wie oft hatte er sie wohl herausgenommen und angestarrt, völlig benebelt vom Alkohol?
„Teufel auch!"
Kammerlander zuckte zusammen.
Ebner war unbemerkt hinter ihn getreten und sah ihm über die Schulter.
„Der Junge hat aus seinem Herzen keine Mördergrube gemacht. Unser Paul hat sich hier ganz schön abreagiert. Da kann man fast Mitleid kriegen."
„Ja." Kammerlander räusperte sich. „Was wir hier sehen, ist bemitleidenswert. Der Hass auf seinen Onkel muss ihn aufgefressen haben."
„Ich habe im Badezimmer auch etwas Interessantes gefunden. Paul hatte eine hübsche kleine Apotheke im Schränkchen. Beruhigungspillen, Muntermacher und Schlaftablet-

ten. Quer durch den Gemüsegarten. Zusammen mit dem Alkohol ergab das bestimmt eine prickelnde Mischung."
„In dieser Familie stimmt einiges nicht. Jeder stellt Ulrich Rumbach als Mensch ein untadeliges Zeugnis aus. Edel, hilfreich und gut. Aber sein Neffe Paul hat ihn gehasst. Aus tiefster Seele. Ich stelle mir vor, bei Sepp wird es nicht viel anders gewesen sein. Also nach außen hin ein Wohltäter, innerhalb der Familie ein Despot. Klingt das für dich plausibel?"
„Unbedingt."
Kammerlander stand auf und ging zum Fenster. Er sah den Audi des Steuerberaters vor der Stiege parken. Der hatte hier in nächster Zeit wohl einiges zu tun.
Sein Blick wanderte zu Ritas Haus. Er würde noch einmal zu ihr gehen. Vielleicht war sie zu Hause. Er musste mit ihr sprechen. Über … den Vorfall neulich. Er würde sich entschuldigen, würde ihr sagen … ja, was? – Egal was. Er konnte das Ganze nicht einfach so im Raum stehen lassen. Er musste die Situation bereinigen. Vorher hatte er keine Ruhe.
„Mach du hier noch weiter", sagte er zu Ebner. „Vielleicht entdeckst du noch etwas Brauchbares. Nimm alles mit, was für uns von Wert sein könnte."
„Und was machst du?"
„Ich gehe kurz zu Rita Rumbach."
„Allein?"
„Ja. Ich muss da etwas klären."
Wieder fühlte er die Blicke seines Kollegen im Rücken.

Er betrat die Werkstatt, aber da war sie nicht. Er wollte schon gehen, als er Geräusche aus dem anderen Raum hörte. Er ging um die Werkbänke herum zum Tonraum. In der Tür blieb er wie vom Donner gerührt stehen.

Sie war nicht allein. Sie stand an den Brennofen gelehnt, in inniger Umarmung mit Dr. Meinhart. Der stand mit dem Rücken zu ihm. Ihr Arbeitskittel und ihre Bluse waren offen, ihre Hände waren unter dem Jackett des Steuerberaters verschwunden. Sie hatte die Augen geschlossen. Beide keuchten leise.

Im ersten Moment wollte er losstürzen und den Mann von ihr wegreißen. Doch er stand wie festgewachsen. Seine Beine gehorchten nicht.

Dann sah sie ihn. Ihre Augen weiteten sich, doch sie tat nichts, schob den Mann nicht von sich weg. Sie ließ ihn gewähren, während sie Kammerlander in die Augen sah. Ihm war, als würde Spott, nein, Triumph in ihren Augen leuchten.

Seine Erstarrung löste sich mit dem Anwachsen der Übelkeit. Er drehte sich um und verließ das Atelier. Ihm war eiskalt.

„Na, hast du alles geklärt?", fragte Ebner, als sie sich beim Auto trafen.

Kammerlander sah ihn ausdruckslos an.

„Ja. Jetzt ist alles geklärt."

26

Das Kind schrie.
Es war kein Schmerzensschrei, das erkannte die Mutter sofort.
Es war auch kein Wutschrei, etwa, weil der Ball an eine Stelle gerollt war, an die das Kind nicht herankam.
Es war ein spitzer hoher Schrei. Voller Angst und Entsetzen.
Die Mutter eilte herbei und sah, dass das Kind auf dem Boden lag und wegkroch. Sie lief hin und fasste es an den Schultern, um es aufzurichten. Ein weiterer gellender Schrei folgte. Das Kind drehte den Kopf und erkannte seine Mutter.
„Da – da – da …"
Es atmete immer heftiger ein, röchelte fast, als hätte es Asthma. Die Mutter nahm es in seine Arme und sprach beruhigend auf es ein. Doch das Kind entwand sich ihr und zeigte mit der Hand auf etwas hinter ihr.
„Da!" Und wieder mit aufgerissenen Augen: „Da!"
Die Mutter drehte sich um, aber sie sah nichts Außergewöhnliches. Da war nur der Brunnen im Stadtpark, der über die Winterzeit verhüllt war. Das ganze Becken samt der hohen Figur war in dickes Plastik gepackt und wartete auf seine Enthüllung im Frühjahr.
Sie drehte sich wieder zu dem Kind um und schüttelte verständnislos den Kopf.
„Da. Im Brunnen …", flüsterte das Kind.

Die Mutter trat an den Beckenrand.
Die Eiskristalle auf der Plastikfolie waren getaut und rannen in kleinen Rinnsalen nach unten.
Blicklose Augen in einem Gesicht mit blauschwarzen Schatten sprangen sie an.

Als sie ins Büro zurückkamen, wartete Langmann schon auf sie. Er hatte den vorläufigen Obduktionsbefund vor sich liegen. Ebner und Kammerlander stellten ihre Papiersäckchen auf den Schreibtisch. Auf dem Weg hierher hatten sie in einer Konditorei Krapfen gekauft. Es war schließlich Faschingszeit, obwohl sie davon kaum etwas merkten. Das Mittagessen war heute ausgefallen.
Kammerlander sah erstaunt auf die Akte.
„Das ging aber fix."
„Unser Kommandant hat wohl auf die Dringlichkeit hingewiesen."
Langmann schob die Akte zusammen und legte sie auf Kammerlanders Schreibtisch. Dieser schüttelte den Kopf.
„Ich lese den Bericht später genauer durch. Sag uns doch vorab schon einmal das Wichtigste, was drin steht."
„Tja, zunächst einmal hatte Paul Rumbach eins Komma vier Promille Alkohol im Blut."
„Das wird wohl der Normalpegel bei ihm gewesen sein", warf Ebner ein. Er ging zur Kaffeemaschine und füllte Wasser ein.
„Dann die Verletzungen. Es wurden wieder Eisenpartikel in beiden Kopfwunden gefunden. Der erste Schlag machte das Opfer bewusstlos, der zweite war tödlich. Es wurde

die Schädeldecke zerschmettert, das Hirn war nur mehr Brei. Die Wunde sitzt links von der Mitte, das heißt, der Täter war Rechtshänder."
„Dieselbe Tatwaffe?", fragte Ebner, als er Kaffeepulver in den Filter schüttete.
„Sehr wahrscheinlich. – Ah ja, noch etwas. Es wurden Schnittwunden am Bauch festgestellt. An diesen Wunden wäre er aber nicht gestorben."
Kammerlander zog scharf die Luft ein.
„Wurden sie dem Opfer post mortem zugefügt oder hat Paul da noch gelebt?"
„Post mortem."
„Ulrich Rumbach hatte auch Schnittwunden. Allerdings auf der Stirn."
„Es sind Fotos in der Akte. Schau sie dir an."
Kammerlander blätterte in den Papieren und zog die Bilder heraus. Zwei legte er vor sich auf den Tisch.
„Hier liegt er auf dem Seziertisch, noch angekleidet. Die Jacke steht offen, Pullover und Hemd sind am Bauch zerschnitten."
„Fast zerfetzt, könnte man sagen." Langmann stellte sich auf Kammerlanders Seite und sah ihm über die Schulter.
„Und hier ist eine Detailaufnahme der Bauchwunden. Schnitte, nicht allzu tief. Sie erinnern mich an die Verletzungen auf Ulrich Rumbachs Stirn."
Ebner stellte sich auf Kammerlanders andere Seite.
„Eindeutig. Sie sehen nicht aus, als wären sie zufällig geführt worden." Ebner rieb sich das Kinn. „Ich muss wieder sagen, für mich sieht das aus wie Runen."

Alle drei starrten auf das Foto.

„Wurde die gleiche Klinge benutzt?"

„Das Labor sagt, das sei wahrscheinlich. Aber um sicher zu sein, müssten sie die Klinge vorliegen haben."

Kammerlander nahm einen Zettel und zeichnete die Schnitte nach.

„Das könnten ein P und ein V sein", murmelte Ebner.

Kammerlander griff in seine Schreibtischlade und holte den ersten Zettel heraus, auf den er die Schnittwunden von Ulrich Rumbach gezeichnet hatte.

Er legte ihn neben den neuen. Dann schob er ihn auf die andere Seite.

Er schüttelte den Kopf.

„Das ergibt keinen Sinn."

„Sind wir eigentlich sicher, dass das Buchstaben sein sollen?", fragte Langmann. „So eine Art Botschaft?"

„Nein. Wir sind uns über gar nichts sicher."

„Wenn wir allerdings davon ausgehen, wie akribisch sich der Täter auf den Mord an Paul vorbereitet hat, kann man schon annehmen, dass er mit diesen Schnitten etwas bezwecken will." Ebner begann erneut, die Zettel hin und her zu schieben. „Für ihn haben diese Zeichen eine Bedeutung. Oder was meint ihr?"

„Du denkst, er veranstaltet so eine Art Schnitzeljagd?" Langmann rieb sich das unrasierte Gesicht. „Er gibt uns ein Rätsel auf?"

„Nicht unbedingt. Vielleicht ist das für ihn der Abschluss seiner Tat. Als ob er das Opfer kennzeichnen will. Seine Signatur hinterlassen, wenn du so willst."
„Aber die Zeichen sind unterschiedlich. Eine Signatur ist das nicht."
„Hm."
„Vielleicht kann der Kerl einfach nicht aufhören." Langmann fuchtelte unbestimmt mit den Händen. „Der Tod des Opfers ist nicht genug, er muss ihn auch noch aufschlitzen. Wie im Blutrausch."
Ebner schüttelte den Kopf.
„Dann wären die Schnitte tiefer gewesen."
Der Tod des Opfers war nicht genug. Kammerlander sah sich wieder die Fotos an. Lange hatte Paul seinen Onkel nicht überlebt. Wenn man bedachte, wie sehr er ihn gehasst hatte, war das fast ein Hohn. Die Todesart war zwar eine andere, aber die Zurschaustellung der Leichen hatte Parallelen. Sie waren für alle sichtbar hingehängt worden, eine öffentliche Preisgabe. Kein Sterben in Würde, eine Hinrichtung am Pranger.
„Der Tod des Opfers war nicht genug …", murmelte Kammerlander.
Die Kaffeemaschine gluckste zustimmend.
Die Tür ging auf und Kommandant Starkl schnaubte herein. Er sah schlecht aus. Sein Gesicht wirkte eingefallen, er schien abgenommen zu haben.
„Meine Herren, es ist gerade die Meldung von einer weiteren Leiche hereingekommen." Er sah sie vorwurfsvoll an, als hätten sie es verabsäumt, ihm diesen Stress zu er-

sparen. Mit fahrigen Bewegungen holte er ein Taschentuch aus der Hosentasche.
Ebner erholte sich als Erster von der Überraschung.
„Doch nicht schon wieder ein Rumbach?"
„Machen Sie keine blöden Witze!", sagte Starkl genervt. Er wischte sich über die Stirn. „Das fehlte noch. – Sie müssen da auf alle Fälle hin. Männliche Leiche. Liegt im Bärnbacher Stadtpark im Brunnen."
„Ertrunken?"
„Keine Ahnung."
Kammerlander nickte.
„Wir kümmern uns darum."
„Das wird mir alles zu viel", murmelte Starkl im Hinausgehen. „Das kann doch alles nicht mehr wahr sein …"

27

Sie standen vor dem Mosesbrunnen im Stadtpark von Bärnbach. Professor Ernst Fuchs, ein Begründer der Wiener Schule des Phantastischen Realismus, hatte den Brunnen 1998 geschaffen. Das Becken hatte einen siebeneckigen Grundriss und war mit Glasmosaikteilchen und Kieselsteinen bunt ausgelegt. Auch der Sockel, auf dem die Bronzefigur des Moses stand, war mit Glasteilen verkleidet. Im Winter war von der ganzen Pracht nur wenig zu sehen, denn man wollte das empfindliche Kunstwerk vor Witterungseinflüssen schützen. Das Wasser war aus dem Brunnen entfernt worden; Styroporflocken, ein dämmendes Vlies und darüber eine wasserabweisende Plastikfolie umhüllten die Mosesfigur und das Becken.
Kammerlander, Ebner und Dr. Schneider standen schweigend vor dem Brunnen und warteten, bis die Leute von der Spurensicherung ihre Fotos geschossen hatten. Danach traten sie an den Beckenrand. Der Körper des Toten lag im Becken, teilweise unter dem Vlies verborgen. Der halbe Oberkörper und das Gesicht waren nur von der durchsichtigen Folie bedeckt. Direkt hinter dem Kopf des Mannes ragte die Mosesfigur auf, verhüllt und stumm.
Man sah, dass die Folie über dem Gesicht ein wenig zur Seite geschoben worden war; Dr. Schneider hatte von Amts wegen den Tod feststellen müssen. Das war allerdings reine Formsache gewesen, wie der Arzt mit einem Blick festgestellt hatte.

Kammerlander erkannte den Mann sofort. Eine lange Strähne dünnen Haares legte sich von der Seite quer über das Gesicht. Eine zweite verlief vom Ohr über den Hals. Sonst war der Mann fast kahl. Die zu Lebzeiten eitel und kunstvoll drapierten Seitenhaare hatten Josef Rumbach im Tod zum Clown degradiert. Im linken Mundwinkel hing eine Styroporflocke, als hätte er sie vor seinem Tod noch ausspucken wollen.
Kammerlanders Hals war trocken. Er war eigentlich nicht überrascht. Hatte er das erwartet? Hatte er erwartet, Sepp Rumbach nur noch tot anzutreffen? Nein, nicht wirklich. Trotzdem. Es passte. Ein Gefühl des Verstehens breitete sich in ihm aus. Der Flügel des Todesengels hatte die drei Rumbachs gestreift. Es hatte keinen Ausweg gegeben. Keine andere Möglichkeit. Er wusste nicht, wieso er sich da so sicher war.
Ebner atmete heftig ein.
„Ist das …"
Kammerlander nickte.
„Ja, er ist es."
„Da soll mich doch …"
Kammerlander erklärte Dr. Schneider, wer da vor ihnen lag. Der Arzt schnaubte.
„Herrgott! Was ist das hier? Spielt jemand ‚Zehn kleine Negerlein'? Es kommt einem vor, als sollte die Familie ausgerottet werden." Der Arzt streifte sich Handschuhe über. „Buchstäblich."
„So wie er aussieht, liegt er schon ein Weilchen da." Kammerlander sah Dr. Schneider auffordernd an.

„Jetzt wollen Sie natürlich gleich wissen –"
„Also?"
„Himmel!" Der Arzt beugte sich zu dem Toten. „Aufgrund der Totenflecken, hm … man muss ja auch berücksichtigen, dass es in den letzten Tagen klirrend kalt war, der Frost hat ihn gut konserviert … tja, hm, ich würde sagen, so über den Daumen, der Tod ist vor drei bis vier Tagen eingetreten."
„Wieso …" Ebners Stimme kippte.
Er räusperte sich.
„Wieso hat man ihn nicht früher gefunden? Er lag doch da wie auf dem Präsentierteller?"
„Sie dürfen die Kälte nicht vergessen." Dr. Schneider richtete sich wieder auf. „Erstens hat es geschneit. Dann kommt noch der Frost hinzu. Die Feuchtigkeitspartikel wurden zu Eiskristallen. Die durchsichtige Plastikfolie wurde von einer weißen Eis- und Schneeschicht überzogen. Selbst die eingepackte Mosesfigur sah aus wie eine Eisskulptur. Erst als es wärmer wurde, sind die Eiskristalle wieder zu Wasser geschmolzen. Das Wasser lief ab, man konnte durch die Folie sehen."
Jetzt beugte sich Kammerlander zu dem Toten hinab.
„Was war die Todesursache, Doc? Ich kann zwar nur das Gesicht sehen, aber der Schädel scheint ihm nicht eingeschlagen worden zu sein."
„Nein. Zumindest nicht im vorderen Bereich. Ich habe auch schon darüber nachgedacht. Ich kann keine äußeren Verletzungen feststellen. Aber viel sieht man ja nicht von ihm. Keine Würgemale jedenfalls …"

„Vielleicht eine Kugel oder ein Messerstich?", sinnierte Ebner.
„Ich bin kein Hellseher. Wenn die Leute von der Gerichtsmedizin ihn aus dem Brunnen gehoben haben, wissen wir mehr."
„Na, ertrunken wird er ja wohl nicht sein."
„Wie? Ach so, Sie meinen, weil kein Wasser im Becken ist. Hm … ertrunken, hm …"
Er beugte sich wieder über den Beckenrand und nahm den Toten genauer in Augenschein.
Eine Anzahl Schaulustiger hatte sich um die Absperrung aufgestellt und glotzte. Der Wagen der Gerichtsmedizin bahnte sich mühsam einen Weg zum Brunnen. Der Tote wurde hochgehoben und auf eine Plane gelegt. Seine Hände waren auf dem Rücken gefesselt.
Dr. Schneider untersuchte den Mann rasch nach sichtbaren Verletzungen.
„Kein Einschuss, keine Stichwunde …", murmelte er.
„Helfen Sie mir, ihn umzudrehen."
Die Hose über dem Gesäß war zerschnitten, blutige Stofffetzen hingen an den Seiten herab.
„Na, da haben wir doch schon etwas."
Der Arzt legte das Hinterteil des Toten frei.
Ebner musste an sich halten, um nicht hysterisch loszulachen.
„Das Gesäß weist mehrere Schnittwunden auf. Zickzackmuster."
Dr. Schneider richtete sich wieder auf. „Aber daran ist er nicht gestorben."

Kammerlander trat an den Toten heran. Er wusste die Antwort bereits, fragte aber trotzdem: „War er noch am Leben, als er geschnitten wurde?"
„Ich glaube nicht."

Sie setzten sich in Kammerlanders Auto.
„Sepp Rumbach kann seinen Bruder also nicht umgebracht haben. Als Paul am Samstag ermordet wurde, war Sepp bereits tot. Das wenigstens wissen wir."
Kammerlander starrte auf das Armaturenbrett.
„Es ist jemand aus der Familie." Ebner drehte das Seitenfenster ein Stück nach unten. „Von geschäftlicher Seite her gibt es keinen Anhaltspunkt. Die Rumbachs haben niemanden in den Ruin getrieben oder übervorteilt, niemandes Existenz wurde gefährdet. Das haben wir gecheckt. Bei den ehemaligen und derzeitigen Angestellten haben wir auch nicht den Hauch eines Motivs gefunden. Was bleibt also übrig? Die Familie."
Kammerlander schwieg.
„Oder was meinst du?"
„Mhm."
Ebner wurde ungeduldig. So antriebslos hatte er seinen Kollegen selten erlebt. Das lag mit Sicherheit an dieser Frau. Seit er sie kannte, hatte sich Kammerlander verändert.
„Wir sollten jetzt zu den Rumbachs fahren und ihnen die Nachricht von Sepps Tod überbringen." Er drehte die Scheibe wieder nach oben.
Kammerlander startete den Wagen.

„Ruf Longjohn an, Kurt. Der weiß noch nichts. Er soll die Fahndung nach Sepp Rumbach abblasen. Und er soll auch Starkl Bescheid sagen. Unser Kommandant muss sich auf eine Pressekonferenz vorbereiten."

Bei den Rumbachs angekommen, teilten sie sich auf.

„Ich fange mit dem Haupthaus an." Kammerlander wies mit dem Kinn zum Atelier. „Geh du zu Rita und Thomas."

„Willst nicht lieber du ...?", fragte Ebner.

„Nein. Besser, du machst das."

Hermine bekam einen Heulanfall, als sie vom Tod ihres Mannes erfuhr.

Es dauerte geraume Zeit, bis sie in der Lage war, auf Kammerlanders Fragen zu antworten. Etwas Brauchbares erfuhr er nicht. Sie hatte seit Donnerstag nichts mehr von ihrem Mann gehört.

Im Haupthaus sprach er zuerst mit Martha Rumbach. Sie war tief getroffen, Kammerlander musste sie stützen und zu einem Stuhl führen. Sie hatte innerhalb von zwei Tagen beide Söhne verloren. Gott sei Dank kam Manfred dazu. Er führte Martha Rumbach in ihre Wohnung und rief den Hausarzt an. Dann kam er zu Kammerlander in die Küche.

„Ich habe schon jedes Mal Angst, wenn Sie hierherkommen." Er setzte sich zu Kammerlander an den Küchentisch. „Sie sind wie ein Todesengel."

„Ich bin es nicht, der tötet."

„Nein. Natürlich nicht. Verzeihen Sie, aber ... Das war alles ein bisschen viel in letzter Zeit."

„Kann ich verstehen. Herr Roselli, wir müssen davon ausgehen, dass sich der Mörder in dieser Familie befindet. Können Sie mir irgendetwas dazu sagen? Haben Sie etwas bemerkt, das Ihnen merkwürdig vorgekommen ist? Hat sich jemand in letzter Zeit anders verhalten als sonst?"
„Nein." Er schüttelte langsam den Kopf. „Nein. Nicht, dass ich wüsste. Aber das will nicht viel heißen. Ich habe die Familie in den letzten Tagen kaum getroffen. Seit Onkel Ulrichs Tod habe ich mich rargemacht. Mit ihm habe ich auch meine Heimat hier verloren."
„Wissen Sie schon, was Sie machen werden, wenn ... das hier vorbei ist?"
Manfreds Augen bekamen einen träumerischen Ausdruck. Wieder fiel Kammerlander auf, was für ein attraktiver junger Mann er war.
„Ich werde weggehen. Nach Italien wahrscheinlich. Dort ist meine eigentliche Heimat. Ich warte nur noch auf die Gedenkfeier für meinen Onkel. Das heißt, unter diesen Umständen wird es wohl eine Feier für alle drei Verstorbenen werden. Danach werde ich diese Familie verlassen. Hier hält mich nichts mehr."
„Lassen Sie hier niemanden zurück, der Ihnen am Herzen liegt? Eine Freundin vielleicht? Ich meine, in Ihrem Alter wäre das nur zu verständlich."
Manfred lächelte.
„Nein, Herr Kammerlander. Für eine Freundin hatte ich bis jetzt keine Zeit. Ist wohl auch besser so."
Der Nächste auf seiner Liste war Wendelin Rumbach. Auch er schien von der Nachricht sichtlich getroffen zu

sein, wenngleich er sich besser hielt als Martha. Eigentlich war sich Kammerlander nicht wirklich sicher, dass die Betroffenheit so groß war, wie der Mann den Anschein erwecken wollte.

„Ich verstehe das einfach nicht, Herr Kammerlander. Erst Ulrich und jetzt meine beiden Neffen. Wie kann das Schicksal so grausam sein?"

„Der Mörder ist grausam. *Er* spielt Schicksal."

Der alte Mann sah ihn mit einem merkwürdigen Blick an.

Draußen begann es wieder kalt zu werden. Kammerlander zog den Reißverschluss seiner Jacke bis ans Kinn. Er traf Ebner beim Auto.

„War jemand zu Hause?"

Ebner nickte.

„Rita fragte als Erstes, wo du abgeblieben wärst. Ob du dich nicht mehr zu ihr traust. Sie und ihr Sohn saßen mit dem Steuerberater zusammen. Sie hat recht vertraut mit ihm getan."

Kammerlander spürte einen Stich in der Brust. Er verkniff sich jede Bemerkung.

Ebner zuckte mit den Schultern.

„Das kann man ja auch verstehen. In dieser Situation muss sie sich Verbündete suchen. Damit sie ihren Sohn auf den Thron heben kann."

Kammerlander schwieg beharrlich.

„Die Konkurrenten sind ja weitgehend ausgeschaltet."

„Du tust ja so, als hätte Rita Rumbach die Männer umgebracht!", fuhr Kammerlander ihn an.

„Habe ich das gesagt?"
Als sie wieder auf der Dienststelle waren, wartete Kommandant Starkl bereits auf Kammerlander.
„Ich habe für neunzehn Uhr eine Pressekonferenz anberaumt."
Er war beinahe grau im Gesicht.
„Ich will Sie dabeihaben. Kommen Sie mit in mein Büro. Wir müssen besprechen, was wir sagen werden."

28

In der Nacht ging es Kammerlander nicht gut. Ein schlimmer Durchfall hatte ihn erwischt, er war bis zum Morgen Dauergast auf der Toilette. Um sieben holte Inge einen Arzt, der ihm Tabletten gab, viel Flüssigkeit und ein paar Tage Ruhe verordnete.
Aber daran war natürlich nicht zu denken. Er konnte nicht mitten in diesem Fall schlappmachen. Inge tat ihr Bestes, um ihn von ein paar Tagen Krankenstand zu überzeugen, aber Kammerlander gestand sich nur den Vormittag zum Ausruhen zu.
Nach einem leichten Mittagessen fuhr er zur Dienststelle. Langmann war allein im Büro und ließ schnell etwas in seiner Jackentasche verschwinden. Kammerlander hatte den Flachmann dennoch gesehen. Das ging so nicht weiter. Er würde noch einmal mit Longjohn reden müssen. Und wenn das nichts half, musste er mit Starkl sprechen, so sehr ihm das auch gegen den Strich ging. Er konnte Langmann nicht einmal mehr ins Auto setzen, jetzt, wo er wusste, dass er wieder getrunken hatte. Aber für ein Grundsatzgespräch war heute keine Zeit.
Ebner kam mit dem vorläufigen Obduktionsbefund zurück.
„Na, geht's wieder?"
„Hoffen wir das Beste."
„Ich habe den Bericht schon überflogen." Er legte die dünne Akte vor Kammerlander hin. „Die Leute von der

Gerichtsmedizin können einem leidtun. Die hatten wieder Nachtschicht."
Kammerlander öffnete die Mappe und begann zu lesen. Überrascht sah er hoch.
„Ertrunken?"
Ebner nickte. „Erstaunlich, nicht?"
„Wie jetzt?"
Langmann runzelte die Stirn. „Ich dachte, der Mosesbrunnen sei leer gewesen?"
„Das war er auch."
„Dann verstehe ich das nicht."
„Er muss schon tot gewesen sein, bevor er in den Brunnen gelegt wurde", murmelte Kammerlander. „Wurde das Wasser in der Lunge schon untersucht?"
Ebner schüttelte den Kopf.
„Das Labor ist noch dran."
„Der Todeszeitpunkt ist auf Donnerstag zwischen zwanzig und vierundzwanzig Uhr eingegrenzt worden."
„Das heißt, den Tag, an dem er abgehauen ist, hat er nicht mehr überlebt."
„Er hat auch einen Schlag auf den Hinterkopf bekommen. Wie in den ersten beiden Fällen." Kammerlander breitete die Fotos vor sich aus.
„Ja. Hier siehst du die Kopfwunde. Aber das hier ist mein Lieblingsfoto." Ebner tippte begeistert auf das rechte Bild.
„Wir sehen hier das Hinterteil von Sepp Rumbach. Ein wenig zurechtgeschnitzt allerdings. Böse Zungen würden behaupten, das sei eine Porträtaufnahme."
Alle drei grinsten.

„Jetzt aber wieder ernsthaft." Kammerlander schob die Akte zu Langmann, damit auch er sich einen Überblick verschaffen konnte. „Wir müssen also davon ausgehen, dass Sepp Rumbach niedergeschlagen, dann ertränkt und anschließend im Mosesbrunnen abgelegt wurde. Sind außer den Schnitten auf dem Gesäß keine anderen Verletzungen festgestellt worden?"
„Nur eine Abschürfung unter dem Kinn", brummte Langmann.
„Vielleicht hat ihn der Mörder über eine Wanne gehalten, oder über einen Eimer, und ihm den Kopf unter Wasser gedrückt?" Ebner führte die entsprechenden Bewegungen aus. „Wenn sich das Opfer gewehrt hat, könnte so eine Abschürfung entstanden sein."
„Gut möglich."
Kammerlander sah wieder das Foto mit dem nackten Gesäß an. „Was soll das bloß bedeuten? Schaut euch dieses Zickzackmuster an."

Langmann stieß geringschätzig die Luft aus.
„Vielleicht verarscht der uns bloß."
„Im wahrsten Sinn des Wortes meinst du?" Ebner zog die Augenbrauen hoch.
Kammerlander lachte auf, doch das bekam ihm nicht gut. Er musste wieder auf die Toilette, und zwar rasch. Als er wiederkam, nahm er noch eine Tablette und spülte sie mit einem Schluck Wasser hinunter.

„Gerade noch zur rechten Zeit", stöhnte er. „Jetzt machen wir aber Nägel mit Köpfen. Beginnen wir mit einem Zeitschema.
Ulrich Rumbach wurde am Abend des zehnten Februar ermordet. Das war Montag vorige Woche. Am nächsten Tag wollte er zum Notar. Sepp Rumbach fand drei Tage später, am Donnerstag, dem dreizehnten Februar, den Tod. Er war auf der Flucht. Sein Bruder Paul wurde am Samstag nach der Begräbnisfeier seines Onkels ermordet. Das war der fünfzehnte. Was fällt euch dazu ein?"
„Keine gute Woche für die Rumbachs."
„Und sonst?" Kammerlander sah Ebner irritiert an.
„Hm ... Wenn man die zeitliche Nähe der Taten und die Umsicht bedenkt ... Das alles muss von langer Hand geplant gewesen sein."
„Das denke ich auch." Kammerlander rutschte auf dem Stuhl hin und her, um eine angenehmere Sitzposition zu finden. Er hatte das Gefühl, seine unteren Regionen wären waidwund. Hoffentlich zeigten die Tabletten bald Wirkung. „Drei Morde in kürzester Zeit, und der Täter macht keinen Fehler. Eine Affekthandlung können wir ausschließen. Der Mörder ist keine Sekunde lang in Panik. Er achtet darauf, keine Spuren zu hinterlassen, hat aber kein Interesse daran, die Leichen zu verstecken. Im Gegenteil. Er arrangiert die Opfer so, dass sie gefunden werden müssen. In einer Weise, die äußerst publikumswirksam ist. Ein Fressen für die Medien. Er täuscht keinen Raubmord vor, sondern präsentiert die Opfer wie nach einer Hinrichtung. Er nimmt ihrem Tod jegliche Würde."

„Der sakrale Aspekt …", murmelte Langmann.
„Was meinst du?"
„Naja. Mir fällt auf, dass jedem Fundort etwas Sakrales anhaftet. Ulrich wurde an einem Engel aufgehängt, Paul an ein Kreuz gebunden und Sepp in den Mosesbrunnen gelegt."
„Da ist was dran …"
Kommandant Starkl betrat das Büro. Er ließ die Tür offen.
„Ich hatte gerade einen Anruf von Wendelin Rumbach. Die Presse belagert ihr Anwesen. Wir müssen das abstellen." Sein Zeigefinger richtete sich anklagend auf Kammerlander. „Unternehmen Sie etwas."
Dieser nickte Langmann zu.
„Nimm ein paar Leute von der Streife und fahr mit ihnen hin. – Und du, Kurt, organisiere Leute von der Spurensicherung. Das ganze Anwesen der Rumbachs soll abgesucht werden. Irgendetwas muss doch zu finden sein. Tatwaffe, Filzgaloschen, ein Rest von der Wäscheleine, mit der Paul ans Kreuz gebunden wurde. Egal. Irgendetwas müssen wir finden. Und nehmt euch auch die Jagdhütte vor."
„Ja, aber …" Kommandant Starkl zerrte an seiner Krawatte. „Das sind doch die Rumbachs! Haben Sie sich das überlegt? Man kann doch nicht …"
„Doch. Man kann. Besorgen Sie uns bitte den Durchsuchungsbefehl vom Staatsanwalt. Und falls sich die Rumbachs bei Ihnen beschweren, sagen Sie einfach, das Ganze sei zu ihrem Schutz. Es gab schließlich schon drei Tote."

„Und was machst du?", fragte Ebner beim Hinausgehen.
„Ich fahre nach Graz und stoße dann zu euch."

Als Ebner mit den Leuten von der Spurensicherung am Voitsberger Friedhof vorbeifuhr, sah er eine Menge Journalisten vor dem Steinmetzbetrieb auf der Lauer liegen. Uniformierte Beamte sorgten dafür, dass niemand das Grundstück betrat. Das Warten auf dem Parkplatz konnte man ihnen nicht verbieten, das war schließlich ein öffentlicher Platz. Auch an der Abzweigung zur Villa der Rumbachs waren zwei Beamte postiert. Sie winkten die Fahrzeuge der Spurensicherung durch.
Langmann wartete vor dem Herrenhaus. Als die zwei Wagen links und rechts der Treppe anhielten, kam Wendelin Rumbach aus dem Haus. Er ging rasch auf sie zu, von seinem Rheuma war nichts zu bemerken.
„Was ist denn nun schon wieder? Dies hier ist ein Trauerhaus, meine Herren. Nehmen Sie darauf Rücksicht. Wir haben drei Familienmitglieder verloren."
„Und wir sind da, damit es nicht noch mehr werden", sagte Ebner resolut. „Wir haben die Befugnis, alle Räumlichkeiten dieser Liegenschaft zu durchsuchen. Wenn Sie einen Blick auf dieses Papier werfen wollen?"
Er zog die Anordnung des Staatsanwalts aus der Brusttasche seiner Jacke und hielt sie Wendelin Rumbach vors Gesicht. Dieser drehte sich abrupt um und stapfte wortlos zum Haus zurück.
„Dann los", meinte Ebner und gab den Beamten ein Zeichen, mit der Durchsuchung anzufangen.

Es dauerte Stunden, bis sie fertig waren. Vom Keller bis unters Dach wurden alle Räume des Haupthauses und die Seitenflügel gründlich durchsucht. Auch die Garagen und die Schuppen hinter dem Haus blieben nicht verschont. Gefunden wurde nichts, was in Zusammenhang mit den Morden stehen könnte. Um sechs Uhr abends fuhr eine Gruppe der Spurensicherer zur Jagdhütte der Rumbachs. Langmann begleitete sie. Ebner blieb bei der anderen Gruppe, die noch das Haus von Rita Rumbach unter die Lupe nahm.

Die Atmosphäre zwischen den Bewohnern und den Beamten war frostig bis feindselig. Kein Wunder, dachte Ebner. Wer hatte es schon gern, wenn fremde Menschen in seinen Privatsachen und intimsten Bereichen herumschnüffelten? Und noch dazu bei Leuten, die sich zur Elite des Bezirks zählten und nur zuvorkommende Behandlung gewohnt waren. Aber: Vor dem Gesetz waren alle gleich, wie es so schön hieß. Das konnte auch der eilig herbeigerufene Rechtsanwalt der Familie, Dr. Luitpold, nicht verhindern.

Ebner konnte sich ein Grinsen nicht verkneifen.

Ein Mann von der Spurensicherung kam aus dem Atelier. Er hielt einen durchsichtigen Plastikbeutel in seinen Händen. Als er Ebner sah, kam er auf ihn zu.

„Sie scheinen Erfolg gehabt zu haben."

Der Mann nickte.

„Könnte die gesuchte Eisenstange sein."

Er hielt den Beutel hoch, damit Ebner den Inhalt genauer betrachten konnte.

„Sehen Sie die bräunlichen Flecken hier oben? Das ist Blut. Und wenn mich nicht alles täuscht, sind auch ein paar Haare dran. Das Labor wird uns Klarheit verschaffen."
„Wo haben Sie das Beweisstück gefunden?"
Der Mann wies mit dem Kinn nach hinten.
„Da drin im Atelier. Die Stange lag mitten zwischen anderen Eisenteilen und Gerümpel."
„Gut. Machen Sie weiter."
Ebner ging stirnrunzelnd auf dem Parkplatz auf und ab. Wenn das die gesuchte Eisenstange war, wurde es eng für die schöne Rita. Hatte sie geglaubt, die Stange offen hinzulegen, für jeden sichtbar, würde verhindern, dass jemand genauer hinsah? War sie so smart und kaltblütig oder so dumm?
Was würde Harry dazu sagen? Vielleicht würde er die Dame jetzt in einem anderen Licht sehen? Auf jeden Fall musste er zugeben, dass Rita Rumbach nun auf der Liste der Verdächtigen ganz oben stand.
Wie auf das Stichwort hörte er Motorengeräusch und drehte sich zur Einfahrt. Der alte Volvo Kammerlanders erschien zwischen den Bäumen und parkte neben den Wagen der Spusi. Der Motor hustete entrüstet.
Ebner bemerkte die Blässe und dunklen Schatten in Kammerlanders Gesicht. Er sieht nicht gut aus, dachte er. Vielleicht hätte er sich doch ein paar Tage erholen sollen.

Der kleine Hase kam an einen Bach und hielt an, um zu trinken. Er war erschöpft und sehr durstig. Eine Krähe saß auf einer Erle und beobachtete ihn eine Zeit lang.
„Was machst du denn hier ganz allein?", fragte sie.
„Ich bin auf der Suche", sagte der Hase, „aber ich bin schon sehr müde und weiß nicht, ob ich auf dem richtigen Weg bin."
„Hab Vertrauen!", krächzte die Krähe. „Es ist nicht mehr weit. Es dauert nur noch ein Weilchen, du darfst nicht den Mut verlieren."
Sie schwang sich vom Zweig und erhob sich in die Lüfte.
„Es ist alles nicht wirklich!", rief sie zum Abschied.
Der kleine Hase trank noch vom Wasser, dann lief er weiter.

29

Am nächsten Tag kam Kammerlander erst um zehn ins Büro. Um halb elf war eine Pressekonferenz anberaumt, bei der ihn Kommandant Starkl dabeihaben wollte. Er beschloss, den Fund der Eisenstange noch nicht zu erwähnen. Sie mussten den Bericht der Spurensicherung und die Laborergebnisse abwarten. Also würde er bei den Fakten bleiben, die ohnehin schon bekannt waren, und um den heißen Brei herumreden.
Auf dem Weg zu Starkl bog er zur Toilette ab. Die Tabletten hatten ihre Wirkung getan, aber er fühlte sich völlig erschöpft. Er ging zu einem Waschbecken und ließ kaltes Wasser über seine Hände laufen. Er wusch sich das Gesicht, um die Dumpfheit abzuschütteln, die er mit sich herumtrug. Er fischte das letzte Papierhandtuch aus dem Behälter und rieb sich trocken.
Er dachte an den gestrigen Abend. Ebner wollte Rita aufs Revier mitnehmen, da man bei ihr die Eisenstange gefunden hatte. Kammerlander war dagegen gewesen. Er hatte ins Treffen geführt, dass sie bis jetzt außer Vermutungen nichts in der Hand hatten. Außerdem konnte man sie ohne Beweise nur ein paar Stunden festhalten. Sie mussten zuerst sicher sein, dass die Stange tatsächlich die Tatwaffe war.
Das war aber nicht der einzige Grund. Er hatte Rita nicht um sich haben, nicht mir ihr sprechen wollen. Sie hatte seine Gefühlswelt vollkommen durcheinandergebracht.

Immer noch sah er das Bild in der Tonwerkstatt vor sich. Rita in inniger Umarmung mit dem Steuerberater. Und dann die Informationen, die er gestern in Graz gesammelt hatte. Das hatte er erst verarbeiten müssen. Die halbe Nacht war er wach gelegen. Er war ein Idiot gewesen, mit rosa Brille auf. Er hatte nicht sehen wollen, was andere längst wussten. Sogar Inspektor Witt hatte mehr Durchblick gehabt als er selbst.
Er atmete tief durch. Alter schützte eben vor Torheit nicht. Wenn ein Sprichwort stimmte, dann dieses. Aber es war im Grunde nichts geschehen. Nichts Gravierendes jedenfalls. Verletzter Stolz und Eitelkeit hatten ihn heimgesucht, nichts weiter. Er durfte keine Emotionen mehr zulassen. Er hatte eine Morduntersuchung zu leiten. Er stand außerhalb. Ein Beobachter war er, kein Mitspieler. Er musste Abstand gewinnen.
Genau. Dann würde eine sachliche Ermittlungsarbeit wieder möglich sein.

Wenn Kammerlander gedacht hatte, dass mit der Pressekonferenz das Ärgerlichste des Tages überstanden wäre, hatte er sich geirrt. Kommandant Starkl hatte ihm eröffnet, dass Oberleutnant Tanner, der Big Boss der Grazer Mordkommission, um vierzehn Uhr erwartet würde. Kammerlander hatte bereits mit ihm zu tun gehabt, im Zuge einer Mordermittlung vor zwei Jahren. Ihm schwante nichts Gutes. Und er sollte recht behalten.
Er musste Tanner Rede und Antwort stehen über den Verlauf der Ermittlungen. Warum noch niemand in Haft war,

warum es keinen Tatverdächtigen gab. Seinen Einwand, dass es eine Reihe Tatverdächtiger gäbe, wischte Tanner mit einer Handbewegung vom Tisch. Das alles ginge viel zu langsam. Ob sich Kammerlander vorstellen könnte, wie die Presse ihm zusetzte? Sein Telefon stünde nicht mehr still. Die Rumbachs hatten einflussreiche Freunde bis hinauf zum Minister. Man erwartete größtmögliches Fingerspitzengefühl und rasche Ergebnisse.
Kammerlander meinte ärgerlich, das wäre ja gerade die Schwierigkeit mit dieser Familie. Man musste wegen ihres Einflusses einen Eiertanz aufführen, um nur ja keine Fehler zu machen. Tanner ging gar nicht darauf ein. Kammerlander müsste mit seinen Leuten rascher arbeiten, man brauchte zumindest eine Verhaftung. Ob er sich überfordert fühlte? Dann würde er gern ein paar seiner Leute nach Voitsberg schicken, um ihn zu unterstützen. Kammerlander verbiss sich einen wütenden Kommentar. Kommandant Starkl wand sich auf seinem Stuhl und wusste nicht, wo er hinsehen sollte. Typisch.
Zuletzt fragte Oberleutnant Tanner, ob die Wagen der Rumbachs schon untersucht worden wären. Nein? Dann würde er empfehlen, das doch schleunigst nachzuholen.
„Was ist los mit Ihnen, Herr Kammerlander? Ich bin von Ihnen anderes gewohnt. Gute, saubere Ermittlungsarbeit. Schlamperei können wir uns besonders in diesem Fall nicht leisten", sagte er zum Schluss.
Kammerlander suchte wieder die Toilette auf. Er musste sich abregen. So aufgebracht wollte er seinen Kollegen nicht unter die Augen treten. Er war kurz vor dem Ex-

plodieren. Warum eigentlich nicht? Er trat mit kräftigen Fußtritten die drei Türen der Klokabinen zu. Es knallte, dass die Fensterscheiben vibrierten. Gut so. Er atmete ein paar Mal tief durch.
Natürlich hatte er daran gedacht, die Wagen der Rumbachs untersuchen zu lassen. Aber er hatte sich nicht viel davon versprochen. Belastende Gegenstände hatte der Mörder wohl kaum in seinem Wagen liegen lassen. Noch dazu, wenn man bedachte, wie umsichtig die Morde durchgeführt worden waren. Und falls Haare oder Hautpartikel der Opfer gefunden worden wären, hätte das auch nichts genutzt. Es waren Familienmitglieder, zum Teufel! Jeder konnte im Auto des anderen mitgefahren sein. Was bewies das schon?
Aber gut. Sollte Tanner seinen Willen kriegen. Er würde Langmann mit dem Abtransport der Fahrzeuge beauftragen. Die Spurensicherung hatte ja sonst nichts zu tun. Sollte operative Hektik eben gute Polizeiarbeit vortäuschen.

Der Bericht der Spurensicherung war gekommen. Außer der Eisenstange war nichts gefunden worden. Auch in der Jagdhütte nicht. Der Bericht war akribisch genau abgefasst worden. Kammerlander hätte am liebsten quergelesen, zwang sich aber zur Genauigkeit. Er war schon fast am Ende, als er innehielt und ein paar Seiten zurückblätterte. Haller war der beste Spurensicherer, den er kannte. Ihm entging so leicht nichts. Was war es gleich, was ihm aufgefallen war? – Ach ja, hier. In Manfred Rosellis Schlafzimmer waren die Möbel verrückt worden. Ein hel-

ler Fleck auf dem Parkett bewies, dass der Kasten an eine andere Wand gerückt worden war. Haller hatte hinter dem Kasten nachgesehen und eine kleine Tür vorgefunden. Sie war versperrt gewesen.
Kammerlander griff zum Telefon.
„Servus, Haller. Ich lese gerade deinen Bericht. Da steht was drin von einer Tür hinter dem Kasten ..."
„Servus. Ja, deswegen wollte ich dich eh anrufen. Im oberen Turmzimmer haben wir die Tür gefunden. Sie war allerdings abgeschlossen. Der Bewohner sagte, er hätte keinen Schlüssel. Deshalb wollte ich dich anklingeln, damit du einen Schlosser holst. Ich hätte die Tür aufbrechen lassen können, aber ..."
„Nein. Das war schon richtig so. Hast du Manfred Roselli gefragt, was sich hinter der Tür befindet?"
„Er sagte, wahrscheinlich wäre eine kleine Kammer dahinter. Eine Abstellkammer oder so. Er hätte sich nie darum gekümmert."
„Hast du den Eindruck gehabt, dass der Kasten schon vor langer Zeit vor die Tür geschoben wurde?"
„Meiner Meinung nach nicht. Das muss erst vor Kurzem geschehen sein."
Nachdenklich legte Kammerlander auf. Hatte das etwas zu bedeuten? Wieso hatte Roselli keinen Schlüssel? Es war seine Wohnung. Man lebte doch nicht zwanzig Jahre mit einer Tür, hinter der man nie nachsah. Er würde der Sache nachgehen.
Er telefonierte mit Knopper. In einer Stunde würde er ihn vor der Villa Rumbach treffen.

Manfred Roselli war nicht zu Hause. Er war unterwegs, um alles für die Doppelbeerdigung am nächsten Tag und die Gedenkfeier am Samstag in die Wege zu leiten, wie Martha Rumbach ihnen mitteilte. Sie war grau im Gesicht und sprach leise, wie in Trance. Beruhigungsmittel, vermutete Kammerlander. Kein Wunder, sie trug morgen ihre beiden Kinder zu Grabe. Sie händigte ihnen die Reserveschlüssel aus und wollte sich zurückziehen.
„Einen Moment noch, Frau Rumbach."
„Was denn noch?"
„Haben Sie vielleicht noch einen Schlüssel für die Tür im oberen Turmzimmer?"
„Da ist keine Tür. Eine Wendeltreppe führt nach oben ins Schlafzimmer."
„Ja, das wissen wir. Wir reden von der Tür in der Schlafzimmerwand, für die Manfred Roselli keinen Schlüssel hat."
„Welche Tür?"
„Schon gut, gnädige Frau. Wir wollen Sie nicht weiter stören."
Er ging die Treppe in den ersten Stock hinauf, dann weiter auf der gedrehten Stiege zu Manfreds Wohnung. Knopper folgte ihm wortlos. Vom Wohnraum stiegen sie über die Wendeltreppe ins Schlafzimmer hinauf. Sie sahen ein Bett, eine Kommode, Nachtschränkchen, einen Paravent. Auf dem Boden neben dem Kasten war der Fleck im Parkett. Man musste schon genau hinsehen, um die hellere Stelle zu erkennen. Der Kleiderschrank war um etwa zwei Meter verschoben worden.

Kammerlander und Knopper zogen den Kasten zur Seite. Eine schmale Tür kam zum Vorschein. Es gab keine Klinke, sondern ein metallener Drehgriff war in die Tür eingelassen. Er schloss plan mit der Türfüllung ab. Die Tür zu öffnen, kostete den Schlosser kaum eine Minute. Er trat zurück.
Kammerlander sah undeutlich ein etwa zwei Meter breites Podest. Dahinter führte eine gedrehte Treppe abwärts. Er fand einen Lichtschalter. Es war eng, die unverputzten Mauersteine an den Seiten verstärkten diesen Eindruck. Das Podest am unteren Ende der Treppe endete an einer Tür, die der Zwilling der oberen war. Kammerlander drehte am Griff, doch sie ließ sich nicht öffnen.
„Herr Knopper, kommen Sie mal!"
Der Schlosser zwängte sich an ihm vorbei und hantierte am Schloss. Als er sie aufzog, mussten beide ihre Bäuche einziehen. Was sie sahen, war eine dunkelbraune Platte, welche den Türstock ausfüllte. Hier war anscheinend Endstation.
„Na, so was …", brummte Kammerlander.
Knopper klopfte an die Wand; es klang hohl.
„Das ist eine Holzplatte", murmelte der Schlosser. „Ziemlich dünn."
Er beugte sich nach vor und inspizierte die Platte genauer.
„Da ist eine Ritze." Knopper nahm einen dünnen Schraubenschlüssel aus der Tasche und steckte ihn in den winzigen Spalt. Er musste keine große Kraft anwenden, die Platte schwang lautlos auf. Knopper ging als Erster durch

die Tür. Er hatte eine Reihe Anzüge vor der Nase und schob die Bügel beiseite.
„Wir steigen durch einen Kasten. Geben Sie Acht."
Er schob eine Schiebetür zur Seite und trat in ein Zimmer.
Kammerlander war überrascht. Sie befanden sich im Schlafzimmer von Ulrich Rumbach.

30

Knopper war bereits weg, doch Kammerlander saß in seinem Wagen vor der Rumbach'schen Villa mit dem Zündschlüssel in der Hand und dachte nach. Er wusste nicht so recht, wie er das Vorhandensein der Treppe einordnen sollte. Hatte Ulrich Rumbach sein Pflegekind überwacht?
Ein Geräusch riss ihn aus seinen Gedanken.
Thomas Rumbach kam aus der Wohnung seines Großvaters.
Kammerlander stieg aus dem Wagen.
„Herr Rumbach! Hätten Sie einen Moment Zeit?"
Thomas blieb stehen und nickte zögernd. Seine Freude hielt sich offenbar in Grenzen.
„Ich muss Ihnen noch ein paar Fragen stellen."
Der junge Mann blickte rasch zum Haus seiner Mutter.
„Dann gehen wir doch ein paar Schritte."
Er wollte ihn offensichtlich nicht ins Haus bitten. Sie gingen am Atelier vorbei, aus dem heute keine Arbeitsgeräusche zu hören waren, und folgten dem Weg zu den östlichen Wiesen. Es hatte einige Grad über null; der Schnee schmolz und verwandelte die Erde an manchen Stellen in Morast.
„Ihre Mutter legt heute eine Schaffenspause ein?"
„Ja. Ihr … geht es nicht so gut."
„Nichts Ernstes hoffe ich?"
„Nein. Sie … ist nur durcheinander. Kein Wunder nach dem Fund der Eisenstange."

Am Ende des Parks führte der Weg steil nach unten zu ausgedehnten Wiesenflächen. Von Wiesen war freilich nichts zu sehen, eine gleichmäßige Schneedecke verhüllte das Land. Vereinzelte Obstbäume, die schon lange nicht mehr beschnitten worden waren, reckten ihre kahlen Zweige anklagend zum Himmel.
„Kann ich verstehen. Damit zählt Ihre Mutter natürlich zu den Hauptverdächtigen."
„Das ist doch lächerlich!" Thomas machte eine wegwerfende Handbewegung. „Das wissen Sie auch. Mutter wäre niemals imstande, einen Mord zu begehen. Sie hätte gar nicht die Kraft, die nötig wäre."
Kammerlander dachte an den Steinbrocken, den Rita bei seinem ersten Besuch vom Stuhl gehoben und weggetragen hatte, als wäre er aus Pappe. Aber er sagte nichts.
„Sie wollten mir doch Fragen stellen", erinnerte Thomas, als das Schweigen lastend wurde.
„Ja ... Ich wollte Sie fragen, ob Sie wissen, dass von Manfred Rosellis Turmzimmer eine Treppe ins untere Stockwerk führt."
„Ja, natürlich. Wie sollte er sonst aus dem Haus gelangen?"
„Das meine ich nicht. Ich spreche nicht von der Stiege, die zwischen Ulrich und Martha Rumbachs Wohnungen zum Treppenaufgang führt. Ich rede von der Treppe, die von Manfreds Zimmer ins Schlafzimmer ihres verstorbenen Großonkels führt."
Thomas blickte ihn betroffen an. Dann schlug er die Augen nieder.

„Nein. Das ... Davon weiß ich nichts."
„Das ist doch seltsam, finden Sie nicht? Ihre Tante Martha schien auch nichts davon zu wissen. Wollte Ulrich Rumbach, dass der Junge jederzeit zu ihm kommen konnte, wenn er das Bedürfnis nach Nähe hatte? Oder hat er ihn überwacht?"
„Wie ein Kontrollfreak meinen Sie?" Thomas schüttelte den Kopf. „So war er eigentlich nicht. Er hat sich nicht besonders viel um uns andere gekümmert. Solange der Ruf der Familie nicht in Gefahr war und die Finanzen stimmten, versteht sich."
Einige Minuten wanderten sie schweigend nebeneinander her. Sie hatten sich schon ziemlich weit vom Park entfernt, und immer noch breiteten sich schneebedeckte Wiesen vor ihnen aus. So groß hatte sich Kammerlander den östlichen Grundbesitz nicht vorgestellt. Auf der rechten Seite entdeckte er einen alten steinernen Brunnen. In dem runden Becken hatte sich Schnee gesammelt. Braune Grasspitzen und Zweige lugten daraus hervor. Aus dem kreuzförmigen Wasserspeier war bestimmt seit ewigen Zeiten kein Wasser mehr geflossen. Eine Weide stand in der Nähe und ließ bekümmert ihre Zweige hängen.
„Kehren wir um", schlug Thomas vor. „Ein paar Hundert Meter weiter vorne ist schon die Gemeindestraße."
Kammerlander sah weit und breit keine Straße, doch das leise Motorengeräusch eines vorbeifahrenden Wagens bestätigte die Worte von Thomas.
„Sie sagten vorhin ‚um uns andere' hätte sich Ihr Großonkel Ulrich wenig gekümmert", knüpfte Kammerlander an

das Gespräch an. „Hat er Manfred Roselli mehr Interesse entgegengebracht?"

Das Gesicht des jungen Mannes war mit einem Mal verschlossen. Er steckte seine Hände tief in die Manteltaschen und ging schneller.

„Ja. Manfred war sein Liebling."

„Hat Sie das nicht gestört?" Kammerlander bemühte sich, mit Thomas Schritt zu halten. „Ich meine, Sie waren schließlich sein Großneffe."

„Nein. Nein, das hat mich absolut nicht gestört." Seine Stimme klang kalt und abweisend.

„Nun ja, wenn ich mir vorstelle, mein eigener Großonkel zieht einen fremden Jungen mir vor ...", bohrte Kammerlander weiter.

Thomas blieb abrupt stehen.

„Hören Sie auf mit den Spielchen. Sie beleidigen meine Intelligenz." Er atmete tief durch und zuckte mit den Schultern. „Na schön. Ich werde Ihnen jetzt etwas erzählen. Sie kriegen es sowieso heraus. Aber sie müssen mir versprechen, dass diese Information nicht nach außen dringt."

„Wenn sie nicht in direktem Zusammenhang mit den Morden steht, sehe ich keinen Grund, dass sie publik gemacht wird."

Thomas taxierte ihn sekundenlang. Er versuchte Kammerlander einzuschätzen.

„Na, gut. Ulrich hatte zu Manfred eine ... besondere Beziehung."

„Inwiefern?"

„Er ... Seine Neigungen bezogen sich nicht auf das andere Geschlecht, verstehen Sie?"
„Sie meinen, er war homosexuell? Hat er den Jungen missbraucht?"
„Wenn Sie es so nennen wollen, ja."
Kammerlander war wie vor den Kopf geschlagen.
„Hat Manfred denn nie etwas gesagt? Hat er sich niemandem anvertraut?"
„Ich glaube nicht. Ich habe ja selbst erst viel später verstanden ..." Thomas ging langsam weiter. „Ich will Ihnen erzählen, wie es war. Ich war etwa zehn Jahre alt, Manfred ein Jahr jünger. Zu der Zeit haben wir viel miteinander gespielt. Eines Tages sah ich Manfred mit Großonkel Ulrich auf einer Parkbank sitzen. Nein, Manfred saß auf dem Oberschenkel von Ulrich. Ich habe mich auf die Bank zu ihnen gesetzt. Ulrich forderte mich auf, mich auf seinen anderen Schenkel zu setzen. Das tat ich auch. Er streichelte uns über die Haare und drückte uns an sich. Das hatte ich bei ihm noch nie erlebt, und ich hatte ein komisches Gefühl dabei. Dann streichelte er unsere Oberschenkel und als seine Hand höher rutschte, sprang ich auf und lief weg. Manfred kam mir nicht nach."
„Und wie ging es weiter?"
„Nun, ich wusste natürlich nicht, was da vor sich ging. Ich wusste nur, dass mir das nicht gefiel. Weder Manfred noch ich haben je über die Sache gesprochen. Unsere Beziehung war danach nie mehr so unbeschwert wie vorher. Aber ich habe seither aufgepasst, die beiden bespitzelt, wenn Sie so wollen. Ulrich war sehr vorsichtig. Keinem ist etwas

aufgefallen. Aber einmal, ein paar Jahre später, habe ich die beiden beobachtet. Als sie allein in der Küche waren. Ulrich hatte Manfreds Hand genommen und an sein Geschlechtsteil gedrückt und gestöhnt. Zu der Zeit hatte ich mir schon einen Reim auf alles machen können."
„Haben Sie jemandem davon erzählt?"
Thomas schüttelte den Kopf.
„Ich habe oft daran gedacht, glauben Sie mir. Aber … ich konnte nicht. Sollte ich meinen Großonkel Ulrich der Unzucht mit Minderjährigen beschuldigen? Das Oberhaupt unserer Familie? Ich hatte keinen Beweis. Außerdem war mir das alles furchtbar peinlich. Ich habe mich geschämt. Es ist schon grotesk: Großonkel Ulrich war schwul und machte mit dem Jungen herum – und ich habe mich dafür geschämt. Wenn Manfred einmal zu mir gekommen wäre, und um Hilfe gebeten hätte, dann … ja … dann hätte ich etwas unternommen. Aber … Manfred schien nicht zu leiden. Im Gegenteil. Mir kam es so vor, als würde die Bindung zu Ulrich von Jahr zu Jahr stärker. Also habe ich geschwiegen."
Kammerlander nickte. Ihm war jetzt vieles klar geworden. Die etwas feminine Ausstrahlung Manfreds, die ihm schon am Anfang aufgefallen war. Warum sich ein junger Mann so eifrig mit Beerdigungen und Grabstätten befasste. Warum er keine Freundinnen hatte, nicht in Discos ging und tat, was junge Burschen eben so machten. Er hatte völlig unter dem Einfluss Ulrich Rumbachs gestanden. Ihm fielen die Worte Manfreds ein, als er ihn nach seiner Beziehung zu seinem Pflegevater gefragt hatte. „Ich verdanke

ihm alles. Er hat aus mir gemacht, was ich heute bin", hatte er gesagt.
„Und niemand in Ihrer Familie hat je etwas mitbekommen? Außer Ihnen weiß keiner Bescheid?"
„Nur mein Großvater Wendelin. Als bekannt wurde, dass Onkel Ulrich Manfred als Nachfolger einsetzen wollte, habe ich es ihm gesagt."

„Wo bist du gerade?"
Kammerlander stand mit dem Handy am Ohr neben seinem Wagen und fröstelte. Es war wieder kälter geworden.
Die Scheiben seines Autos begannen sich mit einer Eishaut zu überziehen.
„Im Büro. Ich habe den guten Juri überprüft. So weit das eben möglich war. Die Angaben der Familie Rumbach stimmen so weit. Ich habe mit dem Innenministerium telefoniert. Juri war tatsächlich in Russland gesucht worden. Er scheint einem Funktionär den Schädel eingeschlagen zu haben. Dieser Politmensch hatte anscheinend seine Schwester auf dem Gewissen gehabt. Es ist eine diffuse Geschichte, aber soweit ich verstanden habe, hätte Juris Familie ziemlich unter dem damaligen Regime zu leiden gehabt. Juri wurde Asylstatus gewährt und später wurde er österreichischer Staatsbürger."
„Na schön. Dann wissen wir das also." Kammerlander blickte zum Himmel. Die Dämmerung war schon weit fortgeschritten.
„Gibt es sonst etwas Neues?"

„Ja." Ebner räusperte sich. „Die Laborergebnisse sind da. Die Eisenstange war ein Treffer. Blut und Haare darauf sind identisch mit denen der Opfer."

„Aller drei?"

„Ja. Der Täter hat sich nicht die Mühe gemacht, die Stange zu säubern."

„Fingerspuren?"

„Nein. Hast du damit gerechnet?"

„Eigentlich nicht."

„Ja ... und was jetzt? Verhaften wir Rita Rumbach?"

„Äh, nein. Ihr Sohn sagte, es ginge ihr nicht gut. Lassen wir das Begräbnis morgen erst einmal stattfinden. Mit den Beweisen können wir sie dann immer noch konfrontieren."

„Bist du sicher, Harry? Was ist, wenn sie abhaut?"

„Das glaube ich nicht. Dafür hat sie sich für ihren Sohn zu sehr ins Zeug gelegt."

„Also ... Bei jedem anderen Verdächtigen wärst du nicht so zimperlich. Was ist los? Hat sie dich verhext?"

„Rede kein dummes Zeug. Warten wir einfach das Begräbnis morgen ab. Danach sprechen wir mit ihr."

Ebner blieb eine Zeit lang stumm. Kammerlander spürte, dass sein Kollege mit seiner Entscheidung nicht einverstanden war.

„Sag einmal, wo bist du überhaupt?"

„Ich bin bei den Rumbachs."

Er setzte sich ins Auto und erzählte Ebner vom Fund der Innentreppe im Turm und was es damit auf sich hatte. Ebner pfiff durch die Zähne.

„Ja, leck mich doch am Arsch! Entschuldige den verbalen Ausrutscher, aber das ist echt ein Hammer."
„Finde ich auch."
„Kommst du noch einmal zur Dienststelle?"
„Das hatte ich vor, aber ich sehe gerade Manfred Rosellis Auto in die Einfahrt biegen. Ich denke, ich werde mich mit ihm unterhalten."
„Gute Idee. Ich bin gespannt, wie er reagiert."

„Wird das morgen eine große Beerdigung?", fragte Kammerlander und lehnte sich entspannt zurück.
Er nippte an seiner Tasse Tee und genoss das heiße Gefühl, das ihn durchströmte.
Er war vollkommen durchgefroren gewesen.
„Oh nein."
Manfred Roselli pustete in seine Tasse. „Die Familie wünscht ein Begräbnis in kleinstem Rahmen. Verständlich, wenn man die Umstände bedenkt … Am Samstag gibt es ja auch noch die große Verabschiedungsfeier im Stadtsaal. Die Verdienste von Onkel Ulrich, Sepp und Paul werden da gewürdigt. Das wird ein größeres Ereignis, wie Sie sich vorstellen können."
„Die Vorbereitungen sind sicher sehr anstrengend."
„Nicht wirklich. Ich mache ja nicht alles alleine. Rita, Thomas und Onkel Wendelin helfen auch mit. Mir tut nur Tante Martha leid. Für sie ist es am schwersten."
„Es ist sehr großmütig von Ihnen, der Familie beizustehen. In Anbetracht dessen, wie sie mit Ihnen umgegangen ist, meine ich."

„Ach, wissen Sie, das ist das Letzte, was ich hier tue. Ein Abschiedsgeschenk, sozusagen. Meine Koffer sind so gut wie gepackt."

„Herr Roselli", Kammerlander stellte behutsam seine Tasse ab, „ich muss Sie das jetzt fragen. Wie war Ihre Beziehung zu Ulrich Rumbach?"

Der junge Mann zuckte zusammen.

„Wieso? Das haben Sie mich doch schon einmal gefragt."

„Ich weiß. Aber damals haben Sie nicht die ganze Wahrheit gesagt, nicht wahr?"

Manfreds Haltung versteifte sich. Ein misstrauischer Ausdruck trat in seine Augen. Er fixierte Kammerlander, sagte aber kein Wort.

„Schauen Sie, Herr Roselli, ich will es Ihnen leichter machen. Wir haben die Treppe von Ihrem oberen Zimmer in Ulrich Rumbachs Schlafzimmer gefunden. Sie sind von ihm missbraucht worden –"

Manfred war aufgesprungen.

„Halten Sie den Mund! Das ist nicht wahr!"

„So schwer es auch für Sie ist, wir müssen über Ihr Verhältnis mit Ihrem Pflegevater sprechen."

Manfreds Gesicht verzerrte sich vor Wut.

„Missbraucht! Verhältnis! Das sind genau die Vokabeln, die Leuten wie Ihnen einfallen. Was wissen *Sie* schon! Er war der einzige Mensch, der mir etwas bedeutet hat! Und umgekehrt galt das Gleiche für ihn. Wir haben uns geliebt, verstehen Sie? Wirklich geliebt …"

Er begann auf und ab zu gehen.

„Wer war da, wenn ich einsam war? Wenn ich geweint habe? Wenn ich etwas nicht verstanden habe? Er! Immer nur er! Ulrich hat sich für mich Zeit genommen, hat mich getröstet, hat mir alles erklärt. Er hat mir buchstäblich die Welt erklärt. Ohne ihn war ich nichts. Er war für mich Vater, Lehrer, Freund, Geliebter. Das können Sie sich nicht vorstellen, was? Das geht nicht in Ihr kleinkariertes Bürokratenhirn hinein. Sie sehen in unserer Beziehung nur etwas Negatives, Abstoßendes. Der Junge und der Lustgreis. Aber so war es nicht. Wir brauchten einander. Wir waren glücklich."

Er blieb vor Kammerlander stehen.

„Können Sie das verstehen?"

„Ich versuche es."

„Wissen es die anderen?"

„Bisher nur Thomas und sein Großvater."

Manfred senkte den Kopf und schwieg. Dann atmete er tief durch und sah Kammerlander entschlossen an.

„Vielleicht ist es besser so. Dass die Katze nun aus dem Sack ist. Damit endlich das Versteckspiel vorbei ist."

„Wo ist eigentlich der Schlüssel zu der … äh, Geheimtreppe?", fragte Kammerlander.

„Es gibt zwei. Einer ist auf Ulrichs Schlüsselbund. Den anderen habe ich hier."

Er zog ein silbernes Kettchen unter dem Hemd hervor, an dem ein kleiner Schlüssel hing.

„Ich trage ihn immer bei mir."

„Glauben Sie, dass Sepp oder Paul von Ihrem Verhä … von Ihrer Beziehung zu Ulrich Rumbach gewusst hat?"

„Nein. Das kann ich mir nicht vorstellen. Wir haben immer darauf geachtet, uns nicht zu verraten. Ulrich sagte immer, wenn das herauskäme, würde die Familie einen Keil zwischen uns treiben. Wir müssten uns trennen und ich müsste fortgehen. Die anderen würden uns nicht verstehen."

Kammerlander spürte Übelkeit in sich hochsteigen. Ulrich Rumbach, dieser hinterhältige manipulative Hurensohn! Er schluckte den sauren Speichel hinunter.

„Sie waren also wirklich zufrieden mit dem Leben, das Sie geführt haben? Sie haben nie das Gefühl gehabt, dass Sie etwas anderes wollten?"

„Nein. Niemals. Ich hatte ein erfülltes Leben. Ich wollte nichts anderes." Manfred schien von seinem Ausbruch erschöpft zu sein. Mit hängenden Schultern wandte er sich zur Treppe. „Ich bin jetzt müde. Ich möchte schlafen."

Bevor er die Stiegen hinaufging, drehte er sich noch einmal um.

„Wissen Sie, ich habe Sepp und Paul nicht den Tod gewünscht. Doch ich bin auch nicht erschüttert darüber. Sie sind mir einfach egal." Seine Stimme wurde leiser. „Aber ohne Ulrich habe ich keinen Boden mehr unter den Füßen."

31

Der nächste Vormittag verlief ruhig. Ebner und Kammerlander tippten Berichte, Langmann hatte sich krankgemeldet. Nach dem Mittagessen saßen sie bei Kommandant Starkl in dessen Büro und sprachen über das weitere Vorgehen. Um vierzehn Uhr sollte das Doppelbegräbnis der Rumbachs stattfinden. Man wollte der Familie ein paar Stunden Zeit lassen, bevor sie neuerlich Befragungen durchführten.
„Ich bin Ihnen für Ihr rücksichtsvolles Vorgehen sehr dankbar", sagte Starkl.
Kammerlander zuckte mit den Schultern.
„Ach, wissen Sie, im Moment stecken wir ohnehin fest. Wir haben hier und da einen losen Faden, aber mehr auch nicht. Es gibt genügend Verdachtsmomente und Verdächtige, aber keinen einzigen Beweis."
Kurz vor vierzehn Uhr machte sich Ebner auf den Weg. Diesmal war er dran, beim Rumbach-Begräbnis den Beobachter zu spielen. Es hatten sich wieder Hunderte Trauergäste eingefunden, die Kameras der Presseleute glühten und der Pfarrer fand bewegende Worte für die vom Schicksal so schwer getroffene Familie. Die Einzige, die fehlte, war Rita Rumbach.

Die Untersuchung der Autos der Familienmitglieder hatte bis jetzt noch nichts Erhellendes ergeben, und Kammerlander rechnete auch nicht damit, dass sich daran noch et-

was ändern würde. Er saß in seinem Büro und ging in Gedanken sein Gespräch mit Manfred Roselli noch einmal durch. Er versuchte, sich die Situation des jungen Mannes vorzustellen, sich in seine Gefühls- und Gedankenwelt hineinzuversetzen. Doch so sehr er sich auch anstrengte, es gelang ihm nicht. Zu fremd war ihm diese Welt.
Seufzend zog er die Akten zu sich heran. Vielleicht brachte es ja etwas, wenn er sie noch einmal durchsah. Am Abend musste er mit Ebner zu Rita Rumbach fahren. Er konnte diese Befragung nicht mehr hinausschieben. Vielleicht musste er sie auch verhaften.

Diesmal waren weit weniger Trauergäste zum Kaffee erschienen als bei Ulrichs Beerdigung, stellte Kammerlander fest. Es parkten nur wenige Wagen vor der Treppe zum Herrenhaus. Kein Wunder, dachte er, die Leute waren zwar zum Begräbnis erschienen. Das wurde erwartet und es handelte sich schließlich um die Rumbachs. Aber darüber hinaus wollte man keinen zu engen Kontakt mehr pflegen. Man wusste ja nicht, was die polizeilichen Ermittlungen an den Tag bringen würden. Besser, man wartete erst einmal ab.
Im Atelier war alles dunkel. Ebner wies mit dem Kinn auf das einzige erleuchtete Fenster im ersten Stock. Es war das Küchenfenster, wie Kammerlander sich erinnerte. Sie stiegen die Treppe hinauf und läuteten, aber niemand öffnete. Sie versuchten es noch ein paar Mal, bis Ebner schließlich die Klinke drückte. Die Tür war nicht versperrt.
Zögernd betraten sie den Flur.

„Frau Rumbach?"
Sie gingen auf die erleuchtete Küche zu. Ebner stolperte über eine leere Weinflasche.
Sie fanden Rita auf der Eckbank kauernd. Ein Bein lag ausgestreckt auf der Bank, das andere war angewinkelt. Sie hatte ihren Kopf auf das Knie gelegt und sah ihnen mit halb geschlossenen Augen entgegen. Das angewinkelte Bein hielt sie krampfhaft mit beiden Armen umfangen, als müsste sie es am Wegfliegen hindern.
„Ja, ist das eine Freude! Die Kämpfer für Recht und Gesetz statten mir einen Besuch ab. Immer herein, meine Herren! Es ist noch genug zum Trinken da."
Mit einer ausladenden Handbewegung unterstrich sie die Einladung. Dabei rutschte ihr das angewinkelte Bein weg und krachte auf die Bank.
„Hoppla!" Sie lehnte sich zurück und kicherte.
Es versetzte Kammerlander einen Stich, als er sie ansah. Sie trug einen verknitterten Pyjama, ihre Haare waren zerzaust, als hätte sie tagelang keinen Kamm mehr in die Hände genommen, und die Gesichtszüge wirkten schwammig. Auf dem Tisch standen halb leere Wein- und Schnapsflaschen. Neben einem Glas stand inmitten von Zigarettenasche und Tabakkrümeln ein überquellender Aschenbecher. Das war es also, was ihr Sohn mit ‚Es geht ihr nicht gut' gemeint hatte.
„Nicht so schüchtern! Setzen Sie sich. Du auch, Kommissar Harry. Steh nicht so steif herum. In Gesellschaft macht das Trinken viel mehr Spaß. Oder willst du mich gleich verhaften?"

Die Beamten setzten sich ihr gegenüber. Ebner sah Kammerlander an, doch als dieser schwieg, fragte er: „Frau Rumbach, sind Sie in der Lage, mit uns zu sprechen? Oder sollen wir morgen wieder kommen?"
„Natürlich bin ich in der Lage, mit Ihnen zu sprechen. Mir geht es ausgezeichnet. Und mit ein bisschen Wein geht es mir gleich noch besser."
Sie griff nach der Weinflasche, doch Kammerlander war schneller und zog die Flasche weg.
„Ich glaube, Sie haben genug."
„Ach ja? Das glaubst du?"
Sie schloss die Augen und murmelte: „Es ist nicht genug. Es ist nie genug."
Ebner räusperte sich.
„Frau Rumbach, Sie wissen, dass in Ihrem Atelier die Eisenstange gefunden wurde, mit der die Opfer bewusstlos geschlagen und ein Mord verübt worden waren. Das steht zweifelsfrei fest. Was haben Sie dazu zu sagen?"
Sie richtete sich auf und sah ihn mit glasigen Augen an.
„Was wollen Sie hören? Dass ich die drei umgebracht habe? Habe ich nicht. Obwohl es um keinen der drei schade ist …"
„Wie erklären Sie sich dann das Vorhandensein der Eisenstange?"
„Was weiß ich? Die wird mir wohl jemand zum Geschenk gemacht haben. Die Werkstatt ist so gut wie nie abgeschlossen. Wozu auch?"
„Sie meinen also, jemand hat Ihnen die Stange untergeschoben, um den Verdacht auf Sie zu lenken?"

„Hat doch funktioniert, oder nicht? Deshalb sind Sie doch gekommen."
„Sie haben ein Motiv. Sie möchten Ihren Sohn als Stiftungsvorsitzenden etablieren."
„Da haben Sie verdammt recht."
„Das dürfte jetzt ja kein Problem mehr sein."
„Wieder richtig. Aber ich habe niemanden umgebracht." Sie schnappte sich eine Schnapsflasche, die ihr am nächsten stand, und nahm einen großen Schluck. „Das habe ich nicht nötig. Ich habe andere Mittel, um zum Ziel zu kommen."
„Und welche?"
„Fragen Sie doch Ihren Freund hier. Der weiß, wie ich solche Dinge handhabe."
Sie sah Kammerlander in die Augen und lächelte provokant. „Du erinnerst dich doch noch an Dr. Meinhart, oder?"
„Frau Rumbach ...", begann Kammerlander.
„Ach, sei nicht so förmlich, Kommissar Harry. Das können wir inzwischen doch schon besser."
Kammerlander räusperte sich verlegen.
„Na schön, Rita. Worauf wollen Sie hinaus?"
„Ich will damit sagen, dass ich niemanden ermorden muss, um zu erreichen, was ich will. Ich stelle ... Beziehungen her. Auf einer mehr ... persönlichen Ebene." Sie unterdrückte ein Rülpsen. „In diesem Fall zu unserem Steuerberater. Der frisst mir aus der Hand." Sie nahm noch einen Schluck. „Männer sind alle gleich. Einer wie der andere." Sie lachte verächtlich.

Kammerlander sah die Frau an, für die er sich noch vor ein paar Tagen fast zum Idioten gemacht hatte. Guter Gott, da war er gerade noch davongekommen.

„Das gilt natürlich nicht für dich, Kommissar Harry." Sie beugte sich über den Tisch und sah ihm in die Augen. Die verführerische Tiefe ihrer Iris hatte der Alkohol weggeschwemmt. „Du warst ziemlich widerstandsfähig, aber wenn wir uns unter anderen Umständen kennengelernt hätten, wer weiß …?"

Sie lächelte und legte ihre Hand auf seine. Als Kammerlander sie wegzog, wäre sie beinahe vornüber gefallen. Sie griff wieder nach der Flasche.

„Das hat doch keinen Sinn." Ebner schüttelte den Kopf. „Kommen wir morgen wieder."

„Nein, nein", protestierte Rita. „Ich bin noch lange nicht betrunken. Obwohl ich mir seit zwei Tagen die größte Mühe gebe. Na los, stellen Sie schon Ihre Fragen."

Ebner sah Kammerlander zweifelnd an, doch dieser nickte.

Besser, es jetzt hinter sich zu bringen, als morgen noch einmal kommen zu müssen.

„Haben Sie eine Ahnung, wer Ihnen die Eisenstange in Ihr Atelier gelegt haben könnte?"

„Ja, das ist die Kernfrage, nicht wahr? Ich tippe auf jemanden aus meiner herzensguten Familie. Oder haben Sie andere Vorschläge?"

„Sie könnten sie selbst dort hingelegt haben."

„Ja. Könnte auch sein."

Sie lächelte Ebner an.

„Frau Rumbach, Sie scheinen sich über den Ernst der Lage nicht im Klaren zu sein."
„Da irren Sie sich. Sie beschuldigen mich, drei Morde begangen zu haben."
„Das tun wir nicht", mischte sich Kammerlander ein. „Zumindest in einem Fall haben Sie ein Alibi."
„Ach?"
„Da waren Sie in … Graz. Ich habe das überprüft."
Ihre Augen verengten sich zu Schlitzen.
„Was hast du denn überprüft?"
„Zur Tatzeit waren Sie in einem … Lokal. Es gibt Zeugen."
Ihre Stimme gewann an Schärfe.
„Du hast wohl gründlich recherchiert."
„Das ist so üblich in Mordfällen."
Wütend richtete sie sich auf. Ihre Lippen begannen zu zittern.
„Dann hast du ja glücklich alles herausgefunden. Bist du mit dir zufrieden? Hat's Spaß gemacht, im Dreck zu wühlen? Bist du auf deine Kosten gekommen?" Ihre Stimme steigerte sich zu einem Kreischen. „Dann rede doch nicht drum herum! Sprich es aus! Sag: Rita war in einem Bordell. Zum Vögeln. Und nicht zum ersten Mal."
Sie stemmte ihre Arme vor sich auf den Tisch, als wollte sie sich zum Sprung bereit machen.
„Verstehst du? Ich fahre in ein Bordell, wenn ich es brauche, und lasse mich durchvögeln! Nach allen Regeln der Kunst! Damit ich hier diese öde Langeweile aushalte. Damit ich diese verlogene bigotte Familie ertrage …"

„Was soll das hier? Was machen Sie mit meiner Tochter?"
Wendelin Rumbach stand in der Tür. Mit entschlossenem Gesichtsausdruck fuhr er die Beamten an.
„Sie sehen doch, in welchem Zustand sie sich befindet. Sie ist nicht vernehmungsfähig. Ich werde unseren Rechtsanwalt informieren. Das alles ist unzulässig. Sie können nichts von dem, was sie gesagt hat, vor Gericht –"
„Sie hat uns nichts gesagt, was wir nicht schon wussten", sagte Kammerlander ruhig.
„Gehen Sie jetzt!" Die Stimme des alten Mannes zitterte. Die Beamten erhoben sich und verließen die Küche. Rita blieb zusammengesunken auf der Bank sitzen und starrte ins Leere.
Vor dem Herrenhaus holte Wendelin Rumbach sie ein.
„Herr Kammerlander, Herr Ebner … warten Sie bitte einen Moment. Ich möchte Ihnen etwas erklären."
Er wartete, bis sich sein Atem beruhigt hatte. Die Szene eben hatte ihn ziemlich mitgenommen.
„Ich möchte nicht, dass Sie einen falschen Eindruck von meiner Tochter bekommen. Sie ist keine Nymphomanin … oder vielleicht ist sie doch eine geworden. Ich weiß es nicht. Es … ist nicht ihre Schuld. Wenn sich jemand Vorwürfe machen muss, dann ich.
Als meine Frau gestorben war, habe ich mich in meine Arbeit vergraben und mich nicht genug um Rita gekümmert. Sie entwickelte sich zu einem Freigeist, und ich ließ sie machen, was sie wollte. Eines Tages fuhr Ulrich zu Geschäftsverhandlungen nach Italien. Rita war damals

vierzehn, knapp fünfzehn, und wollte mitfahren, um ein bisschen von Italien kennenzulernen. Dabei ist es dann passiert. Ulrich war schon zu Bett gegangen, aber Rita streunte noch in der Hotelhalle herum. Dabei fiel sie Ulrichs Geschäftsfreunden in die Hände, die an der Bar noch einen Drink nahmen. Sie machten sie betrunken und nahmen sie dann in ihr Apartment mit. Sie haben sie vergewaltigt, alle drei.
Am nächsten Morgen ging Rita völlig verstört und weinend zu ihrem Onkel und erzählte ihm alles. Er hörte zu ohne eine Miene zu verziehen. Dann schickte er sie in ihr Zimmer. Rita nahm an, dass er die Kerle jetzt zur Verantwortung ziehen würde, aber es vergingen noch ein Tag und eine Nacht, ohne dass etwas geschah. Als sie schließlich abreisten, fragte sie ihn, was er unternommen habe. Nichts, sagte er. Er habe mit den Männern ein wichtiges Geschäft abgeschlossen, und sie würde ihm das nicht kaputt machen. Was hatte sie auch mitten in der Nacht in der Hotelbar zu suchen? Wenn sie sich wie ein Flittchen benähme, bräuchte sie sich nicht zu wundern, wenn sie wie eines behandelt würde. Sie wäre selbst schuld und sollte bloß den Mund halten. Sonst würden alle erfahren, wie sie es treibe. Er fuhr mit ihr nach Hause, und es wurde nie wieder darüber gesprochen.
Von dieser Zeit an hat sich Rita verändert. Sie zog mit Burschen herum, blieb über Nacht weg, betrank sich und kiffte. Mir war sie völlig entglitten."
Kammerlander nickte leicht. Jetzt verstand er einiges. Das dreckige Grinsen des Bordellbesitzers, als der ihm sagte,

dass Rita Stammkundschaft wäre. Dass sie es gern auf die harte Tour hätte und dafür auch gut bezahle. Dass es gern auch mehrere sein durften. Sie war fixiert auf ihr Kindheitstrauma und spielte die Situation von damals immer wieder durch. Vielleicht konnte sie nur damit leben, wenn sie ihren Ekel und Selbsthass immer wieder neu entfachte.
„Haben Sie Ihren Bruder zur Rede gestellt?"
„Nein. Ich wusste von nichts. Rita hat nie ein Wort gesagt."
„Wann haben Sie denn davon erfahren?"
Vor einigen Monaten. Mein Enkel Thomas kam zu mir und vertraute mir an, was seine Mutter tat, wenn sie nach Graz fuhr. Ein Studienkollege hatte sie mehrmals gesehen und es ihm erzählt. Es hat ihn arg getroffen.
Ich habe dann meine Tochter zur Rede gestellt und so die ganze Geschichte erfahren."
„Haben Sie danach mit Ulrich Rumbach darüber gesprochen?"
„Nein. Rita wollte das nicht."

32

Kammerlander hatte ein unerfreuliches Gespräch mit Oberleutnant Tanner hinter sich. Noch immer hatte es keine Verhaftung gegeben, und die Luft wurde für alle dünn.
„Diese Woche noch Kammerlander!", hatte Tanner gedroht. „Wenn Sie bis Sonntag keine Ergebnisse haben, übernehmen wir den Fall."
Und heute war schon Freitag.
Er hatte sich natürlich ausrechnen können, wie es zu diesen Terminvorgaben kam. Morgen sollte die große Gedenkfeier für die Rumbachs stattfinden. Da war es gar nicht erwünscht, einen Täter ermittelt zu haben. Wenn der Mörder sich als ein Rumbach erwiese, würde man dieser Veranstaltung selbstverständlich fernbleiben. Hohe Tiere hatten ihre Teilnahme zugesagt, und da wäre es mehr als peinlich, den Rumbachs unter solchen Umständen diese Ehre zu erweisen. Am Montag sollte kommen, was wollte.
Seine Laune wurde nicht besser, als er im Büro auf Langmann stieß. Die ungepflegte Erscheinung ließ vermuten, dass er seine Kleidung schon länger nicht gewechselt hatte.
„Du siehst aus, als hättest du unter einer Brücke geschlafen."
„Ja ... Meine Waschmaschine ist kaputt. Muss mir eine neue kaufen."
„Und sonst? Bist du wieder fit?"

„Geht so. Mein Magen." Langmann rieb sich den Bauch. „Macht immer wieder einmal Probleme."
„Dann solltest du einen Arzt aufsuchen."
„Ach was. Die Quacksalber können einem eh nicht helfen."
Kammerlander dachte sich sein Teil. Langmann hatte bestimmt Angst vor der Diagnose. Jeder Arzt, der etwas genauer hinsah, würde ein Alkoholproblem feststellen. Die Probleme mit dem Magen glaubte er ihm. Aber das war wahrscheinlich noch nichts im Vergleich zum Zustand seiner Leber. Zum ersten Mal bedauerte es Kammerlander, Langmann ins Team genommen zu haben. Seine ständigen Ausfälle gingen ihm langsam auf die Nerven.
Die Tür ging auf und Ebner kam herein. Seiner Miene nach zu urteilen, war auch er nicht bester Laune.
„Ich habe so einen Hals!" Er machte die entsprechende Handbewegung. „Ich brauche sofort einen Kaffee."
„Was ist denn los?"
„Als ich zu Rumbachs kam, sah ich gerade Thomas und seinen Großvater mit Juri zusammenstehen. Sie haben die Köpfe zusammengesteckt, als wollten sie ein Komplott ausbrüten. Als sie mich sahen, gingen sie fix auseinander. Juri ist in seiner Garagenwohnung verschwunden. Ich hinterher. Aber wenn du glaubst, dass aus dem etwas herauszukriegen war – Fehlanzeige. ‚Ich nix verstehn. Nix sehen. Nix hören.' Dann schaut er einen auch noch an, als wollte er als Mafiavollstrecker Liebesgrüße aus Moskau übermitteln."
„Bei dem musst du Geduld haben."

„Ich war geduldig. Aber da kann ich ebenso gut einem Wasserhahn zureden, dass er kräht. Der mauert was das Zeug hält. Und verschanzt sich hinter seiner mangelnden Sprachkenntnis."
Ebner schenkte sich eine Tasse Kaffee ein.
„Das war aber noch nicht alles. Als ich am Haupthaus geläutet habe, hat mich Wendelin Rumbach kurz und bündig abgefertigt. Niemand aus der Familie würde mehr ohne Anwalt mit der Polizei sprechen. Wenn wir Beweise hätten oder blablabla, sollten wir uns mit ihrem Anwalt in Verbindung setzen."
Kammerlander lächelte dünn.
„Das erstaunt mich nicht. Ich habe das eigentlich schon früher erwartet."
Er holte sich auch einen Kaffee.
„Schön. Dann tun wir, was von uns erwartet wird. Wir arbeiten jede Akte noch einmal durch. Jede Kleinigkeit. Nichts ist unwichtig. Wir überprüfen noch einmal jedes Alibi, jede Aussage. Irgend etwas muss zu finden sein. Eine Unstimmigkeit, ein Widerspruch. Die Lösung steckt in diesen Akten, da bin ich mir sicher."

Um fünf Uhr Nachmittag kam Inspektor Witt mit ein paar Flaschen Mineralwasser und belegten Broten.
Alle stürzten sich darauf, denn das Mittagessen war ausgefallen.
Danach blubberte wieder die Kaffeemaschine. Es ging in die zweite Runde.

„Fakt ist: Niemand hat für alle drei Morde ein gesichertes Alibi. Möchte jemand zum jetzigen Zeitpunkt etwas sagen?"

Kammerlander sah fragend zu seinen Kollegen.

„Der Einzige, der es mit Sicherheit nicht gewesen sein kann, ist Ulrich Rumbach, unser erstes Opfer." Ebner zog die Stirn in Falten. „Bei ihm ist nur das Motiv zu suchen."

„Gut. Was ist das Motiv?"

„Geld und Macht. Die umstrittene Nachfolge als Stiftungsvorsitzender."

„Dann ist Manfred Roselli als Mörder aus dem Rennen." Langmann wischte sich mit einem Taschentuch die Stirn ab. Es war Kammerlander schon öfter aufgefallen, dass er beim Essen Schweißausbrüche bekam. „Roselli hatte als Einziger Interesse, dass Ulrich Rumbach den Dienstag noch erlebte."

„Aber was ist mit den anderen beiden Morden?", hakte Ebner ein. „Vielleicht dachte er, Sepp und Paul hätten den Alten um die Ecke gebracht, und hat seinen Gönner gerächt."

„Für einen Tatzeitpunkt hat er ein Alibi. Er war zum Boxtraining."

„Er wurde dort gesehen, ja. Aber er hätte für eine Stunde verschwinden können."

„Vielleicht hat er auch von den sexuellen Übergriffen genug gehabt und wollte endlich ein normales Leben führen", sinnierte Langmann. „Dann käme er als Mörder Ulrich Rumbachs wieder ins Spiel."

Ebner schüttelte den Kopf.

„Wieso hat er dann nicht bis Dienstag gewartet? Ein paar Tage mehr wären doch egal gewesen, und er hätte den Jackpot abräumen können. Außerdem passen die Morde an Sepp und Paul nicht dazu. Sie auch noch umzubringen, hätte ihm in dem Fall nichts gebracht."

„Also klammern wir Roselli aus", schlug Kammerlander vor. „Er hat von allen das schwächste Motiv. Die Nächsten auf der Liste sind Sepp und Paul. Paul könnte seinen Bruder umgebracht haben, aber wer ist der Mörder von Paul? Wie wir es auch drehen und wenden, alle bisherigen Kandidaten können nicht alle drei Morde begangen haben."

Ebner hob die Augenbrauen.

„Außerdem gehen wir doch davon aus, dass wir es mit einer Person zu tun haben?"

„Ich denke, das können wir als gegeben voraussetzen. Die Vorgangsweise und die Umsicht stimmen für mich überein."

„Für mich eigentlich auch. Eine Person, was die Planung angeht, meine ich."

„Bin derselben Ansicht."

„Machen wir weiter. Wer fällt euch als Nächster ein?"

„Ich würde auch Martha Rumbach von der Liste streichen. Dass sie ihre beiden Söhne umbringt, ist für mich nicht vorstellbar."

„Sehe ich genauso."

„Und Hermine. Der Tod ihres Mannes hat sie ans Ende der Hierarchie katapultiert. Außerdem: Sie ist zwar ein

zänkisches hinterhältiges Frauenzimmer, aber ich traue ihr ehrlich gesagt nicht so viel Grips zu. Diese Morde waren akribisch geplant. Und erforderten ziemliche Kraft."
„Gut. Die sechs sind vorerst aus dem Rennen."
„Bleiben noch Wendelin Rumbach, seine Tochter Rita und ihr Sohn Thomas", resümierte Langmann.
„Da fängt es an, interessant zu werden." Ebner nickte entschieden. „Alle drei haben meiner Meinung nach das größte Interesse daran, Ulrich Rumbach und seine Neffen um die Ecke zu bringen. Thomas will Stiftungsvorsitzender werden und seine Mutter und der Großvater unterstützen ihn darin."
„Du meinst, es könnte ein Komplott gewesen sein."
„Genau. Überlegt doch einmal: Wer könnte Thomas jetzt noch den Sessel des Stiftungsvorsitzenden streitig machen?"
„Ich hatte nicht den Eindruck, dass Thomas wild auf diese Position war." Kammerlander erinnerte sich, dass Thomas gesagt hatte: „Ich werde die Leitung übernehmen. Man muss die Leute vor sich selbst beschützen." Oder so ähnlich. Und dabei hatte er nicht glücklich ausgesehen.
„Thomas vielleicht nicht. Aber seine Mutter."
Kammerlander vermied es, Ebner anzusehen. „Ich kann mir nicht vorstellen, dass Rita Rumbach eine Mörderin ist oder eine Tatbeteiligte."
„Natürlich nicht." In Ebners Stimme schwang Ärger mit. „Ich aber schon. Zumindest ist sie eine Mitwisserin. Das ist meine Meinung."
„Und dieser Russe? Juri Scharkow?", fragte Langmann.

„Den sollten wir nicht vergessen."
Kammerlander nickte.
„Den vergessen wir auch nicht. Er bringt die körperlichen Voraussetzungen mit, um diese Taten begangen zu haben."
„Wie Ulrich Rumbach am Todesengel aufzuknüpfen."
„Genau. Damit gehen wir von gemeinschaftlich begangenen Morden aus. Denken wir also in dieser Richtung nach."
Eine Weile herrschte Stille. Jeder ging im Geist sein persönliches Szenario durch.
„Wendelin Rumbach", unterbrach Kammerlander das Schweigen. „Er ist die Schlüsselfigur. Er musste in letzter Zeit viel einstecken. Zuerst erfährt er von der Vergewaltigung seiner fünfzehnjährigen Tochter. Und mit welcher Kaltschnäuzigkeit und Brutalität Ulrich das Mädchen behandelt hat. Dieser Vorfall hat seine Tochter bis heute gezeichnet. Dann erzählt ihm Thomas von den homosexuellen und pädophilen Neigungen seines Bruders. Dass er Manfred Roselli von Kindheit an missbraucht hat. Für ihn muss die Welt zusammengebrochen sein."
Langmann nickte.
„Man stelle sich vor: Das Oberhaupt der hoch angesehenen Familie Rumbach führt jahrelang ein Doppelleben. Nach außen hin spendenfreudig, ein Wohltäter der Kirche, in den besten Kreisen verkehrend. Und in Wirklichkeit ein schwuler Kinderschänder."
„So ist es", fuhr Kammerlander fort. „Er hat mindestens zwei Leben ruiniert. Das seiner Nichte Rita und das Le-

ben seines Ziehsohnes Manfred. Aber noch wissen das nur Thomas und Wendelin selbst. Doch dann will Ulrich seinen Lustknaben als Stiftungsvorsitzenden einsetzen. Damit war keineswegs sicher, dass die ganze Misere unter der Decke zu halten war. Die Ehre und das Ansehen der Familie standen auf dem Spiel. Wendelin musste handeln. Damit kommt Juri wieder ins Spiel. Er ist dem Alten bedingungslos ergeben."

„Gut. Nehmen wir an, es war so." Ebner lehnte sich zurück und ließ einen Kugelschreiber in seinen Fingern kreisen. „Wieso mussten Sepp und Paul auch sterben?"

„Wir sollten den alten Rumbach nicht unterschätzen. Ich könnte mir vorstellen, dass Wendelin ziemlich gut über die Umtriebe von Sepp Bescheid gewusst hat. Sein Verhältnis zu der Dame in Köflach scheint jedem außer Hermine bekannt gewesen zu sein. Und ich denke, dass er auch von Sepps finanzieller Misere gewusst hat. Dann addieren wir Pauls Trunksucht noch dazu – da kann man sich schon vorstellen, dass er reinen Tisch machen wollte. Die faulen Tumore aus dem gesunden Gewebe schneiden, wenn ihr mir diesen Vergleich gestattet. Und er wollte ein integres Familienmitglied an der Spitze, seinen Enkel. Und nicht das Findelkind."

„Was meinst du, wieso hat Ulrich Rumbach Manfred als Nachfolger gewollt?", fragte Langmann.

„Möglicherweise hat er doch so etwas wie ein schlechtes Gewissen gehabt. Einen Rest von Anstand. Vielleicht ist ihm bewusst gewesen, was er dem Jungen angetan hat. Und wollte eine Art Wiedergutmachung leisten."

„Lassen wir das einmal so stehen." Ebner beugte sich nach vor und ließ den Kugelschreiber auf dem Schreibtisch hin und her rollen. „Wendelin Rumbach konnte die Morde nicht allein begehen. Dazu fehlte ihm die Kraft. Also hat er sich Juris bedient. Fürs Grobe sozusagen. Und aufgrund der genauen Planung würde ich auch Thomas mit einbeziehen. Seine Mutter könnte auch eingeweiht gewesen sein."

„Das Dumme ist nur, dass wir keinen einzigen Beweis für unsere Theorie haben", brachte Langmann seine Kollegen wieder auf den Boden der Tatsachen. „Es hat zwar niemand ein Alibi, aber das heißt auch, dass wir niemandem das Gegenteil nachweisen oder ihn der Lüge bezichtigen können."

„Es ist alles so schwammig." Kammerlander stützte den Kopf in die Hände.

„Es sind noch so viele Fragen offen. So viele Ungereimtheiten. Zum Beispiel wissen wir immer noch nicht, wieso Ulrich Rumbach glaubte, selbstherrlich gegen den Willen der anderen Familienmitglieder seinen Wunschkandidaten an die Spitze setzen zu können. Oder denkt an die Morde selbst. An die Opferablage. Warum wurde in dieser Weise vorgegangen? Warum wurden diese Tatorte ausgesucht? Wir wissen es nicht. Aber ich denke, die Beantwortung dieser Fragen ist entscheidend."

„Und vergessen wir nicht die Schnitte an den Leichnamen", ergänzte Ebner. „Als würden sie zum Abschluss noch gezeichnet. Vielleicht steckt Juri dahinter. Bei dem könnte ich mir vorstellen, dass er jedem Opfer noch seine Unterschrift verpassen wollte. Aber das ist nur so ein Gedanke."

Sie saßen noch stundenlang zusammen und lasen die Akten, diskutierten, suchten nach Lösungsansätzen. Um elf machten sie Schluss. Es gab keine neuen Ideen, jede Möglichkeit war erwogen und durchgespielt worden. Sie fühlten sich wie ausgehöhlt.

Bei diesem Fall schien so vieles zusammenzupassen, aber es gab auch immer Widersprüchliches. Dinge, die auf den ersten Blick unwichtig schienen, mussten eine Bedeutung haben. Offensichtliches erwies sich bei näherer Betrachtung als fragwürdig. Anderes wollte sich in kein Szenario einfügen und stand als Faktum allein für sich. Und es gab nichts, worauf man den Finger legen könnte. Keiner der Verdächtigen bot die geringste Ungereimtheit, bei der man einhaken konnte. Kein Versuch, seine Unschuld zu beweisen oder Alibis zu konstruieren. Wer nichts sagte, konnte auch nicht widerlegt werden.

Wenn das so weiterging, stand zu befürchten, dass der oder die Mörder damit durchkamen.

Der kleine Hase kam zu einem Tunnel und blieb stehen. Er blickte in die dunkle runde Öffnung und hatte Angst. Eine Elster saß am oberen Ende der Öffnung und beobachtete ihn eine Zeit lang.
„Was machst du denn hier ganz allein?", fragte sie.
„Ich bin auf der Suche", sagte der Hase, „aber der Tunnel ist so dunkel und ich fürchte mich."

„Hab keine Angst", zwitscherte die Elster. „Am Ende des Tunnels siehst du das Licht. Du hast nur mehr ein kurzes Stück Weg vor dir. Also beeil dich!"
Sie flatterte mit den Flügeln und erhob sich in die Lüfte.
„Es ist alles nicht wirklich!", rief sie zum Abschied.
Der kleine Hase sah das Licht am Ende des Tunnels und lief hinein.

33

Die Abschiedsfeier der Rumbachs war für zehn Uhr Vormittag am Samstag angesetzt. Im Veranstaltungsgebäude gab es zwei Säle. Für dieses Ereignis war der größere Saal gewählt worden. Uniformierte Beamte waren vor dem Gebäude postiert, Kammerlander und Ebner hielten sich im Inneren auf. Zum einen, um zu demonstrieren, dass für den Schutz der Familie Rumbach alles getan wurde. Zum anderen, um zu zeigen, dass die Familie unter ständiger Beobachtung stand.
Es befanden sich bereits an die zweihundert Leute im Raum, und immer noch strömten Menschen durch die Tür, um an der Würdigungsfeier teilzunehmen. In den ersten beiden Reihen hatten die Familie – Rita war heute anwesend, wie Kammerlander rasch feststellte – Platz genommen sowie kirchliche Würdenträger und die hohen Tiere aus Politik und Wirtschaft. Sie machten ernste Gesichter und zogen ab und zu ein Blatt Papier aus ihren Jackentaschen, um sich zu vergewissern, dass sie die vorbereitete Rede nicht vergessen hatten. Sogar Landeshauptmann Wegener war erschienen. Kammerlander hatte auch Kommandant Starkl mit Gattin erspäht, freilich ein paar Reihen dahinter. Die meisten Presseleute mussten draußen ihre Fotos schießen. Es hatten nur ein paar ausgesuchte Reporter die Erlaubnis erhalten, im Inneren zu filmen oder zu fotografieren.
Im vordersten Teil des Saales war ein Podium errichtet worden. In der Mitte stand ein Rednerpult mit Mikrofon

und wartete auf seine Bestimmung. Links davon hatte ein fünfköpfiges Streichensemble Platz genommen und stimmte leise seine Instrumente. Auf der rechten Seite waren drei schmale, etwa ein Meter hohe Kästen aufgestellt worden. Auf der Vorderseite dieser Quader stand in großen kursiven Buchstaben jeweils ein Name. Ulrich Rumbachs Schriftzug war in der Mitte zu lesen, flankiert von denen seiner Neffen. Was sich auf den Kästen befand, war nicht zu sehen. Ein Stoffvorhang, der an der Decke befestigt war, umhüllte die Quader wie eine Glocke. Üppiger Blumenschmuck verlieh dem Raum einen feierlichen Charakter.

Endlich war der letzte Gast im Saal und die Türen wurden geschlossen.

Das leise Murmeln erstarb, als die Musiker ihre Instrumente ans Kinn hoben. Getragene Geigenklänge erfüllten den Raum und eröffneten die Feier. Dann erhob sich der Bürgermeister, um als Gastgeber die ersten feierlichen Worte zu sprechen.

Er begrüßte die Familie und die Ehrengäste. Danach ging er auf die unfassbaren Taten ein, welche die drei geliebten Familienmitglieder aus den Reihen der Rumbachs gerissen hatten. Er erinnerte an die Verdienste dieser untadeligen Menschen und an die Wohltaten, von denen der ganze Bezirk profitiert hatte. Er schloss mit den Worten: „Wir danken und verneigen uns vor dir, Ulrich Rumbach. Mit dir geht ein großer Sohn des Landes. Und auch euch, Josef und Paul, ist in unseren Herzen ein ehrendes Gedenken gewiss."

Leise setzten die Geigen wieder ein. Gleichzeitig wurde der Vorhang über den drei Holzkästen nach oben gezogen. Zuerst erschienen Metallgestelle. Dann erkannte man, dass Bilderrahmen darauf ruhten. Der Brustbereich der Dargestellten wurde sichtbar, die Krawattenknöpfe, der Halsansatz.
Der Vorhang hob sich langsam weiter.
Ein Schreckenslaut aus Hunderten Kehlen durchschnitt den Raum. Die Menschen sogen zugleich die Luft ein und wagten nicht mehr auszuatmen. Mit aufgerissenen Augen starrten sie auf die Porträts der Verstorbenen, die so feierlich enthüllt worden waren. Kein Laut war mehr zu hören. Nur die Musiker fiedelten entrückt weiter, bis auch sie die veränderte Stimmung wahrnahmen, und die Klänge ihrer Instrumente erstarben.
Die Porträts von Ulrich, Sepp und Paul Rumbach waren kaum zu erkennen. Ihren Gesichtern waren Masken aufgesetzt worden.
Schandmasken.
Drei verzerrte Schweinsköpfe grinsten die Besucher an.

Tumult setzte ein. Die Leute erhoben sich, empörte Rufe wurden laut. Martha Rumbach griff sich ans Herz, dann sank sie in Ohnmacht. Besorgte Helfer scharten sich um sie. Die Ehrengäste, allen voran der Landeshauptmann, kämpften sich bleich und kopfschüttelnd durch die Menge zum Ausgang hin. Ein Blitzlichtgewitter der Reporter zuckte durch den Saal. Verstörte und fassungslose Gesichter überall.

Kammerlander eilte so schnell es ging nach vor zum Podium. Er musste verhindern, dass jemand auf die Idee kam, die Masken von den Bilderrahmen zu heben. Vielleicht konnten daran Spuren gesichert werden. Ebner hatte bereits das Handy am Ohr, um die Spezialisten zu informieren.
Auf halbem Weg traf Kammerlander auf einen vollkommen aufgelösten Kommandant Starkl.
„Kammerlander! Was zum Teufel soll das bedeuten?"
Starkl sah ihn so wütend an, als wäre er persönlich für die Misere verantwortlich.
„Ich weiß es nicht. Ich … Es tut mir leid, ich muss jetzt aufs Podium. Aber Sie könnten uns helfen. Bringen Sie die Rumbachs hier heraus – am besten durch einen Seitenausgang – und veranlassen Sie, dass der Saal so schnell wie möglich geräumt wird!"
Damit ließ er Starkl in seinem Elend allein.
Auf dem Podest sah er sich in gebührendem Abstand die Quader mit den Schweinsköpfen an. Das waren die Schandmasken, die vor ein paar Wochen aus dem Köflacher Kunsthaus gestohlen worden waren, da war er sich sicher. Er spürte, wie sich ihm die Haare aufstellten, als er das makabre Arrangement betrachtete. Welch grausame Rache wurde hier genommen, wenn jemand noch nach dessen Tod so verhöhnt wurde!
Ebner stand neben ihm und schüttelte den Kopf. „Und ich dachte, ich hätte schon alles gesehen."
Kammerlander nickte.
„Dachte ich auch."

„Bei den Schandmasken müssen wir ansetzen."
Kammerlander ging gereizt vor seinem Schreibtisch auf und ab.
„Wir müssen wissen, wer von der Familie die Ausstellung im Kunsthaus besucht hat. Wer also von den Masken gewusst hat. Das machst du, Kurt. Außerdem müssen wir auch herausfinden, wer Zugang zum Festsaal gehabt hat. Wann Leute dort waren, wer gesehen wurde. Wichtig ist der Zeitpunkt, an dem der Vorhang über die Bilder gesenkt worden ist. Irgendwann danach hat jemand die Masken über die Porträts gestülpt. Longjohn, das übernimmst du. Ich bleibe hier und versuche, Starkl zu beruhigen und uns die Presse vom Hals zu halten."
Ebner und Langmann nickten und griffen nach ihren Jacken.
Als Kammerlander allein war, setzte er sich hinter seinen Schreibtisch und rieb sich die Schläfen. Der heutige Vorfall setzte dem Fass die Krone auf. Die Rumbachs waren öffentlich gedemütigt worden, wie man es sich drastischer nicht vorstellen konnte. Was hatten Ulrich, Sepp und Paul getan, das diesen Hass rechtfertigte?
Er dachte an Rita. Ihr war von Ulrich übel mitgespielt worden. Aber in Bezug auf Sepp und Paul sah er kein Motiv. Dann Thomas. Der wusste um die Abgründe in seiner Familie, doch selbst wenn er am Mordkomplott beteiligt gewesen war, so konnte er doch kein Interesse daran haben, als zukünftiger Stiftungsvorsitzender die Familie so in Misskredit zu bringen. Das Gleiche galt für Wendelin Rumbach. Wenn man sich das überlegte, konnte es keiner

aus der Familie gewesen sein. Hatten sie sich die ganze Zeit in die falsche Richtung bewegt?

Aber wer kam sonst in Frage? In den ganzen Ermittlungen war kein Außenstehender aufgetaucht, der auch nur annähernd ein Mordmotiv gehabt hatte. Kammerlander stützte den Kopf in die Hände.

Es klopfte, und Inspektor Witt steckte den Kopf zur Tür herein.

„Der Herr Kommandant will Sie sprechen. Sie sollen …"

Kammerlander winkte müde ab. Witt trat ein und zog die Tür hinter sich zu.

„Sie sehen gar nicht gut aus, Herr Abteilungsinspektor. Haben Sie heute schon etwas gegessen?"

„Mir ist nicht nach Essen, Witt."

„Aber … Sie müssen zu Kräften kommen. Ich hole Ihnen –"

„Nein, danke. Wirklich nicht."

Kopfschüttelnd kam Witt näher. Für ihn war Essen das Allheilmittel, wenn es ihm schlecht ging. „Dann trinken Sie wenigstens etwas."

Er stellte eine Flasche Mineralwasser auf den Schreibtisch. Seine Augen ruhten besorgt auf seinem Vorgesetzten. Kammerlander hatte schon Angst, dass Witt ihm über den Kopf streicheln würde.

„Kann ich Ihnen irgendwie helfen?"

Witts Fürsorge rührte ihn.

„Kaum. Oder fällt Ihnen jemand ein, der die Rumbachs hasst? Der eine Auseinandersetzung mit ihnen hat oder hatte? Eine Begebenheit, die nicht in das gutbürgerliche

Schema dieser christlichen Familie passt? Vielleicht ein Vorfall aus der Vergangenheit, der nicht aktenkundig ist? Dann, mein lieber Witt, können Sie wirklich etwas für mich tun."
Inspektor Witt legte sein rundes Gesicht in nachdenkliche Falten. Er kam Kammerlander vor wie einer dieser faltigen jungen Hunde, die erst in ihr Fell hineinwachsen mussten. Wie hieß diese Rasse gleich? Er kam nicht drauf.
„Also … viel fällt mir nicht ein. Die Jugendsünden der Kinder kennen Sie ja schon. Und sonst … war da nur der Unfall. Das ist aber schon sehr lange her. Ein Verkehrsunfall. Die Frau ist damals gestorben. Warten Sie … Helm hieß sie. Genau. Es wurde damals festgestellt, dass es ihre Schuld war. Aber –"
„Ich erinnere mich. Die Frau war alkoholisiert." Er unterbrach ihn, bevor Witt weitschweifig wurde. Das führte doch zu nichts. Wie schlimm stand es schon um ihn, dass er sogar Witt sein Leid klagte. Kammerlander seufzte.
„Trotzdem danke. Vielleicht geschieht ja noch ein Wunder und wir haben eine Erleuchtung." Er rieb sich die Augen.
„Wissen Sie was?", sagte Witt, als er zur Tür ging. „Ich habe Sie nicht gefunden. Ruhen Sie sich ein bisschen aus. Der Kommandant kann warten."
Kammerlander sah ihn dankbar an.
Guter Witt.

34

„Es haben einige Familienmitglieder die Ausstellung besucht."
Ebner nahm seinen Notizblock zu Hilfe.
„Sepp Rumbach mit Frau und Kindern waren die Ersten. Großvater Wendelin war mit Enkel Thomas und dessen Freundin auch dort. – Klar, als Geschichtsprofessor lässt man sich so etwas nicht entgehen. Als Letzte hat sich Rita die Ausstellung in Begleitung von Dr. Meinhart angesehen. Wir haben die Auswahl."
„Hm. Longjohn, was hast du herausgefunden?"
„Es gibt drei Schlüssel für den Stadtsaal. Einer liegt im Rathaus beim Bürgermeister. Einen hat der Kulturstadtrat und den dritten der Wirt, der das Gasthaus führt. Er ist es auch, der am Abend abschließt.
Die Vorbereitung für die Abschiedsfeier haben sich Rita, Thomas und Manfred geteilt. Rita war für den Blumenschmuck zuständig, Manfred für alles, was mit Schrift zusammenhing, und Thomas hat sich um die technischen Details gekümmert. Es waren Leute von der Gemeinde da, um die Rumbachs zu unterstützen, und natürlich die Blumenlieferanten. Tagsüber war der Saal offen, im Prinzip konnte jeder hinein."
„Wann wurden die Porträts verhüllt?"
„Am Abend vor der Feier. Der Kulturstadtrat hat mit seinen Leuten noch einige Male den Vorhang hoch und runter gefahren, damit er sicher sein konnte, dass es bei der Feier

keine Pannen gab. Das war etwa um sieben. Danach hat er den Saal zugesperrt. Geöffnet wurde er erst wieder am nächsten Tag, kurz bevor die ersten Trauergäste kamen."
„Dann muss jemand in der Nacht die Masken platziert haben. Tagsüber hätte man sie niemals unbemerkt in den Saal bringen können."
Langmann zuckte mit den Schultern.
„Die Schlösser waren unversehrt."
Kammerlander schlug sich an die Stirn.
„In der ganzen Aufregung habe ich vergessen, nach der Gästeliste zu fragen. Hat von euch jemand daran gedacht?"
Ebner zog ein Blatt Papier aus der Brusttasche.
„Hier. Ich habe selbst noch nicht reingesehen. Da sind aber nur die Ehrengäste und jene Leute drauf, die sich angekündigt haben. In Wahrheit waren viel mehr Leute da."
Kammerlander faltete den Bogen auseinander. An die hundert Namen waren in zwei Spalten aufgelistet. Er ging die Namen durch und fuhr mit dem Finger mit. Bei der zweiten Spalte stutzte er. Sein Finger wanderte drei Zeilen zurück.
„Das ist ja merkwürdig."
„Was denn?"
Ebner kam auf seine Seite und sah ihm über die Schulter.
„Der Name hier."
Kammerlander tippte mit dem Finger an die entsprechende Stelle. „Dr. Helm-Meinhart. Denkt ihr, das ist unser Steuerberater Meinhart?"
„Ein anderer Meinhart ist nicht auf der Liste aufgeführt?"

Kammerlander ging noch einmal konzentriert die Namen durch.

„Nein. Das ist der Einzige." Er furchte die Stirn. „Helm … Den Namen habe ich doch schon einmal gehört." Er starrte nachdenklich vor sich hin.

„Kommt mir auch bekannt vor." Ebner nahm die Akten und begann hektisch darin zu blättern.

Ein Ruck ging durch Kammerlander.

„Ich hab's! Der Unfall. Ich habe heute noch mit Witt darüber gesprochen. Die Unfallgegnerin der Rumbachs hieß doch Helm. Witt wollte dazu noch etwas sagen, aber ich … Egal. Langmann, hol Witt sofort hierher. Und du Kurt, grabe bitte die Akten über diesen Fall aus."

Sie hatten Glück. Witt hatte Dienstschluss und war bereits bei seinem Wagen, als ihn der Ruf Langmanns erreichte. Atemlos stand er vor den Beamten.

„Sie erinnern sich an unser Gespräch?" Kammerlander hielt sich nicht lange mit Vorreden auf. „Über den Unfall vor vielen Jahren, in den die Rumbachs verwickelt waren?"

Witt nickte verdattert.

„Sie wollten dazu doch noch etwas sagen?"

„Ja … also, es wurde so einiges darüber gemunkelt …"

„Heraus damit!"

Witt zuckte zusammen.

„Soweit ich mich erinnere, sind die jungen Rumbachs von einer Feier oder von der Disco heimgefahren, so genau weiß ich das nicht mehr …"

„Welche Rumbachs?"

„Na, Rita und die beiden Jungen."
„Sepp und Paul?"
„Ja. Kurz nach Köflach prallten sie mit einem entgegenkommenden Wagen zusammen. An der Stelle führt unterhalb die Bahnlinie durch. Das Auto der Rumbachs kam zum Stehen, aber der andere Wagen schleuderte von der Straße. Er fiel einige Meter auf die Geleise darunter und überschlug sich. Scheußliche Sache. Da kann man wieder einmal sehen: Beim einen fährt der Schutzengel mit, und beim –"
„Ja, schon gut. Was wurde denn nun gemunkelt?"
„Sie wissen ja, wie die Leute reden. Die Rumbachkinder kamen mit einem blauen Auge davon, denn bei der Lenkerin war Alkohol im Blut festgestellt worden. Damit war sie die Schuldige am Unfall. Hinter vorgehaltener Hand ging allerdings das Gerücht, dass die Rumbachs auch alkoholisiert gewesen wären. Aber das wäre unter den Teppich gekehrt worden. Die Herrschaften hätten es sich gerichtet."
„Die Fahrerin hieß Helm?"
„Jawohl. Sie war auf der Stelle tot. Und eine Tote konnte sich ja nicht mehr verteidigen – sagten die Leute."
„War sie allein im Auto?"
Witt schüttelte den Kopf.
„Sie hatte ihre Tochter dabei. Das Mädchen hat schwer verletzt überlebt."

Die Unfallakte, die Ebner ausgegraben hatte, sagte nicht viel aus. Im Großen und Ganzen bestätigte sie nur Witts

Worte. Sepp hatte am Steuer gesessen, Paul auf dem Beifahrersitz und Rita auf der Rückbank. Maria Helm hatte das andere Fahrzeug gesteuert. Ihre Tochter Tanja hatte neben ihr gesessen. Im Blut der Toten war Alkohol nachgewiesen worden, allerdings kein hoher Wert. Von einem Alkoholtest, der bei Sepp Rumbach durchgeführt worden wäre, stand hier nichts.

„Ich habe mich auch mit dem Hintergrund von Dr. Meinhart beschäftigt." Ebner warf einen Blick in seine Unterlagen. „Seine Eltern hatten sich scheiden lassen. Die Mutter lebte allein mit den Kindern im Haus in Köflach, der Vater war ausgezogen. Zwei Jahre nach der Scheidung starb sein Vater. Sie nahm wieder ihren Mädchennamen an und arbeitete als Sekretärin bei einem Rechtsanwalt.
Als die Mutter gestorben war, kam Andreas Meinhart zu einem Onkel. Der Verkauf des Hauses ermöglichte ihm ein Studium. Er führte den Namen Helm-Meinhart. Als er in Voitsberg eine Steuerberatungskanzlei eröffnete, tat er dies unter dem Namen Meinhart, also dem Namen seines Vaters. Der Doppelname tauchte offiziell nirgendwo mehr auf.
Seine Schwester war zum Zeitpunkt des Unfalls dreizehn Jahre alt. Sie war schwer verletzt und lebt seither in einem Heim. Ihr Name lautet Tanja Helm-Meinhart."
Kammerlander hörte schweigend zu. Konnte das die Lösung sein? War der Unfall damals der Schlüssel zu diesem irrwitzigen Fall?
„Das hört sich doch nach einem Motiv an, oder was meinst du?" Ebner dachte dasselbe.

„Wir gehen dem auf alle Fälle nach. Ruf Dr. Meinhart an und bitte ihn zu uns. Ich will ihn heute noch hier haben."
Ebner hatte schon den Hörer in der Hand, als er innehielt.
„Eines irritiert mich: Meinhart hat doch ein Verhältnis mit Rita Rumbach. Wie passt das in die Geschichte?"
„Ich weiß es nicht. Bei dieser Familie geht anscheinend nichts den gewohnten Gang. Was grade aussieht, ist eckig, und umgekehrt. Deshalb müssen wir mit Meinhart sprechen. Wir sollten keine Zeit verlieren. Bitte den Herrn Doktor zum Tanz."
Kammerlander war unruhig. Er sah einen Silberstreif am Horizont. Es war möglich, dass sie endlich am Ziel ihrer Ermittlungen waren. Doch er verbot sich zu großen Optimismus. Wenn Meinhart ihr Mann war, würde es nicht einfach sein, ihn zu überführen. Zu raffiniert und überlegt war der Täter ans Werk gegangen, um nicht auf ihre Fragen vorbereitet zu sein. Er seufzte.
Um auf Witts Sprichwörterkiste zurückzugreifen: Man sollte das Fell des Bären nicht verkaufen, bevor er erlegt ist.

35

Dr. Meinhart war sichtlich ungehalten. Ebner hatte ihn über Handy erreicht. Er war bei den Rumbachs gewesen, die noch immer unter Schock standen.

„Hätte das nicht bis Montag warten können, meine Herren? Die Familie braucht jetzt meinen Beistand bestimmt nötiger als sie."

Kammerlander lächelte verbindlich.

„Das würde ich so nicht sagen."

„Wie meinen Sie das?"

„Wir denken, dass Sie uns mit der Beantwortung einiger Fragen sehr behilflich sein können."

Andreas Meinhart öffnete die Knöpfe seiner Jacke und lehnte sich zurück. Eine gepflegte Erscheinung, dachte Kammerlander. Dunkelgrauer Zweireiher, dazu passend Hemd und Krawatte, die Haare modisch kurz geschnitten und an den Schläfen leicht angegraut. Ein energisches Kinn, blaugraue Augen hinter der Goldrandbrille. Ein Mann, dem man Urteilsvermögen und Kompetenz zutraute.

„Nun denn. Stellen Sie Ihre Fragen."

„Ihr Name lautet Andreas Meinhart?"

Der Steuerberater zog verwundert die Augenbrauen hoch.

„Das dürfte wohl hinlänglich bekannt sein."

„Wir fragen Sie das, weil wir auf der Liste der Trauergäste den Namen Dr. Helm-Meinhart gefunden haben."

Irritiert richtete er sich auf.
„Tatsächlich? Das ist merkwürdig ..."
„Inwiefern merkwürdig?"
„Weil ich den Namen schon vor Jahren geändert habe. Die Kanzlei läuft unter Meinhart und auf sämtlichen Geschäftspapieren steht auch dieser Name. Deshalb erstaunt mich die Tatsache, dass ich unter meinem alten Namen aufgelistet bin."
„Darf ich fragen, warum Sie die Namensänderung durchführen ließen?"
„Wenn es der Wahrheitsfindung dient. Der Name war mir einfach zu lang."
„Sie haben doch gewiss eine Sekretärin?"
„Natürlich. Aber die Unterschriften leiste ich immer noch selbst." Er sah die Beamten belustigt an. „Was ist für die Polizei daran so interessant?"
„Wir sind auf eine Unfallakte gestoßen ... Da taucht der Name Helm auf."
Dr. Meinharts Miene wurde reserviert.
„Das war vor über zwanzig Jahren."
„Richtig. Maria Helm ist damals zu Tode gekommen. – Ihre Mutter?"
„Das wissen Sie doch schon längst."
„Ja ... Im Wagen der Unfallgegner saßen Sepp, Paul und Rita Rumbach. Sepp saß am Steuer."
„Wieso graben Sie diese alte Geschichte aus? Der Vorfall hat für die aktuellen Geschehnisse keine Bedeutung."
„Das ist noch die Frage. Dieser ‚Vorfall', wie Sie ihn nennen, hat Ihr Leben nachhaltig beeinflusst."

„Ja, natürlich hat er das. Aber ich verstehe noch immer nicht, was –"
„Nun, das liegt doch wohl auf der Hand. Die Rumbachs sind schuld am Tod Ihrer Mutter. Auch Ihre Schwester wurde schwer verletzt. Und heute arbeiten Sie für die Rumbachs und beraten Sie in Geldangelegenheiten. Tragen Sie der Familie denn nichts nach?"
„Es war ein Unfall, mein Gott. Niemand hat das gewollt."
„Das ist dann in der Tat sehr großherzig von Ihnen. Wenn man bedenkt, was es für Gerüchte gab …"
In die Augen des Steuerberaters trat ein wachsamer Ausdruck.
„Von was für Gerüchten reden Sie?"
„Also", Kammerlander wechselte einen Blick mit Ebner, „uns kam zu Ohren, dass bei der Unfallerhebung und anschließenden Verhandlung nicht alles mit rechten Dingen zugegangen sein soll."
„Ich habe hier die Akte von damals", meldete sich Ebner zu Wort.
„Hier drin ist zwar eine Alkoholisierung Ihrer Mutter vermerkt, aber kein Wort über einen Bluttest bei Sepp Rumbach. Wollen Sie den Bericht lesen?"
Er hielt ihm die Akte auffordernd hin. Dr. Meinhart schüttelte den Kopf.
„Nein, danke."
„Haben Sie jemals mit den Rumbachs darüber gesprochen?"
„Nein."

„Weiß die Familie überhaupt, dass Sie der Sohn von Frau Helm sind?"
Die Lippen des Steuerberaters wurden schmal.
„Ich glaube nicht. Es wurde, wie gesagt, nie darüber gesprochen."
Eine Zeit lang sagte niemand ein Wort.
Kammerlander räusperte sich.
„Was sagen Sie dazu, Dr. Meinhart? Glauben Sie, dass damals gemauschelt worden ist, damit Sepp Rumbach ungeschoren davonkam?"
„Das ... kann ich mir nicht vorstellen."
„Wirklich nicht? Na, schön. Lassen wir das einmal beiseite. Sie genießen heute eine Vertrauensstellung bei den Rumbachs, kann man das so sagen? Wie lange arbeiten Sie schon für die Familie?"
„Seit zwei Jahren. Ulrich Rumbach hat mir das Mandat erteilt."
Die Tür ging auf und Langmann kam herein. Er nickte Kammerlander unmerklich zu.
„Den Kollegen Langmann kennen Sie ja schon. Er wird bei unserem Gespräch anwesend sein."
Dr. Meinhart nickte dem Neuankömmling kurz zu.
„Wo waren wir? Ach ja, Sie haben das Rumbach-Mandat übernommen. Da müssten Sie doch gemerkt haben, dass Sepp Rumbach den Betrieb abwirtschaftet. So etwas bleibt einem Steuerberater doch nicht verborgen."
Dr. Meinhart verzog keine Miene.
„Der Mandant hat mich in seinen Geschäftsangelegenheiten nicht um Rat gefragt."

„Und die Risiko-Aktiengeschäfte? Es muss ihn doch jemand beraten haben."
„Davon hatte ich keine Ahnung. Zumindest nicht von dem Umfang."
„Das stimmt nicht." Langmann nahm einen Stuhl und setzte sich neben den Steuerberater. „Ich weiß von Thomas Rumbach, dass Ihr Mandant sich in finanziellen Belangen immer an Sie gewandt hat. Sie haben ihm zu den Risikoanlagen geraten. Das heißt, nicht Sie persönlich. Sie haben ihm einen Börsenmanager empfohlen. Und das ist zufälligerweise ein guter Freund von Ihnen."
Kammerlander staunte einmal mehr, an welche Informationen Langmann kam. Wenn es um Wühlarbeit im Bereich Finanzen ging, war er der Beste.
„Das gehört zu meinen Aufgaben. Die Auswahl der Aktien hat Sepp Rumbach selbst getroffen."
„Vielleicht mit ein bisschen Rat und Hilfe von Ihrem Freund?"
Dr. Meinhart hob einen Finger gegen Langmann.
„Überlegen Sie sich gut, was Sie da sagen. Sie sollten mit Unterstellungen vorsichtiger sein."
Langmann fuhr ungerührt fort.
„Unsere Leute haben sich mit Genehmigung des Staatsanwaltes alle finanziellen Transaktionen angesehen, die in den letzten zwei Jahren in der Stiftung getätigt wurden. Dabei hat sich herausgestellt, dass ertragreiche alte Aktien verkauft und neue erworben wurden. Einige der neu gekauften machten ziemliche Verluste. Das Vermögen der Rumbachs wird allmählich kleiner. Nicht in einem Aus-

maß, dass man in Kürze Schlimmes erwarten müsste. Der Prozess ist schleichend, könnte man sagen. Das müssen Sie festgestellt haben."
Dr. Meinhart schlug ein Bein über das andere und sah Langmann ausdruckslos an.
„Börsengeschäfte bergen immer ein Restrisiko. Es war eben ein schlechtes Jahr."
„Mir sieht es eher danach aus, als wollte jemand systematisch den Ruin der Rumbachs herbeiführen."
Die Augen des Steuerberaters verengten sich.
„Und dabei denken Sie an mich? Wieso sollte ich meinen besten Mandanten verlieren wollen? – Ach so. Wegen des Unfalls. Sie glauben, ich habe Rachepläne. Nun, in dem Fall sollte ich wohl kein Wort mehr sagen und meinen Anwalt anrufen."
Er stand resolut auf.
„Das sollten Sie wirklich." Kammerlander verschränkte die Hände vor der Brust und wippte mit der Sessellehne vor und zurück.
„Und Sie sollten sich überlegen, wo Sie zu den Tatzeiten der Morde waren. Am besten wäre es, Sie könnten jemanden beibringen, der Ihre Alibis bestätigen kann. Auch für die gestrige Nacht."
Dr. Meinhart starrte ihn an. Dann schüttelte er den Kopf.
„Sie glauben allen Ernstes, ich hätte die drei *Morde* begangen? Und den Hokuspokus mit den Schweinemasken aufgeführt? Das ist ja absurd."
Er stieß ein ungläubiges Lachen aus und sah die drei Beamten an, als sähe er grüne Männchen.

„Ich will Ihnen etwas sagen, damit Sie sich nicht komplett verrennen."
Der Steuerberater setzte sich wieder.
„Ich werde Ihnen eine Geschichte erzählen. Ich mache keine Aussage, wohlgemerkt. Es ist nur eine Geschichte."
Er stützte seine Arme auf den Tisch und sah Kammerlander in die Augen.
„Es war einmal ein Jüngling, der mit seiner Mutter und seiner kleinen Schwester froh zusammenlebte. Die Schwester war dreizehn Jahre alt, ein hübsches gesundes Mädchen, dessen einzige Liebe das Klavierspielen war. Sie hatte auch großes Talent und wollte Konzertpianistin werden. Eines Tages nahm sie in Graz an einem Talentwettbewerb teil. Das Mädchen hatte den ersten Platz erspielt, und beim anschließenden Buffet, wo die Mutter zwei Gläschen Sekt trank, wurde ihr ein Musikstipendium offeriert. Das Mädchen war so glücklich wie noch nie.
Als sie in der Nacht nach Hause fuhren, hatten sie einen schlimmen Unfall. Ein Wagen raste auf sie zu und schleuderte sie von der Straße. Die Mutter war sofort tot. Das Mädchen überlebte, aber seither lebt sie in einem Rollstuhl und ist vom Hals abwärts gelähmt.
Die Insassen des anderen Wagens waren alle alkoholisiert. Es waren zwei junge Männer und ein Mädchen. Das Mädchen war so zugedröhnt, dass es vom Unfall kaum etwas mitbekommen hatte. Die Burschen wussten nicht, was sie tun sollten. Die Not war groß. Da hatten sie die rettende Idee: Sie riefen ihren Onkel an, der ein reicher und

mächtiger Mann war. Der rief seinerseits Freunde an, und die drei jungen Leute wurden nach Hause gebracht. Sie verbrachten zwei Tage im Bett, um wieder zu Kräften zu kommen. Als sie den Schock überwunden hatten, machten sie ihre Aussagen. Der Onkel dankte seinen Freunden, den Ermittlern, dem Richter, dem Gutachter und tat viel Gutes. Es war alles ganz klar: Die Mutter war schuld, denn sie hatte zwei Gläschen Sekt getrunken.

Der Junge lebte fortan bei der Familie seines Onkels. Seine behinderte Schwester wollten sie nicht, damit wären Tante und Onkel überfordert gewesen. Sie wurde in ein Heim abgeschoben. Also fügte sich der Junge in sein Schicksal und ging seinen Weg. Er wurde Steuerberater.

Eines Tages war ihm das Schicksal hold. Der reiche, mächtige Mann mit den vielen Freunden erteilte ihm ein riesiges Mandat. Fortan arbeitete der Steuerberater für die Familie und errang ihr Vertrauen.

Aber er hatte nie vergessen, was ihm angetan worden war. Er hatte einen Plan. Er nahm Einfluss auf die schwächsten Familienmitglieder und begann so, das Imperium zu schwächen. Ganz allmählich, ohne dass Verdacht auf ihn fiel. Sein Ziel war es, Macht, Einfluss und Reichtum der Familie zu zerstören.

Doch plötzlich geschahen unheimliche Dinge. Der reiche, mächtige Mann wurde ermordet, ebenso seine beiden Neffen. Ein anderer hatte in den Zerstörungsprozess eingegriffen, und zwar mit Wucht. Der Steuerberater erkannte, dass von anderer Seite für Gerechtigkeit gesorgt worden war, und war es zufrieden."

Es herrschte tiefes Schweigen im Raum. Dr. Meinhart lächelte.

„Dies ist, wie gesagt, nur eine Geschichte. Sie hat absolut nichts mit mir zu tun. Ich weise Ihre vorherigen Anschuldigungen weit von mir. Sie können nichts davon beweisen. Und was die Morde angeht: Ich bestreite energisch, sie begangen zu haben oder darin verwickelt zu sein."

Er erhob sich und knöpfte seine Anzugjacke zu.

„Damit ist das Gespräch zu Ende. Alle weiteren Fragen klären Sie bitte mit meinem Anwalt. Oder wollen Sie mich verhaften?"

„Das wäre zu diesem Zeitpunkt verfrüht, und das wissen Sie auch. Sie können gehen."

Kammerlander, der ihn die ganze Zeit nicht aus den Augen gelassen hatte, wies zur Tür.

„Aber es ist noch nicht zu Ende. Halten Sie sich zu unserer Verfügung."

„Guten Tag, meine Herren."

36

Am nächsten Morgen trafen sie erst um neun im Büro ein. Sie hatten den Abend zuvor bis nach Mitternacht zusammen gesessen und die Aussage Dr. Meinharts diskutiert und zu bewerten versucht. Sie waren zu keinem Ergebnis gekommen. Er hatte ihnen durch die Blume zu verstehen gegeben, dass er die Familie zu ruinieren versucht hatte. Aber gleichzeitig wusste er genau, dass ihm das niemals nachzuweisen war. Wie auch? Er hatte nichts Unrechtmäßiges getan. Er hatte die Familie beraten, das war schließlich seine Aufgabe. Bei den Börsengeschäften hatte er nicht aktiv mitgewirkt, sondern einen Fachmann empfohlen. Bei Sepp Rumbach war die Sache eine andere gewesen; da hatte er bestimmt mehr Einfluss genommen. Aber der konnte keine Aussagen mehr machen. Dr. Meinhart hatte getan, was von ihm erwartet worden war, und im Übrigen wusch er seine Hände in Unschuld.
Die entscheidende Frage aber war: Hatte er die Rumbachs ermordet?
Ein Motiv war zweifellos vorhanden. Jedes Mal, wenn er seine Schwester im Rollstuhl dahinvegetieren sah, musste der Hass auf die Rumbachs aufs Neue entfacht worden sein. Er hatte alle Zeit der Welt gehabt, sich einen Racheplan auszudenken. Den unblutigen Teil dieses Plans hatte er praktisch zugegeben. Aber war er auch für den grausamen verantwortlich? Seine Entrüstung schien echt gewesen zu sein. Doch vielleicht war er ein guter Schauspieler.

Vielleicht steckte hinter seiner glatten sachlichen Fassade ein Rachedurst, den er nur stillen konnte, wenn das Blut der Rumbachs floss. Er hatte nicht nur eine Vertrauensstellung, was die finanziellen Belange betraf, sondern er hatte sich über Rita Rumbach in den Kern der Familie eingeschlichen. Durch sie wusste er bestimmt über alle Familienmitglieder Bescheid. Kannte ihre Gewohnheiten und Schwächen. Konnte sie mit einem Vorwand überall hinlocken, ohne dass sie Verdacht schöpften. Die Rumbachs betrachteten ihn als einen Freund der Familie. Rita glaubte, ihn für ihre Zwecke manipulieren zu können. In Wahrheit hatte er die Fäden gezogen. In Wahrheit hasste er sie alle.
Auch die öffentliche Demütigung sprach für Meinhart als Täter. Die drei Rumbachs waren ja nicht bloß umgebracht worden. Der Mörder hatte dafür gesorgt, dass dies in der degradierendsten Weise geschah. Das Bild der edlen Rumbachs sollte zerstört, ihr angebliches Gutmenschentum an den Pranger gestellt werden. Durch die Zurschaustellung der Opfer mit den Schweinemasken war die Botschaft noch eindeutiger gewesen.
Aber wie sollten sie Meinhart die Morde nachweisen? Viel Kleinarbeit kam auf sie zu. Sie mussten die Vergangenheit des Steuerberaters durchleuchten, seine Alibis überprüfen, mit seinen Angestellten reden. Die behinderte Schwester und die Verwandten, bei denen er gelebt hatte, aufsuchen. Den befreundeten Börsenmanager befragen. Sie brauchten irgendetwas, das einen begründeten Verdacht rechtfertigte. Dann würden sie auch einen Durchsuchungsbefehl für sein Haus bekommen.

Nachdem der Morgenkaffee getrunken und die Aufgaben verteilt worden waren, verließen Ebner und Langmann das Büro. Kammerlander wartete auf den Bericht der Spurensicherung. Wenn sie Glück hatten, hatte der Täter beim Transport der Masken etwas Verwertbares zurückgelassen. Gott, lass ihn einen Fehler gemacht haben! Er richtete den Blick inbrünstig zur Zimmerdecke.

Die Rumbach-Akten lagen vor ihm. Er starrte sie an, doch er wollte sie nicht noch einmal lesen. Er ärgerte sich, dass er die Meldung über den Unfall als belanglos abgetan hatte. Der kurze Bericht hatte ihn nicht aufmerksam werden lassen. Ein Unfall vor zwanzig Jahren, nicht weiter spektakulär. Noch dazu waren die Rumbachs als unschuldig beurteilt worden.

Er war unruhig und fahrig. Er hatte noch kein wirkliches Gefühl für diesen Fall entwickelt. Weder für die Morde noch für den Mörder. Er wusste, dass er sich dafür selbst die Schuld geben musste. Hätte ihn nicht die emotionale Hinwendung zu Rita blockiert, wäre er vielleicht schon weiter. Das war Teil seiner Arbeitsweise: das Hineinfühlen in Geschehnisse, in Aussagen, Mimik und Gestik der Befragten, in ihren Tonfall; Stimmungen wahrzunehmen; ein Gespür für die Situation der Menschen zu entwickeln, aus der heraus eine Handlung vorstellbar oder verständlich wird. Doch bei diesem Fall hatte Chaos in seinem Inneren geherrscht. Es hatte ein halbes Dutzend Möglichkeiten gegeben, doch der rote Faden hatte gefehlt. Die Ahnung, in welche Richtung er denken musste, hatte sich nicht einstellen wollen.

Gedankenverloren nahm er ein Blatt Papier und kritzelte den Namen des Steuerberaters darauf. Hatten sie mit ihm den Täter?

Seine Vorstellung war sehr überzeugend gewesen, aber er war geübt in der Kunst der Verstellung. Wie er jahrelang im Umgang mit den Rumbachs bewiesen hatte. Er war überaus geschickt gewesen. Er hatte von zwei Straftaten die harmlosere zugegeben, für die ihn ohnehin niemand belangen konnte. Und damit hatte er von der schweren abgelenkt. Kammerlander starrte auf die Buchstaben, bis sie vor seinen Augen verschwammen.

Das brachte nichts. Seine Unruhe nahm zu. Ein Schauer, als ob Ameisen unter der Haut kribbelten, überzog seinen Körper. Er musste hier raus. Er würde einen Spaziergang machen. Nein, besser noch, er würde zum Voitsberger Friedhof fahren, wo alles begonnen hatte. Zwischen den Gräbern umherzustreifen, nahm ihm vielleicht die Nervosität. Wenn er wiederkam, würde der Spusibericht schon auf seinem Schreibtisch liegen. Dann würde man weitersehen.

Er blickte noch einmal auf den Zettel. „Dr. Andreas Meinhart", las er laut vom Papier ab. Er lauschte. Doch die Götter sendeten ihm kein Zeichen.

Er knüllte den Zettel zusammen und fixierte den Papierkorb, der ein paar Meter entfernt stand. Wenn ich treffe, ist er es, dachte er und kniff ein Auge zu.

Er traf daneben.

Verdammt.

Gott sei Dank war er nicht abergläubig.

Es war ein grauer Tag. Die Sonne verbarg sich hinter hohen bleichen Wolken und graues Licht legte sich über die farblose Landschaft. Es war das passende Wetter für einen Friedhofsbesuch. Kammerlander schritt auf graubraunem Kies den Weg zwischen den Gräbern entlang; vereinzelte Friedhofsbesucher in dunklen Mänteln und Jacken machten sich lautlos an den Gräbern zu schaffen. Die Stille, die ihn umfing, schien auch die Geräusche seiner Schritte zu dämpfen. Kammerlander war es, als ginge er durch ein Vakuum. Eine dumpfe Leere, so grau wie seine Stimmung.
Der Todesengel schien auf ihn zu warten. Er hatte das Gefühl, als wollte der Engel sein verhülltes Haupt heben. Für einen Moment hatte Kammerlander den brennenden Wunsch, er würde es tun. Er wollte, dass sich die Kapuze über dem dunklen Nichts darunter anhob, und er in das Antlitz des Engels blicken konnte. Er hatte den verrückten Gedanken, dass er dann die Wahrheit sehen würde. Doch was für eine Wahrheit? Das Gesicht des Mörders? Oder die Wahrheit über die größte aller Unbekannten, die Frage nach dem Danach? Oder beides? Würde er in eine andere Welt blicken, oder in ein schwarzes Loch, ohne Hoffnung auf ein Leben nach dem Tod?
Der Geruch von Tannennadeln und beginnender Fäulnis stieg ihm in die Nase. Die Kränze und Gestecke, welche die drei Erdhügel fast erdrückten, sahen frisch und protzig aus. Doch für das Auge noch unsichtbar hatte der Verwesungsprozess bereits eingesetzt. Eine orangerote Rose hatte sich aus einem Gesteck gelöst und lag vor Kammerlanders Füßen. Die äußeren Blütenblätter waren am Rand

vom Frost bräunlich verbrannt und legten Zeugnis ab von der raschen Vergänglichkeit irdischer Schönheit.

Er schloss die Augen und ließ seine Gedanken treiben. Hier lagen sie nun, die drei Rumbachs, und nichts deutete darauf hin, welch grausames Ende sie gefunden hatten.

Sie ruhten unter der Erde wie alle anderen auch, denen ein friedlicherer Tod beschieden gewesen war. Ob der Mörder wohl auch hier gestanden hatte, so wie er jetzt? Vielleicht hatte er Zwiesprache gehalten mit den Menschen, die er zum Tode verurteilt hatte. Hatte er frohlockt, geweint oder mit ihnen seinen Frieden gemacht?

Ein klagender Laut riss ihn aus seinen Gedanken. Ein dunkelgrauer Vogel saß auf der Marmorplatte, in welche die Namen der schon früher verstorbenen Rumbachs eingraviert waren. Ihm war, als würde das Tier ihn wiedererkennen. Seine schwarzen Augen sahen Kammerlander ernst an. Der Vogel hüpfte zur Seite und öffnete seinen Schnabel. Erneut stieß er seinen Klagelaut aus. Kammerlander konnte den Blick nicht von ihm wenden, bis er sich abstieß und lautlos davonflog. Eine dunkle Daunenfeder schwebte vom Rand der Marmorplatte herab, so leicht wie ein Lufthauch. Sie verfing sich in der goldenen Inschrift über den Namen und blieb dort hängen. Er sah genauer hin. Die Buchstaben erinnerten ihn an lateinische Schriften auf römischen Torbögen.

„Ein schönes Grab, nicht wahr?"

Kammerlander zuckte zusammen und drehte sich um. Der Pfarrer stand vor ihm und nickte zum Grab hin.

„Doch aller irdischer Glanz verblasst, wenn der Tod so reiche Ernte hält."
„Da haben Sie recht, Herr Pfarrer."
Kammerlander sah wieder auf die Marmorplatte.
„Was bedeutet diese Inschrift?"
„Sepulchrum est domus mortuorum", murmelte der Pfarrer. „Das bedeutet: Das Grab ist das Haus oder das Heim der Toten."
„Ein schöner Grabspruch."
„Und ein Trost für die Hinterbliebenen. Mögen die Seelen dieser Toten in ihrem neuen Heim Frieden finden."
Kammerlander war anderer Meinung. Diese Seelen würden erst Frieden finden, wenn ihr Mörder überführt und seiner gerechten Strafe zugeführt worden war.
Zumindest würde *er selbst* vorher keinen Seelenfrieden finden.
Aber das sprach er nicht aus.

Das Büro war leer, als er zurückkehrte. Missmutig hängte er seine Jacke an den Garderobenhaken. Auf der Rückfahrt war das eingetreten, was er schon die ganze Zeit befürchtet hatte: Sein Auto hatte den Geist aufgegeben. Mit stotterndem Würgen hatte es ihm die Zusammenarbeit aufgekündigt. Er hatte den Pannendienst angerufen, und Inspektor Witt hatte ihn mit einem Dienstwagen abgeholt.
Er blickte zur Kaffeemaschine, doch da war nur noch ein uralter Rest in der Warmhaltekanne. Nein danke. Er holte sich ein Glas Wasser und strafte den Kaffee mit Ver-

achtung. Der Bericht der Spurensicherung lag auf seinem Schreibtisch. Rasch ging er hin und öffnete die Mappe. Nur eine Seite. Ein schlechtes Zeichen.
Er zog die Lesebrille aus seiner Brusttasche und überflog den Bericht. Keine Fasern, keine Fingerspuren, kein Haar oder Hautschüppchen. Nichts, das als DNA-fähiges Vergleichsmaterial verwendet werden konnte. Als Einziges hatte man in geringen Mengen ein weißes Pulver gefunden. Es war als Talkumpuder analysiert worden.
Kammerlander ließ den Bericht sinken. Talkumpuder. Hm. Der Täter hatte Handschuhe getragen. Hatten nicht medizinische Handschuhe eine Puderschicht an der Innenseite? Vielleicht war das Talkumpuder. Das musste man überprüfen. Aber wer kam an solche Handschuhe heran? Nein, die Frage musste lauten: Wer kam nicht an solche Handschuhe heran? Viel würde diese Erkenntnis nicht bringen.
Seufzend legte er das Blatt zur Seite und zog den dicken Aktenstoß des Rumbach-Falles zu sich heran. Es half alles nichts. Er musste noch einmal alles haarklein durchackern.

37

Ein paar Stunden später riss ihn das Telefon aus seinen Gedanken. Er hatte gerade die Fotos mit den Schnittwunden der Opfer vor sich liegen und versuchte, daraus schlau zu werden.
Ebner war am Telefon, und seine Stimme klang aufgeregt.
„Rate mal, wer als Letzter ein Blumengesteck in den Festsaal gebracht hat, bevor abgeschlossen wurde?"
„Du wirst es mir gleich sagen."
„Dr. Meinhart."
„Ist das gesichert?"
„Ich habe die Information vom Wirt der Stadtsäle bekommen. Er sagte, er hätte Meinhart am Abend vor der Veranstaltung noch mit einem Gesteck hereinkommen gesehen. Wann genau, wusste er nicht. Dann bin ich zum Kulturstadtrat gefahren. Der war nicht begeistert davon, am Sonntag gestört zu werden, aber die Fahrt hat sich gelohnt. Er erinnerte sich, dass er bereits abgesperrt hatte, als Dr. Meinhart noch mit einem Gesteck angekommen war. Er hatte wieder aufgeschlossen und war zum Wirt an die Theke gegangen. Als Meinhart weg war, hatte er die Saaltür endgültig zugesperrt. Am nächsten Tag sah er, dass der Blumengruß des Steuerberaters ganz vorne hingestellt worden war. Neben das Gesteck der Familie Rumbach und das des Landeshauptmannes. Die Schriftschleife war so drapiert, dass man ja mitbekam, von wem

das Gesteck stammte. Der Stadtrat meinte, er hätte sich sein Teil gedacht."
„Gute Arbeit. Kommst du ins Büro?"
„Nein. Ich versuche jetzt, den Freund von Meinhart aufzutreiben. Du weißt schon, den Börsenmanager."
„Hast du von Langmann etwas gehört?"
„Der war bei den Verwandten von Meinhart. Hat nicht viel gebracht, so, wie sich das angehört hat. Danach ist er ins Heim gefahren, um mit der Schwester zu sprechen, die im Rollstuhl sitzt. Er wird in Kürze bei dir eintrudeln."
„Gut, bis später also."
Nachdenklich legte er auf. Die Schlinge zog sich enger zusammen. Noch hatte man nichts in der Hand, um Dr. Meinhart zu verhaften. Doch sie standen erst am Anfang ihrer Ermittlungen gegen ihn. Vielleicht ergaben die Befragungen seiner Kollegen einen neuen Ansatzpunkt. Sie würden jedenfalls nicht locker lassen.
Er merkte, dass vor seinen Augen Lichtpünktchen tanzten. Er musste ihnen etwas Ruhe gönnen. Den Kopf in die Hand gestützt, blickte er auf die Bilder vor sich.

ᛘᛚ ᛈᚢ ᛋᛉ

Die merkwürdigen Schnittmuster verloren an Schärfe und verschwammen vor seinen Augen. Er starrte eine Minute ins Leere. Als sich sein Blick wieder fokussierte, zogen sich die unklaren Streifen wieder zu scharfen Strichen zusammen. Er starrte auf die Bilder.

Langsam zog er eines näher heran, dann die beiden anderen. Das konnte ein P und ein V darstellen. Dieses hier vielleicht ein S und ein E. Er verschob sie, wechselte wieder ihre Position, bis er zufrieden war. Wenn man Sepp Rumbachs Schnitte an den Anfang setzte, dann Pauls und zum Schluss Ulrichs … Nein. S-E-P-V-H-C-L. Das ergab keinen Sinn.
Er holte seine Pfeife aus der Lade und stopfte Tabak hinein. Er hatte lange nicht mehr geraucht, doch jetzt hatte er großes Bedürfnis danach. Er nahm ein Feuerzeug aus dem Aschenbecher und setzte den Tabak in Brand. Er paffte mit Genuss und sah den aufsteigenden Tabakwolken nach. Er wollte die Bilder schon wegschieben, als sein Blick an einem Buchstaben hängen blieb. Ihm fiel die Grabinschrift wieder ein. Was, wenn man in lateinischen Buchstaben dachte? Wenn das V ein U wäre? Dann … ja, dann wäre das der Anfang … Aber die hinteren Buchstaben passten nicht. Er schüttelte den Kopf und stand auf. Grübelnd ging er hin und her. Duftende Rauchwölkchen umwaberten ihn. Plötzlich blieb er stehen. Natürlich, das war es. Was für eine Ironie! Er musste grinsen.
Er setzte sich wieder und legte die Pfeife in den Aschenbecher. Die Lösung lag vor ihm, das spürte er. Er kreuzte die Arme vor dem Bauch, als wollte er verhindern, dass sich ein Gedanke aus seinem Körper stahl und entfloh. Lange Zeit verharrte er in dieser Stellung. Die Pfeife lag erkaltet und vergessen im Aschenbecher. Dann wanderte er wieder im Büro umher. Als er stehen blieb, war er sich sicher. Er nickte befriedigt. So musste es gewesen sein.

Alles passte. Sie hatten ihn. In seinem Hinterkopf drängten sich zwar Fragen auf, doch die ließ er nicht zu. Keine Zweifel jetzt. Handeln war gefragt.
Er holte den Mantel vom Garderobenhaken und verließ das Büro.
Ebner hatte zu tun, aber Langmann musste jeden Augenblick kommen. Doch er wollte nicht warten. Er ging zu Inspektor Witt ins Bereitschaftszimmer.
„Seien Sie so gut und organisieren Sie einen Streifenwagen. Ich muss noch etwas überprüfen. Und wenn Langmann kommt, sagen Sie ihm, dass er mich in zwei Stunden vor der Villa Rumbach abholen soll."
„Wird gemacht, Chef!"
Kammerlander zog seinen Mantel an und atmete tief durch. Wenn er recht hatte, würde er heute Abend seine neue CD abspielen, und zwar in voller Lautstärke. Und während er den Klängen der Pipes and Drums lauschte, würde er seinen besten Maltwhisky trinken.
Jawohl, dachte er. Das habe ich mir verdient.
Meine private Siegesfeier.
Wenn ich recht habe.

Eine Stunde später läutete er am Portal des Herrenhauses. Den Streifenwagen hatte er weggeschickt.
Wendelin Rumbach öffnete die Tür. Er sah um Jahre gealtert aus.
„Kommen Sie herein", sagte er müde.
„Wie geht es Ihnen allen?"
Der alte Mann zuckte mit den Schultern.

„Nicht gut, das können Sie sich ja denken. Haben Sie schon eine Ahnung, wer diesen Affront gegen unsere Familie auf dem Gewissen hat?"
„Wir haben eine Vermutung. Um sicher zu gehen, möchte ich mit Manfred Roselli sprechen."
„So, ja. Gehen Sie nur hinauf. Den Weg kennen Sie ja."
Vor der Tür zu Rosellis Zimmern holte er tief Luft. Dann klopfte er energisch. Es wurde sofort geöffnet, als hätte der Bewohner schon hinter der Tür gewartet.
„Guten Abend, Herr Kammerlander."
Der junge Mann machte eine einladende Handbewegung. Sie standen in der Diele und sahen sich an. Jeder versuchte im Gesicht des anderen zu lesen.
Roselli sprach als Erster.
„Ich kann mir vorstellen, dass Sie eine Menge Fragen haben werden. Wenn man bedenkt, was alles geschehen ist."
„Das sehen Sie richtig. Und ich weiß, dass Sie die Antworten auf meine Fragen haben werden."
Ein prüfender Blick traf Kammerlander, doch Roselli sagte nichts darauf. Er senkte den Kopf und schien das Teppichmuster zu studieren. Dann nickte er.
„Gehen wir doch ins Wohnzimmer."
Kammerlander ging voran. Der Raum wurde von einer Wandlampe gedämpft beleuchtet und leise Musik erfüllte den Raum. Er erkannte das Requiem von Mozart, das letzte Werk vor dessen Tod. Der Schlag traf ihn von hinten im Einklang mit einem Paukenschlag des Requiems. Die Töne der Musik wurden länger, die Takte langsamer, was

Kammerlander erstaunt registrierte. Das hatte Mozart so nicht komponiert, das war nicht ... Das Zimmer verlor seine Konturen und schien sich aufzulösen. Wie in Zeitlupe sank er zu Boden, bevor die Stille und die Dunkelheit kamen.

38

Er erwachte mit heftigen Kopfschmerzen. Er erkannte die Musik und das spärlich erleuchtete Zimmer, aber etwas war anders.
Die Perspektive des Raumes. Er merkte, dass er am Boden saß, mit ausgestreckten Beinen. Er zwinkerte, um den Schleier vor seinen Augen zu vertreiben. Etwas Metallenes drückte in seinen Rücken, und er versuchte aufzustehen. Doch er konnte die Arme nicht bewegen. Er drehte den Kopf und sah, dass seine Arme im rechten Winkel von seinem Körper abstanden und an einen langen Heizkörper gefesselt waren. An den Achseln und Handgelenken waren sie mit dünnen Plastikschnüren festgebunden. Er kam sich vor wie ein Gekreuzigter.
Manfred Roselli saß vor ihm und wippte auf einem Stuhl langsam vor und zurück. Er sah ihn ausdruckslos an. Kammerlander zwinkerte wieder und versuchte zu sprechen. Sein Mund war trocken und er brachte nur ein Krächzen zustande. Himmelherrgott, in welche Lage war er da geraten!
„Sie scheinen wach zu sein." Die Stimme Rosellis klang sachlich. „Das ist gut."
„Was soll das, Roselli? Damit tun Sie sich keinen Gefallen. Mein Kollege wird gleich hier sein. Binden Sie mich los."
„Das kann ich leider nicht tun. Das verstehen Sie sicher. Noch ist die Zeit nicht reif."

Er hörte auf zu wippen und schlug ein Bein über das andere.

„Aber etwas anderes kann ich für Sie tun. Ich kann Ihre Fragen beantworten. Deshalb sind Sie doch hergekommen."

„Roselli, seien Sie doch vernünftig. Was erhoffen Sie sich von diesem Theater? Jeden Moment kommt mein Kollege und –"

„Deshalb müssen wir uns beeilen, nicht wahr? Die Zeit ist unendlich, doch wir Menschen haben immer zu wenig davon. Das ist das Problem. Sie haben mir nicht genug Zeit gelassen. Ich habe Sie nicht so früh erwartet."

Kammerlander stöhnte unterdrückt. In seinem Schädel tobte ein Hammerwerk, und die Rippen des Heizkörpers bohrten sich schmerzhaft in seinen Rücken.

„Sie haben Schmerzen. Das tut mir leid. Aber Sie sind selbst schuld. Hätten Sie mir noch einen Tag Zeit gelassen, wäre das alles nicht nötig gewesen. Aber die Zeit drängt. Fangen wir an. Wenn Sie erlauben, werde ich mit den Fragen beginnen. Mich würde zuerst eines interessieren: Wie sind Sie auf mich gekommen?"

„Die Schnittwunden an den Opfern." Kammerlander erkannte die Aussichtslosigkeit seiner Lage. Er brannte darauf, die Wahrheit zu erfahren, und Roselli schien reden zu wollen. Also war es wohl das Beste mitzuspielen.

„Es waren Schriftzeichen. Am Anfang ergaben sie keinen Sinn. Die Bedeutung ist mir erst später klar geworden. Es war ein Rätsel. Ein Wortspiel. In jedes Opfer haben Sie Buchstaben seines Namens geschnitten. S und E für Sepp,

P und U für Paul. Ein Problem waren das H, C und L. Diese Buchstaben waren verkehrt herum angeordnet. Das war irreführend. Die Lösung war pure Ironie: Ulrich war homosexuell, also verkehrt herum."
Manfred Roselli kicherte.
„Das war genial, nicht wahr? Auch dass er als Erster sein Leben aushauchte, aber hinten gereiht werden musste, weist darauf hin." Er nickte heftig. „Ich habe mir wirklich Mühe gegeben."
Das Grinsen verschwand und er sah ihn mit funkelnden Augen an.
„Machen Sie weiter."
Kammerlander versuchte, eine bequemere Position einzunehmen, doch mit jeder Bewegung schnitten die Plastikschnüre tiefer in sein Fleisch.
„Der Nachname der drei Opfer war Rumbach", fuhr er fort. Mit der ersten Silbe war das Wort vollständig. Es lautete SEPVLCHRVM. Mit lateinischem U."
Roselli klatschte in die Hände.
„Bravo! Sehr gut!"
Sein Lachen peitschte durch den Raum. Kammerlander fragte sich, ob der junge Mann langsam den Verstand verlor. Rosellis Erheiterung endete abrupt.
„Aber wieso wussten Sie, dass *ich* dieses Rätsel gebaut habe?"
„Sie sind mit der Gestaltung von Schriften befasst. Außerdem fiel mir ein, dass Hermine Rumbach bei einem unserer Besuche ihre Rätselhefte aufgehoben hat. Sie machte eine Bemerkung über Ihre Vorliebe für Wortspielereien.

Sie waren auch derjenige, der die Gästeliste für die Abschiedsfeier zusammengestellt hat. Also waren Sie es, der den Namen Helm-Meinhart hingeschrieben hat. Um uns auf eine falsche Fährte zu locken, vermute ich."
Roselli nickte. „Ich hoffte, Sie dadurch noch eine Zeit lang beschäftigt zu halten. Aber Sie waren schneller, als ich dachte. – Weiter."
„Dann war da das Wort selbst. Sepulchrum. Die Grabstätte. Wer sonst hatte sich so eingehend und mit Interesse Gräbern und ihrer Bedeutung gewidmet? Wer sonst war so sehr von Ulrich Rumbachs Faible für Gräber beeinflusst worden? Alles wies auf Sie. Und heute habe ich ihr Fitnessstudio aufgesucht. In ihrem Spind habe ich die Filzgaloschen und die restliche Wäscheleine gefunden."
Die Miene des jungen Mannes war wieder leer und ausdruckslos.
„Wieso haben Sie es getan, Roselli? Ich weiß, dass Ulrich Rumbach Sie missbraucht hat. Aber wieso dieser unbändige Hass nach all den Jahren?"
„Mein Ziehvater war ein Schwein. Er hatte den Tod verdient."
„Und wieso Sepp und Paul?"
„Sie waren vom selben Schlag."
„Wieso haben Sie nicht gewartet, bis Ulrich Rumbach Sie notariell zu seinem Nachfolger bestimmt hatte? Ein paar Tage auf oder ab hätten doch keinen Unterschied gemacht."
Roselli war aufgesprungen.

„Ich brauche sein Geld nicht! Und auch nicht seine falsche Zuneigung! Er hat mir jahrelang etwas vorgespielt! Mich schamlos belogen! Er und seine Neffen sind Abschaum!"
Auf seinen Lippen hatten sich Speichelbläschen gebildet. Sein Gesicht war nun wutverzerrt. Mit einem wilden Ausdruck in den Augen beugte er sich zu Kammerlander herunter.
„Verstehen Sie? Ich konnte die Heuchelei nicht mehr ertragen!"
Ein feiner Speichelregen ging auf Kammerlanders Gesicht nieder.
„Erzählen Sie", sagte Kammerlander ruhig.
Roselli richtete sich wieder auf und begann hin und her zu gehen.
„Die Lüge begann vor beinahe zwanzig Jahren. Ich war damals drei Jahre alt. Meinen Vater habe ich nie kennengelernt. Meine Mutter und ich kamen mit einem Wanderzirkus nach Voitsberg. Sie hat mich geliebt und ich liebte sie. Ich weiß noch, wie sie roch, wenn ich abends nach der Vorstellung zu ihr ins Bett kroch. Sie war weich und warm. Ich fühlte mich geborgen, sie war mein Zuhause.
Eines Tages war meine Mutter weg. Einfach weg. Wie war das möglich? Anfangs glaubte ich den Leuten nicht. Ich habe geweint und sie überall gesucht. Ich habe das nicht verstanden. Sie kam nicht mehr zurück. Jetzt hatte ich niemanden mehr. Ich hatte nur noch Angst.
Dann kamen fremde Leute und nahmen mich mit. Ich wurde in ein großes Haus gebracht und sollte nun dort leben. Ich war überzeugt, eines Tages würde meine Mutter

kommen und mich holen. Ich glaubte fest daran. Aber sie kam nicht. Es hat lange gedauert, bis ich begriff, dass sie auch nie mehr kommen würde.

Die Leute in dem großen Haus waren sehr nett zu mir. Besonders mein Ziehvater Ulrich. Er hat sich meiner angenommen, mir Geschichten vorgelesen, mich im Arm gehalten, wenn ich geweint habe. Ich begann, mich heimisch zu fühlen. Ulrich hatte mich gern und ich vertraute ihm. Er war mein Mutterersatz. Meine größte Angst war, dass ich ihn eines Tages auch verlieren würde. Dass er vielleicht auch so verschwinden würde wie meine Mutter.

Ich wuchs heran. Die meiste Zeit verbrachte ich mit Ulrich, der mir beibrachte, wie wichtig es für einen Menschen war, eine schöne Grabstätte zu bekommen. Damit seine Seele Ruhe fände und die Angehörigen ihn betrauern konnten. Dass die Familie seit Generationen im Dienst dieser Sache ihr Brot verdiente. Ich saugte alles in mich auf, was er mich lehrte. Ich wollte auch meinen Teil beitragen. Dazugehören. Ich wollte, dass er mit mir zufrieden war.

Dann brachte er mir andere Dinge bei. Er zeigte mir, wie ich ihn glücklich machen konnte. Das musste aber ein Geheimnis zwischen uns bleiben. Am Anfang hat mir das nicht gefallen. Aber ich wollte ihn nicht verlieren, ich hatte doch nur ihn. Und ich war auch stolz darauf, dass wir beide ein Geheimnis hüteten, von dem niemand sonst wissen durfte. Das schweißte uns noch mehr zusammen.

Vor ein paar Wochen erfuhr ich die Wahrheit. Meine Wirklichkeit war nicht mehr real, war es nie gewesen. Ein ein-

ziges Lügengebilde. Mein Leben war von einem Moment auf den anderen in Stücke gerissen."
Er blieb stehen und starrte die Wand an. Eine Minute verging in Schweigen.
„Was haben Sie erfahren?", half Kammerlander ihm behutsam weiter.
„Ich war bei Ulrich im Wohnzimmer. Er wurde nach unten gerufen, und ich nutzte die Gelegenheit, in seinen Wandtresor zu spähen. Dort habe ich einen Umschlag gefunden. Darin waren die handschriftlichen Geständnisse von Sepp und Paul. Sie haben meine Mutter vergewaltigt und ermordet."

39

Kammerlander war wie vor den Kopf geschlagen. An so etwas hatte er nie gedacht. Er vergaß seine Schmerzen.
„Wie ... Was stand drin? In den Geständnissen?"
Manfred Roselli drehte sich langsam um.
„Oh, es war eine sehr anschauliche Schilderung. Sepp und Paul waren sturzbetrunken. Sie kamen spät abends am Wanderzirkus vorbei, und da sahen sie meine Mutter. Sie lockten sie von den Wohnwagen weg und wurden zudringlich. Meine Mutter riss sich los und rannte weg. Leider in die falsche Richtung. Beim Rumbach-Brunnen haben die beiden sie eingeholt. Sie rissen ihr die Kleider vom Leib und banden sie am steinernen Wasserspeier fest. Er hat praktischerweise die Form eines Kreuzes. Paul nahm sie sich zuerst vor, aber es hat wohl nicht geklappt. Er wurde wütend und schlug auf sie ein. Er probierte es wieder, aber er hatte wahrscheinlich zu viel getrunken. Daraufhin misshandelte und beschimpfte er meine Mutter weiter, bis sie sich nicht mehr rührte. Vielleicht war sie zu dem Zeitpunkt schon tot, aber wahrscheinlicher ist, dass sie bewusstlos war.
Sepp stieß seinen Bruder weg. Er wollte schließlich auch seinen Spaß haben. Er holte meine Mutter vom Kreuz und legte sie bäuchlings über den Brunnenrand. Dann fickte er sie von hinten. Als er fertig war, war meine Mutter mit Gewissheit nicht mehr am Leben. Er hatte ihren Kopf die ganze Zeit unter Wasser gedrückt."

Seine Stimme brach. Er schlug ein paar Mal die geballte Faust in seine andere Hand, während ihm Tränen übers Gesicht liefen.

„Verstehen Sie?", schluchzte er, „Sie haben gewütet wie die Tiere. Nein, Tiere würden so etwas nie tun. Sie waren Bestien."

Er fiel auf den Stuhl und bedeckte sein Gesicht mit den Händen. Sein Wimmern erinnerte an einen hilflosen Säugling.

Kammerlander wartete. Als sich Roselli ein wenig beruhigt hatte, nahm Kammerlander das Gespräch wieder auf.

„Wie ging es weiter?"

Roselli fuhr sich mit der Hand übers Gesicht.

„Ja, wie schon. Ernüchtert standen Sepp und Paul vor der Leiche meiner Mutter. Jetzt war die Verzweiflung groß. Sie rannten zu ihrem Onkel und heulten ihm vor, was geschehen war. Ulrich wusste Rat. Er ging mit ihnen zurück und half ihnen, ein Loch auszuheben. Sie schmissen meine Mutter hinein und schaufelten wieder Erde darüber. Das war das Grab, das sie meiner Mutter zugedacht hatten. Die ehrenwerten Verfechter von anständigen Grabstätten, an denen trauernde Hinterbliebene Trost finden und Zwiesprache mit ihren Lieben halten konnten. Ich glaube, es war Paul, der an der Stelle eine Trauerweide pflanzte. In ihm war vielleicht noch eine Spur Menschlichkeit.

Aber Ulrich hat ihnen nicht umsonst geholfen. Sie mussten noch in der gleichen Nacht die Geständnisse schreiben und ihm übergeben. Damit hatte er sie in der Hand."

Kammerlander nickte. Jetzt wurde ihm einiges klar. Warum Ulrich Rumbach seinen Nachfolger so selbstherrlich bestimmen konnte, zum Beispiel. Seine Neffen hätten gar keine andere Wahl gehabt, als sich der Meinung ihres Onkels anzuschließen. Und niemand aus der Familie wäre an der Aufdeckung dieses Verbrechens interessiert gewesen, wenn Ulrich sie damit konfrontiert hätte. Waren es doch die Ihren, die diese Gräueltat begangen hatten. Damit hätte Ulrich für den Zweifelsfall immer ein Druckmittel in der Hand gehabt.
Oder warum Paul so vehement dagegen war, die östlichen Gründe zu verkaufen. Er musste fürchten, dass bei Bauarbeiten das Skelett Maria Rosellis zutage gefördert würde.
„Und dann hat dieser großmütige Wohltäter der Menschheit die arme Waise zu sich genommen. Aus reiner Menschlichkeit." Roselli spuckte auf den Boden. „Ich könnte kotzen."
„Nachdem Sie also die Geständnisse gelesen hatten, beschlossen Sie, die drei zu töten."
„Ja. Zuerst wollte ich wild losstürmen, sie alle zur Rede stellen und sie umbringen. Aber das kam mir nicht gerecht vor. Es war nicht genug. Der Tod allein war nicht genug, verstehen Sie? Sie sollten leiden wie meine Mutter, sie sollten gedemütigt werden, alle sollten wissen, was das für Menschen waren. Dann hörte ich von den Schandmasken in der Ausstellung. Sie zu stehlen, schien mir eine gute Idee. Ich wollte einen nach dem anderen umbringen und ihnen die Masken aufsetzen. Aber das kam mir dann

zu riskant vor. Es waren drei Masken gestohlen worden. Spätestens nach der zweiten Leiche hätte jeder gewusst, dass es eine dritte geben würde. Also habe ich mir diese Vorstellung für den Schluss aufgehoben."
„Sie haben sich lange Zeit gelassen für Ihre Rache."
„Das war das Schwerste. Ich durfte mir die ganze Zeit nichts anmerken lassen. Aber das war erforderlich. Ich hatte mir für alle drei das Passende überlegt. Und dann gab Ulrich bekannt, dass er mich notariell als Nachfolger einsetzen wollte. Ich hatte bis dahin tatsächlich nichts von seinen Plänen gewusst. Dieser Heuchler! Vielleicht hoffte er, damit könnte er Wiedergutmachung leisten. Könnte sich reinwaschen von all seinen Sünden, bevor er vor das letzte Gericht treten musste. Vielleicht dachte er, damit hätte er etwas Positives, das er in die Waagschale werfen könnte, wenn es zum großen Abrechnen kam. Egal. Der Zeitpunkt war jedenfalls ideal. Niemand würde denken, dass ich als sein zukünftiger Erbe ihn umgebracht hätte. Und es hat geklappt."
Sein hübsches Gesicht verzog sich zu einer Grimasse.
„Ich habe sie alle gekriegt. Zuerst Ulrich. Der meine Mutter wie ein Tier in einem Erdloch entsorgt hatte. Der mir immer Wasser gepredigt, aber im entscheidenden Moment doch Wein getrunken hatte. Für ihn habe ich den gleichen Gürtel gekauft, den er mir bei seinen Spielchen so gern um den Hals gelegt hat, und ihn an seinem geliebten Grab aufgehängt. Ich habe es entweiht. Und Ulrich die Würde und die Seele genommen."
Er lachte schrill.

„Ich hoffe, er hat die Komik noch mitbekommen. Dann war Sepp an der Reihe. Der konnte gar nicht mehr klar denken vor lauter Angst und Selbstmitleid. Ich rief ihn bei seiner Freundin an und versprach, ihm zu helfen. Wir trafen uns im Stadtpark in Bärnbach. Ich schlug ihn mit der Eisenstange nieder und fesselte ihm die Hände auf dem Rücken. Als er wieder zu sich kam, ließ ich ihn vor eine Wanne hinknien und den Mord an meiner Mutter beichten. Dann drückte ich seinen Kopf unter Wasser. Wie er es mit meiner Mutter gemacht hatte."
„Anschließend legten Sie ihn in den Mosesbrunnen, weil Ihre Mutter in einem Brunnen den Tod gefunden hatte."
„Das war nur recht und billig. Als Letzter kam Paul an die Reihe. Ich band ihn an einem Kreuz fest, und als er zu sich kam, habe ich auch ihn mit der Wahrheit konfrontiert. Dieser versoffene Jammerlappen. Der hat fast noch mehr geflennt als sein Bruder. Er hatte meine Mutter ans Kreuz gebunden, fast vergewaltigt und halb totgeschlagen. Dafür schlug ich ihm den Schädel ein."
Roselli sank auf dem Stuhl zusammen und schloss die Augen. Er wirkte total erschöpft. Die Anspannung, unter der er in den letzten Wochen gestanden haben musste, war gewichen. Er hatte endlich darüber sprechen können, das Unrecht offenbaren können, das ihm und seiner Mutter angetan worden war. Er brauchte sich nicht mehr zu verstellen, abzuwägen, zu verschleiern. Er war frei.
Kammerlanders Arme waren taub geworden. Mehrmals ballte er die Hände und spreizte die Finger, um die Durchblutung anzuregen.

„Einige Fragen habe ich noch. Die Eisenstange im Atelier haben Sie deponiert?"
Roselli hob langsam den Kopf. Er schien aus einer anderen Welt aufzutauchen.
„Ich musste falsche Spuren legen und Zeit gewinnen."
„Was haben Sie mit den Schandmasken gemacht vom Zeitpunkt des Diebstahls bis … zu ihrem Einsatz?"
„Ich habe in Voitsberg eine Garage gemietet. Keiner wusste davon. – So. Sie wissen, was Sie wissen wollten. Damit ist unser Gespräch zu Ende."
Er stand langsam auf und kam auf ihn zu. Seine Augen waren wieder ausdruckslos.
„Was haben Sie vor?" Kammerlander begann zu schwitzen. Wo blieb Langmann, zum Teufel? Der musste doch schon längst da sein. Der junge Mann kam näher.
„Machen Sie keinen Unsinn, Roselli. Es hat doch keinen Sinn mehr. Binden Sie mich los und stellen Sie sich. Sie haben keine Chance. Es ist vorbei."
Roselli war vor ihm stehen geblieben. Schweigend sah er auf ihn herab. Kammerlander fühlte einen Schweißtropfen in seinem Nacken laufen. Er zerrte an seinen Fesseln, doch die Schmerzen ließen ihn fast schreien.
„Sie irren sich." Roselli sprach wie in Trance. „Es ist noch nicht vorbei. Alles hat einen Anfang und ein Ende."
Er griff in seine Hosentasche und starrte Kammerlander unverwandt an. Das konnte doch nicht wahr sein, verdammt!
Mit einer schnellen Bewegung griff ihm Roselli unter das Kinn und zwang ihn, den Mund aufzumachen. Er stopf-

te ihm ein Taschentuch zwischen die Zähne. Dann sah er sich um. Er nahm einen Schal von der Couch, legte ihn Kammerlander um den Mund und band ihn stramm in seinem Nacken zusammen. Dann ging er um den Tisch herum und tauchte mit einer kleinen Sporttasche wieder auf. An der Tür drehte er sich noch einmal zu ihm um.
„Sie müssen flach atmen, sonst könnten Sie ersticken. Ihr Kollege wird Sie bald finden. Adieu, Herr Kommissar. Wir werden uns nicht wiedersehen."
Kammerlander riss die Augen auf und versuchte, etwas zu sagen. Doch der Knebel ließ nur erstickte Laute durchdringen. Verzweifelt schüttelte er den Kopf.
„Lassen Sie es gut sein. Am Ende steht die Vergebung."
Sie sahen sich in die Augen und Kammerlander wusste Bescheid.
Roselli drehte sich rasch um und verschwand.

40

Es war schon nach neun. Inspektor Witt blätterte die Fernsehzeitung durch. Er saß im Bereitschaftszimmer der Dienststelle und hoffte auf eine ruhige Nacht. Er wusste, heute wurde eine Volksmusiksendung übertragen, aber er hatte vergessen auf welchem Kanal.
„Mach's gut, Witt!", rief ein uniformierter Kollege durch die Tür. „Ach ja, wenn du morgen Dienstschluss hast, dann kümmere dich drum, dass jemand den Wagen von Langmann auf unseren Hof fährt."
Witt hob erstaunt die Augenbrauen.
„Wieso? Hatte er einen Unfall?"
„Hast du nichts davon gehört? Er ist vor ein Auto gelaufen. Kam gerade vom Kirchenwirt, als es passierte. Der hatte einen in der Krone, wenn du mich fragst. Jetzt liegt er im Krankenhaus. Knochenbruch oder so. – Also dann, gute Nacht!"
Witt hörte das schnappende Geräusch, als sich die Außentür schloss.
Na, so was. Er hatte noch vor einigen Stunden mit Langmann gesprochen. Er kritzelte rasch ein paar Stichworte auf einen Notizzettel. Das durfte er morgen auf keinen Fall vergessen. Nicht auszudenken, wie sich die Leute die Mäuler zerreißen würden, wenn Sie erfuhren, dass Langmann alkoholisiert mit dem Auto unterwegs gewesen war. Vielleicht konnte man das Ganze ja unter der Decke halten.

Er wandte sich wieder der Fernsehzeitung zu, als ihm einfiel, dass Langmann Abteilungsinspektor Kammerlander hatte abholen sollen. Hatte er das getan? Bevor er den Unfall hatte? Er hätte um sieben vor der Rumbach-Villa warten sollen. Witt stand auf und ging unruhig auf und ab. Ebner hatte um acht das Treppenlicht gelöscht und war nach Hause gegangen. Also war niemand mehr im Büro. Hatte Langmann seinen Auftrag erfüllt und war anschließend ins Wirtshaus gegangen? Oder hatte er den Unfall vorher gehabt, und Abteilungsinspektor Kammerlander stand dumm vor der Villa und keiner holte ihn ab?
Verdammt, er hätte den Kollegen nach der Uhrzeit des Unfalls fragen sollen. Das Beste war, er rief das Krankenhaus an.
Als er auflegte, war er noch beunruhigter. Der Patient war fünf nach sieben eingeliefert worden, hatte man ihm gesagt. Wenn man bedachte, dass der Krankenwagen erst zur Unfallstelle gefahren war, und dann zurück ins Krankenhaus ... Es war mehr als wahrscheinlich, dass der Unfall vor sieben Uhr geschehen war. Er griff wieder zum Telefon und wählte Ebners Nummer. Der wusste bestimmt Bescheid. Vielleicht hatte er Kammerlander nach Hause gebracht. Witt erreichte nur Ebners Mailbox.
Falls tatsächlich niemand zur Rumbach-Villa gefahren war, hatte Kammerlander bestimmt ein Taxi gerufen. Er hatte sein Handy doch immer dabei. Klar. Witt brauchte sich nicht verrückt zu machen.
Aber sein ungutes Gefühl wollte nicht weichen. Vielleicht sollte er Kammerlander über sein Handy anrufen? Nur,

um zu hören, dass alles in Ordnung war? Er tippte die Zahlen und wartete. Wahrscheinlich würde er sich lächerlich machen, aber wenn er es nicht tat, hätte er auch keine Ruhe mehr. Verflixt. Wieder nur die Mailbox. Er begann zu schwitzen und wischte mit einem Taschentuch über sein Vollmondgesicht.
Ich probier's bei ihm zu Hause, dachte er. Er wusste, dass Kammerlander nur in Notfällen gestört werden wollte, aber das war ihm jetzt egal. Inge Kammerlander war am Apparat und er erfuhr, dass sein Chef noch nicht zu Hause war. Sie hatte den ganzen Tag nichts von ihm gehört.
Witts Besorgnis stieg. Wo war sein Abteilungsinspektor? Er musste selbst zum Rumbach-Anwesen fahren. Die Leute dort wussten sicher, ob, wie und wann Kammerlander weggefahren war. Vielleicht war er auch noch dort und war froh, dass Witt ihn abholte. Entschlossen setzte er die Dienstmütze auf und holte den Schlüssel des Einsatzwagens vom Brett.

Witt zögerte ein paar Sekunden, dann läutete er am Portal. Einige Fenster waren noch erleuchtet, also würde er niemanden aus dem Bett holen. Er sah auf seine Armbanduhr. Halb zehn. Das ging ja noch. Nervös trat er von einem Fuß auf den anderen.
Martha Rumbach öffnete die Tür. Ein überraschter Ausdruck glitt über ihr Gesicht.
„Ja? Was ist denn noch um diese Zeit?"
„Entschuldigen Sie die Störung, ja, es ist spät, ich weiß …", stotterte Witt aufgeregt, „aber ich suche … ähm, ich

versuche Abteilungsinspektor Kammerlander zu erreichen …"
„Hier?"
„Ja … weil ich weiß, dass er heute zu Ihnen wollte …"
„Er war hier. Aber das ist Stunden her, Herr Inspektor."
„Hm, wissen Sie vielleicht, wann er gegangen ist?"
„Tut mir leid. Ich habe ihn gar nicht gesehen. Er wollte mit Manfred Roselli sprechen."
„Kann ich … dürfte ich dann mit Herrn Roselli reden?"
Witt knetete seine Finger. Er erwartete jeden Moment, die Tür vor der Nase zugeschlagen zu bekommen. Es war schließlich Sonntag. Martha Rumbach fixierte ihn genervt, dann drehte sie sich abrupt um.
„Kommen Sie. Ich bringe Sie hinauf."
Er folgte ihr in den ersten Stock. Ehrfürchtig betrachtete er die elegante Innenausstattung aus Marmor, Leder und Kirschholz.
„Gehen Sie diese Stiege hinauf. Sie führt direkt zu den Turmzimmern."
Damit ließ sie ihn stehen. Witt schwitzte inzwischen heftig. Was hatte er sich bei dieser Aktion gedacht? Wenn Kammerlander erfuhr, dass er diese Leute spät abends belästigte, ohne einen triftigen Grund dafür zu haben, konnte er sich auf etwas gefasst machen. Am liebsten hätte er das Weite gesucht. Aber er war nun einmal hier, also konnte er es auch zu Ende bringen. Der Anschiss würde gleich heftig ausfallen.
Zögernd stieg er die Treppe hinauf, bis er eine kleine Plattform erreichte. Er sah nur eine Tür, also musste hier

wohl Herr Roselli zu finden sein. Er atmete tief durch, dann klopfte er leise. Niemand öffnete. Er klopfte lauter, aber wieder gab es keine Reaktion darauf. Er wollte schon gehen, als er meinte, Geräusche gehört zu haben. Er legte ein Ohr an die Tür und hielt den Atem an. Da war es wieder. Er konnte die Laute nicht einordnen. Plötzlich hörte er Poltern, als ob etwas auf den Boden fiel. Da stimmte doch etwas nicht. Er klopfte diesmal energischer.
„Hallo? Ist da jemand? Hören Sie mich?"
Wieder dieses polternde Geräusch. Witt drückte die Klinke; die Tür war nicht versperrt. Seine Augen mussten sich erst an die schummrige Beleuchtung gewöhnen, als er vorsichtig den Raum betrat. Er zuckte zusammen, als das Stöhnen und Klopfen sich wiederholten, lauter diesmal. Die Geräusche kamen von unten. Ein Schreckenslaut entfuhr ihm. Er sah eine Gestalt mit ausgebreiteten Armen, die wild mit den Absätzen auf den Boden trommelte.
Er stürzte hin und entfernte den Knebel.
„Endlich, Witt. Noch nie habe ich mich so über Ihren Anblick gefreut."

Nachdem die Plastikschnüre entfernt waren, fielen seine Arme wie leblos herab. In der nächsten Sekunde durchfuhr Kammerlander ein stechender Schmerz. Seine Armmuskeln zuckten unkontrolliert, nachdem die Spannung gewichen war. Das Blut begann wieder zu zirkulieren. Er meinte, glühende Nadeln schossen durch sein Fleisch.
Vorsichtig beugte er sich nach vor. Er konnte nicht gleich aufstehen. Er hatte das Gefühl, sein Rücken würde abbre-

chen. Witt griff ihm unter die Arme und half ihm hoch. Dabei machte er ein grimmiges Gesicht, doch Kammerlander sah, dass er feuchte Augen hatte. Ach, Witt, du gute Seele.

Von Schwindel erfasst sank Kammerlander auf einen Stuhl. Er massierte seine Arme und Schultern und kreiste mit dem Kopf.

„Ich rufe einen Krankenwagen."

Kammerlander schüttelte den Kopf.

„Das ist nicht nötig. Geben Sie mir ein paar Minuten, dann bin ich wieder der Alte."

„Wer war das? War es Roselli?"

„Mhm."

Witt stand breitbeinig da und knirschte mit den Zähnen. Sein Doppelkinn zitterte vor Empörung. Er sah so drollig aus in seiner Wut, dass Kammerlander sich das Lachen verbeißen musste.

„Den Kerl kriegen wir!" Witt schlug mit der Faust in die hohle Hand. „Wir geben eine Fahndung heraus! Lassen Bahnhöfe und Flughäfen überwachen! Der entkommt uns nicht!"

„Da täuschen Sie sich."

„Wieso? Der kann doch noch nicht weit sein! Wir dürfen keine Zeit verlieren, dann –"

„Wir brauchen uns nicht zu beeilen, Witt. Ich denke, ich weiß, wo er ist."

Der kleine Hase war am Ende seiner Kräfte. Die Sonne brannte auf sein Fell und seine Füße waren blutig.
Er sah in der Ferne eine Höhle und lief darauf zu. In ihrem Schatten wollte er sich hinlegen, um zu sterben.
Erschöpft hoppelte er die letzten Meter in die dunkle Öffnung. Dann sank er hin und schloss die Augen.
Da hörte er eine Stimme.
„Was machst du hier ganz allein?"
Der Hase öffnete die Augen und sah einen Engel vor der Höhle stehen.
„Ich bin auf der Suche", sagte der Hase, „war schon überall. Aber jetzt kann ich nicht mehr und werde sterben."
Ein silbernes Lachen erklang und der Engel sagte: „Aber nein, kleiner Hase. Du wirst nicht sterben. Du bist angekommen." Dann trat er zur Seite und der Hase sah seine Mutter und seine Geschwister vor der Höhle stehen. Sie kamen zu ihm und lachten und küssten ihn, dass es eine rechte Freude war.
„Ich habe dich so vermisst", flüsterte seine Mutter, als sie ihn an ihr Herz drückte.
Der kleine Hase schloss glücklich die Augen.
Es war alles wirklich.

41

Wieder auf der Dienststelle, durfte Witt dann doch eine Großfahndung einleiten. Wenn Kammerlander sich irrte, wäre der Vorsprung Rosellis zu groß. Ebner war schon im Büro; Inge Kammerlander hatte nach dem Gespräch mit Witt besorgt bei ihm angerufen. Er war gerade aus der Dusche gekommen und hatte sich gleich auf den Weg gemacht. Dr. Schneider wurde herbeigerufen, ebenso zwei Beamte, die gerade auf Streife waren.

„Wir brauchen starke Taschenlampen." Kammerlander sah die beiden Beamten an. „Wenn in eurem Auto nicht genug sind, nehmt aus dem anderen Wagen auch noch welche."

Dr. Schneider hob die Hand.

„Ich habe einen starken Scheinwerfer auf meinem Geländewagen. Der dürfte ausreichen."

„Gut. Dann los."

Kammerlander und Ebner stiegen in das Auto des Arztes. Der Streifenwagen folgte ihnen. Kammerlander dirigierte Dr. Schneider zur Gemeindestraße, an deren linker Seite die Rumbach-Gründe lagen. Nach einem Kilometer ließ er ihn scharf links auf einen Feldweg einbiegen.

„Langsam jetzt. Es kann nicht mehr weit sein. Gott sei Dank ist der Schnee auf den Wiesen noch nicht geschmolzen."

Der Himmel war sternenklar. Die silbergraue Silhouette der Hügel hob sich scharf vom nachtblauen Himmel ab. Der

Kies und die gefrorene Erde krachten unter den Rädern, als platzten Hunderte Eisklümpchen. Die Scheinwerfer der Autos durchschnitten zuckend die holprige Fahrbahn und ließen kahle Obstbäume sekundenlang aufblitzen, bevor sie wieder ins Dunkel versanken. Kammerlander saß auf dem Rücksitz und sah aus dem Seitenfenster. Er versuchte angestrengt, auf der schneebedeckten Wiese den dunklen Schatten eines Kreuzes auszumachen.
„Ich glaube, da vorne ist es. In fünfzig Metern etwa."
Dr. Schneider sah es nun auch. Er bremste ab und drehte den Wagen so, dass er mit den Vorderreifen in der Wiese stand. Dann schaltete er den Scheinwerfer auf dem Autodach ein. Die Landschaft um sie herum war plötzlich in gespenstisches weißes Licht getaucht.
Als sie ausstiegen, nahm ihnen die Kälte fast den Atem. Sie kniffen die Augen zusammen; sie mussten sich erst an das grelle Licht gewöhnen. Dann gingen sie auf den toten Brunnen mit dem kreuzförmigen Wasserspeier zu.
Nichts deutete darauf hin, dass sich jemand dem Brunnen genähert hatte. Außer ihren eigenen Fußstapfen waren keine Abdrücke zu sehen. Kammerlander meinte, ganz leise Harfentöne zu hören. Er blickte zur Trauerweide, deren kahle, herabhängende Äste sich leicht im eisigen Wind bewegten. Er hatte einen Kloß im Hals, als er langsam darauf zuging.
Neben der Weide steckte ein kunstvoll geschnitztes Holzkreuz in der Erde. Es trug die Inschrift ‚Maria Roselli – Geliebte Mutter' und darunter ‚Ruhe in Frieden'. Ein Kettchen mit einem Amulett hing am Kreuz über der

Inschrift. Der Boden um das Grab herum war mit roten Rosenblättern übersät, die im Licht der Scheinwerfer fast schwarz wirkten.
Manfred Roselli lag mit ausgestreckten Beinen vor der Weide auf dem Boden. Das Loch in der Schläfe leuchtete schwarz. Die Pistole war ihm aus der Hand gefallen. Sein Rumpf war im rechten Winkel zu seinen Beinen verdreht. Er musste mit dem Rücken am Stamm der Weide gelehnt sein, als er abdrückte; die Wucht des Schusses hatte seinen Oberkörper zur Seite kippen lassen. Die linke Hand umkrampfte einen Gegenstand, der vom Oberkörper halb verdeckt wurde. Kammerlander beugte sich über den Leichnam und streckte die Hand danach aus.
„Nichts anfassen, bevor Fotos gemacht wurden!", warnte Dr. Schneider.
Es war Kammerlander egal. Er musste kräftig ziehen, bevor er das Buch den erstarrten Fingern entwinden konnte. Es war ein Kinderbuch, alt und zerlesen, mit wenig Text und vielen Bildern.
‚Der kleine Hase' stand als Titel auf dem Einband.

Die klirrende Kälte war gebrochen. Es war Ende Februar, eine milde Brise kündete bereits von der Kraft der Märzsonne. Die Eiskristalle schmolzen lautlos.
Kammerlander stand vor dem Grab Manfred Rosellis. Es war ein tristes Begräbnis gewesen; der Pfarrer hatte die üblichen Worte gesprochen und war danach schnell verschwunden. Mit Selbstmördern hatte die katholische Kirche ein Problem. Das Grab Rosellis lag im hinteren Teil

des Friedhofs, wohin sich kaum ein Besucher verirrte. Außer Kammerlander hatten nur Ebner und Witt dem Begräbnis beigewohnt, und das auch nur, weil er sie gefragt hatte. Sie waren ebenfalls gleich nach den Schlussworten des Pfarrers gegangen. Langmann war dem Begräbnis ferngeblieben. Er war aus dem Krankenhaus entlassen und in Urlaub geschickt worden, mit der Auflage, sich einer Entziehungskur zu unterziehen. Sonst drohte die Suspendierung. Von den Rumbachs war niemand erschienen. Was keine Überraschung war.

Kammerlander hatte einen schalen Geschmack im Mund, als er auf das einfache Holzkreuz mit dem Namen des Verstorbenen blickte. Er sah den kleinen Jungen vor sich, dem die Mutter auf so grausame Weise genommen worden war. Der nichts von ihr hatte mitnehmen können, als ein Medaillon mit ihrem Bild und ein Kinderbuch, das sie ihm geschenkt hatte. Kammerlander hatte in dem Buch die zusammengefalteten Geständnisse von Sepp und Paul Rumbach gefunden und dem Staatsanwalt übergeben. Er hatte auch veranlasst, dass das Medaillon und das Bilderbuch Manfred Roselli mit ins Grab gegeben wurden. Es war das Einzige, das er für ihn tun konnte. Die Gebeine der Mutter Rosellis waren auf den Rumbachgründen exhumiert worden; wenn die Gerichtsmedizin ihre Untersuchungen abgeschlossen hatte, würde Maria Roselli neben ihrem Sohn beigesetzt werden. Auf diese Weise würden Mutter und Sohn im Tod wieder vereint sein.

Kammerlander sah zur anderen Seite des Friedhofs, wo das Rumbach-Grab lag. Die dunklen Umrisse des Todes-

engels verbreiteten selbst bis hierher ihre unheimliche Aura. Es war, als hielte diese mächtige Gestalt den ganzen Friedhof in ihrem Bann. Wie einst Ulrich Rumbach seine Familie in seinem Bann gehalten hatte. Der sie groß gemacht hatte, sie aber stets gelenkt und allen seinen Willen aufgezwungen hatte, einzig für seine eigenen Ziele und Wünsche. Der geglaubt hatte, er könnte seine Schwächen und Fehler unerkannt mit ins Grab nehmen. Doch nichts bleibt auf ewig verborgen oder ungesühnt. Sein eigenes Geschöpf hatte das Racheschwert geführt und ihn und seine Familie vom Sockel gestoßen.
Hätte er, Kammerlander, irgendetwas verhindern können? Wäre er schneller gewesen, wenn ihm seine Gefühle nicht in die Quere gekommen wären und ihm den Blick verstellt hätten? Er wusste es nicht. Doch er konnte das Gefühl von Schuld nicht abschütteln.
Kammerlander merkte, dass er noch immer die Blume in der Hand hielt, die er Manfred Roselli aufs Grab legen wollte. Er hatte sich für eine weiße Rose entschieden, weiß, für die Unschuld des Kindes. Er beugte sich hinunter und legte sie vor das Holzkreuz.
Ruhe in Frieden im Haus der Toten.
Es war warm geworden.
Kammerlander knöpfte seinen Mantel auf und verließ langsam den Friedhof.

Sämtliche Personen und Handlungen dieses Romanes sind frei erfunden. Ähnlichkeiten mit lebenden Personen oder realen Begebenheiten sind zufällig und nicht beabsichtigt.

© 2008 Leykam Buchverlagsges.m.b.H. Nfg. & Co KG, Graz
Alle Rechte vorbehalten
Kein Teil des Werkes darf in irgendeiner Form (durch Fotografie, Mikrofilm oder ein anderes Verfahren) ohne schriftliche Genehmigung des Verlages reproduziert oder unter Verwendung elektronischer Systeme verarbeitet, vervielfältigt oder verbreitet werden.
Einbandgestaltung: Peter Eberl, Gleisdorf, www.hai.cc
Gesamtherstellung: Leykam Buchverlag

ISBN 978-3-7011-7630-4
www.leykamverlag.at